Pilar Baumeister

Das Zittern der Witwen

© 2016 Pilar Baumeister

Herstellung und Verlag:
BoD - Books on Demand, Norderstedt

Umschlaggestaltung:
Angelika Acker

ISBN 978-3-8391-4744-3

„Nur wer in Angst war, findet Ruhe."
Sören Kierkegaard, *Furcht und Zittern*

Inhalt

Die Überlebende

Ich gefalle mir gar nicht, seitdem ich diese Katastrophe überlebt habe.

Es ist als hätte ich mich in einem Ausnahmezustand selbst geboren, mich zur Überraschung aller meine Zellen verdoppelt, vervielfacht. Ohne Niederkunft, aus den alten Knochen der Vergangenheit entsprungen, aber ohne jegliche Ähnlichkeit mit mir, ist dieses neue Geschöpf in meine unheimliche Welt eingedrungen. Eine komische Mutter bist du, aus Kunststoff. Es ist ein seltsames, fremdes Produkt daraus entstanden, wie eine leblose Plastikpflanze.

Man sagt, ich sei sehr mutig, aber eigentlich bin ich sehr arm, unempfindlich und spirituell eine Null.

Da ich die Hand eines geliebten Menschen jetzt nicht mehr drücken darf, schlafe ich meistens mit zusammengepressten Händen und versuche von dem Kontakt mit mir selbst etwas Wärme zu erzeugen, was natürlich lächerlich ist. Aber ich tue das instinktiv, und beim Wachwerden merke ich immer wieder diese verzweifelte Position meiner beider Hände, meine linke Handfläche auf meinem rechten Handrücken liegend in Wartestellung auf unsichtbare Streicheleinheiten von jemandem, der nicht mehr da ist.

Ein Mann steht vor mir an meiner Wohnungstür. Ich weiß nicht, warum ich ihm aufgemacht habe, ohne ihn zu kennen. Es hätte ein zweites Attentat werden können. Vielleicht hatte ich die geheime Hoffnung, dass auch er ein Terrorist wäre und die schmutzige Arbeit für mich erledigen würde, meinem Lebensrest ein Ende zu setzen. Nein, lieber nicht. Ich erteile keine Genehmigung. Dafür bin nur ich selbst zuständig.

Er sagt mit sichtlichem Unbehagen, ungemütlich und stotternd: „Sie kennen mich doch, Madame. Ich habe Sie ein paar Mal im Krankenhaus besucht."

„Nun gut... Und was möchten Sie jetzt?"

„Es tut mir so leid, Odile! Meine herzliche Anteilnahme zum Tod Ihres Mannes."

„Danke, aber Sie wiederholen sich. Im Krankenhaus und bei der Gedenkfeier bekam ich schon die Anteilnahme von so vielen Menschen."

„Und wie geht es ihrem Sohn?"

„Unverändert schlecht. Die Verbrennungen dritten Grades am ganzen Körper schmerzen ihn; er wird nie ein normales Leben führen können."

Der Mann klammert sich sofort an das Positive und flüstert: „Wenigstens haben Sie es beide zusammen überlebt. Sie können sich gegenseitig helfen und sich Mut machen."

Ich bin nicht davon überzeugt. Louis liegt meistens im Krankenhaus und ich kann nichts für ihn tun. Aber warum sollte dieser Fremde so viel von mir erfahren?

„Was ist der Grund Ihres Besuchs?"

„Wie ich Ihnen schon damals erzählte... Ich bin Schriftsteller. Ich schreibe schon seit Jahren an einer Geschichte zum Terrorismus."

Wenn man allein lebt, braucht man nur die eigene Tasse und den eigenen Teller zu spülen, und immer wird die Arbeit weniger. Heutzutage spüle ich alles nur noch mit heißem Wasser. Wofür sollte ich aus hygienischen Gründen Spülmittel benutzen? Ich nehme nur meine eigenen Bakterien auf, wenn ich von meinem Geschirr esse oder trinke. Herr Unbekannter, misstrauen Sie immer den allein lebenden Menschen. Sollte ich Sie zu einer Tasse Kaffee einladen, müssten Sie sich in Acht nehmen, dass ich Ihnen nicht meine eigene Tasse gebe. Aber nein, mein Schrank ist voll von gründlich gespültem Geschirr, von der Zeit, als mein Mann vor sieben Monaten noch lebte.

„Terrorismus!", rufe ich gequält aus. „Dann haben Sie viel zu schreiben."

„Ja, die Anschläge häufen sich immer mehr. Am Anfang wollte ich besonders minuziös sein, aber jetzt - bei dieser großen Menge - geht jede Gründlichkeit verloren. Dürfte ich ein paar Fragen an Sie stellen?"

„Nein, nicht jetzt. Ich möchte mit niemandem sprechen."

„Könnten Sie mir dann einen Termin für nächste Woche einräumen?"

„Nein. Ich habe keinen Terminkalender."

„Doch, in der Wohnung haben Sie bestimmt einen, auf dem Schreibtisch."

„Aber ich will nicht, dass Sie eintreten. Lassen Sie mich in Ruhe. Ich kenne Sie nicht."

„Doch, im Krankenhaus... Ihre Frau Mutter war auch dabei und die Schwester Ihres Mannes."

„Ich habe es aber vergessen, ich habe alles vergessen. Außerdem notiere ich keine Termine mehr, weil mich keiner besucht. Sie sind der einzige, der komischerweise nach mir fragt."

„Gibt es denn keinen Journalisten, der die Einzelheiten des Attentats mit Ihnen durchsprechen möchte?"

„Nein. Nach sieben Monaten ist das Interesse verflogen, und es waren so viele unter uns..."

Ich will ihm schon die Tür vor der Nase zuschlagen. Er hat kaum noch Zeit mir mit einem Seufzer seine Karte zu geben und zu flüstern: „Rufen Sie mich an, sobald Sie wiederhergestellt sind. Wir könnten zusammenarbeiten."

Am 13. November 2015 war es, als in Paris 130 Menschen starben und so viele verletzt wurden. Und am 27. November hatten wir die Trauerfeier auf den Ehrenhof des Invalidendoms. Über 1000 Menschen, darunter die Angehörigen und sogar einige Verletzte, einige davon in Rollstühlen, nahmen daran teil. Ich war auch dort, aber ohne Rollstuhl. Trotz Schmerzen und Verwirrung im Kopf konnte ich noch ganz gut stehen und sogar knien. Ich kniete dreimal auf dem staubigen Boden des Doms, um mich auf die Probe zu stellen. Alle hatten verweinte Gesichter, alle sahen sehr schwach, übernächtigt und ramponiert aus. Ja, im Vergleich zu den anderen ging es mir wahrscheinlich blendend. Im Krankenhaus lag ich auch nicht mehr. Dort war ich nur in den ersten fünf Tagen und hauptsächlich deswegen, weil ich unter Schock stand, und besonders, damit ich in den ersten kritischen Stunden in der Nähe meines Sohnes sein konnte.

Zehn Minuten lang wurden die Namen aller vom Terrorismus Getöteten verlesen. Mehr Tränen konnte es gar nicht geben. Wir waren ein Kollektiv des Elends, und es half wenig zu denken, dass die anderen auch ähnliche Verluste erlitten hatten. Opfer aus 17 Ländern, die zwei Schwestern Kreuz in einem Restaurant, eine Doktorandin aus Venedig. Die meisten fanden ihren Tod im Konzertsaal Bataclan, 89. Habe ich nur davon in der Zeitung gelesen? Oder es tatsächlich selbst erlebt?

Den Namen meines Mannes konnte ich auf jeden Fall unter so vielen nicht hören. Ich glaube, ich war auf der Trauerfeier zu nervös und irgendwie schwerhörig geworden. Ich hörte nur Glocken, Seufzer und Flüssigkeit, auch wenn es nicht regnete. Wahrscheinlich waren es die Tränen. Und ich hörte seinen Namen tatsächlich, ununterbrochen, von Anfang an. Aber er kam nicht von den Mikrophonen, sondern von meinem eigenen Herzen. Das ist so bei den Überlebenden. Man ist nicht mehr sicher, was stimmt und was nicht. Man kann nicht mehr mit selbstsicherer Miene behaupten: „Ich heiße Odile. Und ich liebe mein Leben."

Ich hätte diesen Schriftsteller fragen sollen, ob er auch ein Überlebender ist. Aber wahrscheinlich nicht. Er schreibt nur über Terrorismus, ohne diese grauenvollen Szenen je gesehen zu haben. Na ja, im Fernsehen nachträglich schon, aber nicht selbst erlebt, im Augenblick, als es geschah. Doch im Grunde ist es bei mir das gleiche. Ich war nicht direkt da, als es passierte und erfuhr es in den Nachrichten, und dann musste ich die Folgen tragen, mich auf die Suche nach meinen zwei geliebten Menschen begeben und an Panik und Unwohlsein beinahe sterben. Ich wurde tatsächlich sehr krank davon, vorübergehend unzurechnungsfähig, wahnsinnig. Dieser Schriftsteller dagegen gehört nicht zu den Betroffenen, Kranken, weil er nicht das unmittelbare Opfer der Katastrophe ist. Tue ich ihm vielleicht Unrecht? Vielleicht hat er dieses Thema gewählt, weil er besessen davon ist und nicht mehr vergessen kann, was er in irgendeinem der zahlreichen Attentate der Welt durchgemacht hat.

Ich habe noch seine Visitenkarte in der Hand und wähle schnell seine Handynummer. Nach ein paar Minuten ist er schon wieder bei mir und diesmal lasse ich ihn hereinkommen. Ich lasse ihn sogar bei mir sitzen und eine Tasse Tee trinken aus einer der alten, schon vor Monaten gespülten Tassen. So inkonsequent bin ich. Aber eine Überlebende hat halt wenige Chancen gut funktionierende Zusammenhänge herzustellen.

„Es ist schön, dass Sie auch einige Fragen an mich haben, Madame. Fragen Sie ruhig und ohne Bedenken."

„Warum schreiben Sie an einer Geschichte des Terrorismus?"

„Das Thema ist längst hinfällig. Es gibt überall so viele Opfer und die Zahl der Terrorattacken aus den verschiedensten Richtungen wächst immer mehr. Was am Anfang nur ein erschreckendes, isoliertes Phänomen war wie die Flugzeugsentführungen der 70er Jahre (damit begann das ganze, glaube ich), ist jetzt zum Alltag vieler unglücklicher Bürger und ihrer Familien geworden. Zwar haben schon einige über die unterschiedlichen Hintergründe geschrieben, aber nicht genug. Ich habe alle Artikel gesammelt, zum Beispiel, über Israelis und Palästinenser, die Geschichte Libanons, die IRA, Irish Republic Army, mit den vielen Terroranschlägen in den 90er Jahren in Nordirland, Solingen und den NSU-Prozess in Deutschland; die baskisch-nationalistische ETA mit ihren Attentaten; dann kam die islamische Terrororganisation Al-Qaida in einer Klimax der brutalsten Zerstörung am 11. September 2001, und dann all das, was danach folgte: Die vielen Toten auf dem Atocha-Bahnhof 2004 in Madrid, die Touristenhotels vieler Vergnügungsresorts wie Bali und Tunesien sind nicht mehr sicher... 38 Opfer in Sousse, Tunesien, am 26. Juni 2015, wobei der Attentäter als Animateur im Hotel gearbeitet hatte.. Die Geiselnahme im Moskauer Dubrowka-Theater, in dem 2002 auch 130 Menschen starben wie jetzt in Paris, und zwei Jahre später ereignete sich das grauenvolle Geiselverbrechen der Schule in Beslan, ebenfalls in Russland: Nach offiziellen Angaben gab es 331 Tote und über 700 Verletzte. 2011 waren es über 90 arme junge Menschen, die in einer friedlichen Ferienanlage in

Norwegen in den Händen eines Rechtsradikalen ihr Leben verloren, und dieser Mann ganz allein richtete innerhalb weniger Stunden ein Blutbad an. Es bedarf nach meiner Meinung einer enzyklopädischen Recherche all dieser Gräueltaten, ihrer Motive und der Haupttendenzen der Entwicklung in der Geschichte unserer Zeit."

„Haben Sie auch ein Kapitel für die Überlebenden in Ihrer Recherche?"

„Ja, natürlich. Die Verletzten, von denen man kaum spricht, höchstens um gewisse Entschädigungsfragen zu klären, und dann all die Hinterbliebenen, wie sie nach diesem gewaltsamen und plötzlichen Tod in ihrem Leben zurecht kommen konnten."

„Sie haben sich viel vorgenommen, nicht nur Statistik, Wissenschaftliches, sondern auch Biographisches, was schon in den intimen Bereich jedes Einzelnen gehört."

„Ja, ich weiß. Es ist ein Lebenswerk. Vielleicht sterbe, bevor ich es ganz zu Ende führen kann. Aber wenigstens ein Teil davon wird bleiben, meine vielen Notizen und meine Datensammlung zu den verschiedensten Fällen. Das wenige das ich gesammelt habe, möchte ich schon im kommenden Jahr veröffentlichen. Natürlich ist es nur sehr verkürzt und exemplarisch, sehr wenig im Vergleich zu diesem Ozean an Schmerz und Trauer, der uns umgibt. Leider wird eine Fortsetzung, und noch viele weitere Fortsetzungen, notwendig sein."

„Seit zehn Jahren beschäftigen Sie sich damit? Keiner bezahlt vermutlich für diese Untersuchung. Was arbeiten Sie noch?"

„Ich arbeite als Verwaltungsangestellter in einer langweiligen Firma."

„Und warum haben Sie Terrorfälle zu Ihrem Lebenswerk gemacht?"

„Meine Mutter wurde auch so... vor ein paar Jahren getötet, gemeinsam mit vier weiteren Entwicklungshelfern. Es war statistisch gesehen nur eine kleine Gruppe und es gab keinen nationalen Trauertag und keine so große Trauerfeier wie im November in Paris, aber für mich war es sehr wichtig. Und seitdem - nach einigen Jahren völliger Leere und geistiger Lähmung - sammle und vergleiche ich die Fälle in den Medien, besuche auch einige der betroffenen Hinterbliebenen, immer wenn ich mir eine Reise erlauben kann, was auch nicht immer möglich ist wegen meiner Arbeitsstelle, Sie verstehen."

„Ein Hobby-Autor", denke ich mühsam und misstrauisch. „Nicht einmal Journalismus hat er studiert. Wer weiß, wie er schreibt? Andererseits ist er mir sympathisch geworden und auf menschlicher Ebene sehr nahe, weil er auch ein Überlebender ist und nicht etwa ein kalter und ehrgeiziger Sammler auf der Jagd nach Informationen für seine Karriere. Doch dafür kann ich auch nicht garantieren. Vielleicht ist er doch verbissen ehrgeizig und hofft durch seinen Schatz an Wissen eines Tages reich zu werden und seine graue Existenz im Büro zu verlassen."

„Wie viele Leute haben Sie interviewt?"

„Ungefähr 160."

„Waren Sie auf der Trauerfeier im Invalidendom?"

„Nein. Ich hätte Sie sonst angesprochen. Ich war verreist. Aber ich hatte Sie im Krankenhaus besucht, am dritten Tag."

„Ja? Daran kann ich mich kaum erinnern. Die ersten Tage im Krankenhaus waren noch erträglich. Mir war noch nicht ganz bewusst, dass mein Mann nicht mehr unter den Lebenden verweilt. Ich hatte auch noch die Hoffnung, dass die klugen Ärzte mit ihrer zuversichtlichen Miene von einer sehr fortschrittlichen Medizin meinen Sohn in den alten, normalen Zustand vor den Verbrennungen bringen könnten. Und die Menschen waren alle so nett und lieb zu mir, so sehr um mich bemüht! So viele Menschen kamen nach den Arztvisiten, um ihrem ehrlich empfundenen Mitgefühl Ausdruck zu geben! Wahrscheinlich waren Sie auch unter ihnen. Und ich fühlte mich trotz meines Nebels und einer permanenten Unruhe zum ersten Mal wie ein Hauptstar. Nie war ich so von der Gesellschaft wahrgenommen und verwöhnt worden. Dann, als ich am fünften Tag rausgehen konnte, sah ich so viele Kundgebungen auf den Straßen, so viele Menschen mit Blumen und Kerzen für uns, für unsere Toten. Es waren wirklich unsere, und ich fühlte mich nicht so allein. Ich ließ mich treiben. Ich nahm die Hände, die sie mir reichten; meine Tränen vermischten sich wortwörtlich mit ihren Tränen, und ich wurde wie ein Kind, das vom Wiegelied der Mutter in das Reich sanfter Träume eingelullt wird. Aber jetzt ist alles vorbei, diese unvergleichlich warme Welle der Solidarität und Einigkeit mit uns dauerte nur die ersten drei Wochen an. Die Medien konzentrieren sich jetzt auf andere Themen. Ja, die Illusion ist verflogen."

„Ich kenne das auch alles, was Sie beschreiben. Als meine Mutter und die anderen entführt wurden, sprachen noch einige Zeitungen davon und wie viel sie unternehmen wollten, um bei der Befreiung zu helfen. Dann, als die Geiseln getötet wurden, sprachen sie mit Bedauern zwei weitere Tage darüber. Und das war alles. Im Hintergrund klang noch ein halb ausgesprochener Satz mit: ‚Es ist haarstäubend und empörend, aber die Entwicklungshelfer sind auch teilweise selbst daran schuld; sie wussten schon, wie gefährlich es in solchen Ländern ist.' Das kann man in Paris nicht sagen und die Menschen werden durch die alarmierenden Wiederholungen solcher Katastrophen allmählich besser zur Identifikation mit den Opfern trainiert, mit einem Wort, mitleidsfähiger. Ich finde, all diese Demonstrationen und Sympathiebekundungen der Zuschauer sind gut gemeint und schön, aber wenig ergiebig. Man kann nicht viel davon halten, diese kollektive, mediale Zurschaustellung von Gefühlen, die die Massen zu einer oberflächlichen und kurzlebig ansteckenden Übersensibilisierung manipuliert."

Ich widerspreche kraftlos: „Und doch... es ist viel besser als nur Kälte und Distanz. Mir half es viel in der ersten Zeit. Es ist genauso wie die tröstenden Worte bei einer Beerdigung. Ich bin leicht manipulierbar, ich muss es zugeben. Doch um so schlimmer ist dann die Einsamkeit und Dürre danach."

„Sei wie es ist. Wir dürfen den Menschen nicht vorwerfen, dass sie sich nur von ihren neuesten Eindrücken fangen lassen und alles übrige vergessen. Wir machen es auch mit unseren eigenen Toten, wenn schon einige Zeit verstrichen ist."

„Aber Sie haben Ihre Mutter nicht ganz vergessen. Ihretwegen fingen Sie mit dieser ganzen Geschichte des Terrorismus an, nicht wahr?"

„Ja, teilweise. Nicht nur sie hat mich motiviert. Es gehört zur Allgemeinbildung zu wissen, dass es heutzutage andere Arten von Kriegen gibt, bei denen nicht nur Staaten und Soldaten agieren, sondern düstere Gruppierungen im Untergrund, und es beliebige Opfer in einem Café oder Fußballstadion gibt. Eine Massenabfertigung des Todes ist es. Je mehr, desto besser. Und als Höhepunkt dieses frisch produzierten Phänomens der Zerstörung in unserer Zeit steht der Selbstmordattentäter, der sich in die Luft sprengt und wegen falsch verstandener Religionen die anderen, aber auch sich selbst vernichtet. Diese so radikale Figur der Verzweiflung und des Hasses, in so großen Mengen quantifiziert, hat es zu früheren Epochen noch nicht gegeben."

„Es scheint, dass Sie sich auch für die Gedanken und die Perspektive der Terroristen interessieren. Ich kann nur an die Opfer denken."

„Terroristen sind mir wahrscheinlich genauso verhasst wie Ihnen, denke ich. Aber diese Selbstmordattentäter erstaunen mich immer wieder mit ihrem Mangel an Liebe zum eigenen Leben. Dieses Ehepaar in San Marino, Kalifornien, am 2. Dezember 2015... Sie töteten 14 Menschen und verletzten viele mehr, doch auch sie verloren dabei ihr Leben. Die meisten sind anscheinend froh, für ihren Fanatismus zu sterben."

„Ja, sie wollen den eigenen Untergang und den eigenen Tod, aber mit so vielen Menschen wie möglich als Begleitung, wie der Pilot von GermanWings, der die ganzen Passagiere des Flugzeugs in seinen privaten Suizid mit einprogrammierte, ohne zu fragen, ob sie damit einverstanden seien. Im Mittelalter hat man vom Teufel gesprochen und der Pest. Jetzt spricht man von Globalisierung im Tod, riesigen Massakern. Es wundert mich, dass noch so viel Rücksicht herrscht und nicht täglich Atombomben von allerlei Gruppen von Verrückten überall hingeworfen werden."

„Wer weiß? Vielleicht kommt es noch."

„Und dann die ganzen Überlebenden wie Sie und ich. Gäbe es nicht so viele Katastrophen, dann gäbe es auch nicht so viele Überlebende. Wir sind eine besondere Gruppe und gehören nicht mehr zu den Normalen."

„Wie könnte man uns überhaupt charakterisieren? Ich vermute, jeder von uns ist anders als der andere. Aber wir haben mit Sicherheit einige gemeinsame Züge. Die Überlebenden von Auschwitz (auch ein Höhepunkt des Massenterrorismus) sind nicht ungleich denen vom 11. September 2001 in New York, denen vor sieben Monaten in Paris oder sogar den Familien von jemandem, der eines natürlichen Todes gestorben ist."

„Die Gemeinsamkeiten sind vielleicht folgende: Wir glauben es nicht ganz, dass es passiert ist. Wir haben Sehnsucht nach dem Verlorenen... und wir schämen uns, dass wir weiter leben."

Wir trinken den Tee zu Ende. Er stimmt mir ohne Begeisterung zu: „Die Existenz ist wenig lohnend, wenn man viele Menschen verliert, dann fragt man sich, ob es der Mühe Wert ist zu überleben."

„Ja, noch ein Punkt, Übersättigung durch Verlust. Das Hauptgericht und der Nachtisch Leben schmecken nicht mehr so gut. Ich habe auch einige Angehörige und gute Freunde zu beklagen. Aber natürlich ist jetzt mein Mann der Mittelpunkt meines Schmerzes. Man konzentriert sich auf etwas und dann verblasst alles andere. Ich bin sehr alt geworden, seitdem er nicht mehr da ist. Sein Tod hat mich zu einer Greisin gemacht, obwohl ich noch keine 50 bin."

„Gewiss, das ist noch eine Gemeinsamkeit der Überlebenden. Wir sind alle alt und verbraucht. Solange wir noch niemanden verloren hatten, waren wir jung und hoffnungsvoll. Der Schmerz um meine Mutter ist selbstverständlich nach so vielen Jahren milder geworden als das, was Sie jetzt erleben. Trotzdem... Ich habe schon so viele Katastrophen überlebt, fünf kann man zählen, dass ich mich tatsächlich berechtigt fühle, an dieser Enzyklopädie zu schreiben."

„Aber die anderen hatten nichts mit Terrorismus zu tun?"

„Eigentlich nicht. Die Wirkung ist aber durchaus vergleichbar, wie Sie meinten, ein psychologischer Terror für mich, ohne die Bomben jedoch, ohne die Zeitungsberichte und das allgemeine Mitgefühl der Menschen. Mein Bruder starb an Aids, meine Tante an Krebs, mein Vater durch einen Autounfall, den ich auch mit einigen Verletzungen überlebte, und Sabine, eine Freundin meiner Studentenzeit, nahm sich das Leben... Wieder jemand, der dieses großartige Geschenk des Lebens nicht genug zu schätzen wusste und schonungslos radikal ablehnte, während andere so hartnäckig darum kämpfen, es um jeden Preis zu behalten."

„Es ist Pech, dass Sie so viele Todesfälle in der Familie hatten."

„Ja. Aber durchaus nicht so unüblich. Wenn es sich auf einige Jahre verteilt, bleibt es noch im Rahmen des Vernünftigen und Erträglichen. Connie Palmens Bericht ‚Das Logbuch eines unwarmherzigen Jahres' beschreibt so eine Häufung von Todesfällen innerhalb so kurzer Zeit, dass einem schwindlig wird. Es scheint fast eine Besessenheit der Autorin, doch ist es ihr tatsächlich passiert. Wir kennen das, trügerisch schöne Jahre der Zufriedenheit, in denen wir glauben könnten, dass der Tod gar nicht existiert, und dann plötzlich eine Überflutung des Schicksals, Sterben ohne Ende..."

Ich nicke mein Einverständnis und flüstere: „Ja, es ist ein komischer Mechanismus, sehr ungerecht und kapriziös wie alles in der Natur. Die meisten in meinem Bekanntenkreis sind beneidenswert, nur äußerst selten hört man, dass jemand bei ihnen stirbt, und wenn ja, dann in einem ganz fortgeschrittenen Alter, mit über 90 und durch einen sehr schönen Tod. Ich kann leider eine ganz andere Geschichte erzählen. Ich habe zwar die ersten Jahre meines Lebens sanft und unbekümmert gelebt, aber dann kamen schon die harten Erfahrungen, wie bei Ihnen."

„So ist es, Madame. Die schlechte Verteilung der Güter beginnt schon in der Natur. Die oberflächlichen Brillen- und Linsenträger beschweren sich stundenlang, weil sie ohne ihren Zusatz nich hundertprozent sehen können, während die völlig Blinden die Katastrophe des Nichtsehens irgendwie durch eigene Kraft und ohne Schau überleben müssen. Wer kann sie verstehen?"

„Es muss aber schwer für Sie sein, immer in Kontakt mit Angehörigen von Opfern zu bleiben. Sie können nie richtig vom Thema abschallten. Es ist bestimmt nicht angenehm, und doch sind wir alle auf demselben Schiff des Unglücks."

„Gewiss, aber es ist andererseits tröstlich und produktiv im Sinne einer erfolgreichen Spezialisierung. Ich vertiefe meine Kenntnisse immer mehr. Es ist fast eine Ausbildung heutzutage, ich qualifiziere mich zum Terrorismusbeobachter."

„Gingen Sie damals zum Psychotherapeuten, als Ihre Mutter starb."

„Nein. Damals war es weniger in Mode als jetzt. Meine Probleme sind aber ganz andere: Ich kann die Menschen nicht immer treffen, leider. Ich kann nicht so viel reisen; ich stehe nur per E-Mail oder Telefon in Kontakt mit ihnen, und die meisten wollen meine Fragen nicht beantworten, da gerade sie besondere Gründe haben, auf Fremde misstrauisch zu reagieren."

In unserem Gespräch hat sich jetzt ein Kreis geschlossen, das merke ich. Ich habe meine Fragen abgerundet und so viel wie möglich über ihn erfahren. Es fällt mir plötzlich ein, dass er derjenige ist, der ein Interview mit mir führen wollte. Es muss ein Wechsel stattfinden und seine Neugier muss einigermaßen befriedigt werden.

„Was wollen Sie über mich wissen? Was für Fragen haben Sie auf Lager?"

Er nimmt einen Zettel aus seiner Tasche und flüstert eifrig.

„Es ist ein Fragebogen, den Sie bitte in aller Ruhe ausfüllen können, wenn ich gehe."

„So etwas hatte ich mir schon gedacht", sage ich apathisch und lustlos. „Ich mag keine schriftlichen Befragungen."

„Aber Sie verstehen doch. Schriftlich ist es besser, man kann besser Gedanken zur Sprache bringen... und bei allen Unterschieden in den jeweiligen Fällen muss ich mich ein bisschen allgemein halten, auch um dann die Antworten miteinander vergleichen zu können."

„Es ist schon klar. Ich werde die Fragen lesen und sehen, ob ich sie beantworten kann."

Ich bin aber über sein bürokratisches Verfahren ziemlich enttäuscht. Er nimmt das wahr, aber wieder wie eines seiner vielen Phänomene und Trends, die er distanziert und sachlich analysiert. Er sagt: „Wenn Sie möchten, kann ich Sie wieder besuchen und dann können wir Ihre Antworten auf einer persönlichen Ebene besprechen. Wenn Sie mich aber nicht wiedersehen wollen, dann schicken Sie mir den Zettel mit der Post."

Ich weiß nicht genau, was ich erwartet hatte. Wahrscheinlich wollte ich ihm einfach über die Geschichte meiner Gefühle für meinen Mann erzählen, wie wir uns kennen lernten und bald darauf heirateten, dann unsere Freude bei der Geburt unseres Kindes; ich wollte über das Lernen meines Sohnes erzählen, über seine geistige und körperliche Entwicklung im Laufe der Jahre. Dann hätte ich ihm über meine Trauer berichtet, die stechenden Ängste, meinen Mann zu vergessen und meinem Sohn bei seinen Behinderungen nicht helfen zu können, die sich mit einer einschläfernden Gleichgültigkeit und Leere nach dem großen Schreck abwechselten. Ich hätte mit ihm wieder über meine Erschütterung bei der Beerdigung und meine große Dankbarkeit, mein Zusammengehörigkeitsgefühl mit dem solidarischen Volk gesprochen, das in den ersten Tagen für uns überall unzählige Kerzen und Blumen verstreute.

Ich weiß nicht genau, ob seine Mutter tatsächlich ein Terrorismusopfer gewesen ist. Womöglich hat er es nur erfunden, um eine gewisse Empathie herzustellen. Vielleicht ist es noch schlimmer, vielleicht ist er ein Psychopath und wird mich beim nächsten Besuch umbringen.

Ich frage skeptisch und wie mir scheint fast grausam: „Was für einen Nutzen habe ich von dieser Untersuchung, die Sie machen? Was sollen wir alle davon haben? Was ist eigentlich Ihr Ziel?"

Er sucht verzweifelt nach einem Ausweg: „Es ist bei allem so... Wir haben keine praktischen Anwendungen, aber doch ideelle Werte. Durch die Befragung und die Antworten, wird man das große Leiden in diesem furchtbaren Kapitel unserer Geschichte sehen, und somit wird man auf den Terrorismus immer aufmerksamer werden und ihn stärker bekämpfen können."

Ich nehme den Befragungsbogen und er geht weg ohne ein „Dankeschön" oder ein freundliches Lächeln. Er weiß, wie misstrauisch ich geworden bin. Ich schaue systematisch nach, ob er nicht eine Bombe in meine Wohnung gelegt hat, nicht persönlich meinetwegen, sondern der Menge wegen, weil in diesem Hochhaus über 150 Menschen wohnen.

Dann lese ich zerstreut die Fragen. Es geht um uns, die Überlebenden, und was jeder Einzelne von uns den ganzen Tag macht. Wann wir aufstehen, ob wir noch fähig dazu sind zu essen, eine Arbeit zu übernehmen, spazieren zu gehen, einen Film zu sehen, Sex zu haben, in der Kirche zu erscheinen, zu schwimmen, zu plaudern, einen Fragebogen auszufüllen...

Es tut mir leid. Ich zerreiße ihn in kleine Stücke.

Der Körper und die zwei Seelen, eine Legende

Seit dem Tod ihrer Mutter und ihres Mannes befand sich Irmela Brandes in einem kleinen oder großen Konflikt, je nachdem, wie man es nahm und beurteilte. Sie fragte ihre konfessionslose Freundin Eva Milner, die ihr wahrscheinlich eine sachliche und distanzierte Beratung geben konnte, da sie nicht involviert war und keine der zwei Parteien bevorzugte.

„Viele Jahre lang bin ich ähnlich wie du gewesen. Ich kümmerte mich nicht um Kirchen und war ausgesprochen nicht-religiös, dachte wenig an Gott und vor allem hinterfragte ich die Autorität der Priester und Pfarrer."

„Ich weiß, jetzt hast du dich verändert", sagte Eva mit einem müden Lachen. „Wenn man älter wird, glaubt man mehr an Gott, ich kenne die Sprüche. Die russischen Helden der Jugend wie Bazarov oder die atheistischen Idealisten des spanischen Bürgerkrieges wie Hemingway und Martha Horn sind passé."

Vage verteidigte Irmela sich nicht mit politischen Argumenten gegen den Kommunismus, Anarchismus oder Revolutionen überhaupt, sondern mit humanistischen Aussagen über ihre Treue zu den Verstorbenen, geliebten Menschen in ihrer Familie: „Es ist nicht so, dass ich jetzt wenig tauglich für die Erde mir den Himmel verdienen will. Ich träume kaum vom Himmel, weißt du? Es ist nur so, als meine Mutter starb, wurde sie katholisch beerdigt. Und seitdem, weil die Predigt mir so gut gefiel und mich so rührte, bin ich ein paar Mal in der katholischen Kirche gewesen. Ich fühlte mich ihr dort viel näher, getröstet und voller Frieden, die Kommunion beruhigte mich besonders, brachte mir Zuversicht und Kraft, als würde tatsächlich der freundliche Christus sich in meiner Magengegen einrichten, damit ich weder an Übersättigung noch an Hunger sterben sollte."

Eva lächelte ironisch.

„Es ist ein Mythos wie jeder andere, aber ich glaube nicht daran. Wenn ich Sport treibe und auf einem Strand das schöne Wetter genieße, da fühle ich mich auch wohl und getröstet, die Gottheit Sonne drängt in mich ein mit seiner Wärme und verursacht fast einen Orgasmus in mir."

„Ja, du bist eher materiell eingestimmt, du bist mehr Körper, du hast auch nicht so viele Tote im Jenseits wie ich sie habe."
Eva zeigte sich etwas gekränkt, aber auch frivol, wie sie immer war.

„Es ist nicht ganz richtig. Ich bin auch spirituell, doch anders... Ich begeistere mich eher für die Kundalini-Energie der Natur."

„Oh ja! du hast davon erzählt, Osho und all diese indischen Gurus... Und man kann sich selber heilen, wenn man krank ist, durch die eigene Energie, unglaublich... Irgendwann gerate ich in Versuchung und begleite dich noch zu einem von diesen Kundalini-Meditations-Tänzen. Aber ich bin schon jetzt in einem Konflikt, und wenn ich noch zu diesen Veranstaltungen mitkäme... Ich würde hysterisch werden. Meine Zeit reicht nicht, und meine Kräfte auch nicht."

„Was ist mit dir los? Was hast du für ein Problem?", fragte die Freundin missbilligend. „Wer setzt ein Limit zu den Veranstaltungen, die du besuchen darfst oder nicht? Bist du mit 60nicht ein freier Mensch?"

„Es hat nichts mit Freiheit zu tun, sondern mit Harmonie und Wohlbefinden. Irgendwo muss ich mich Zuhause fühlen können. Als mein Mann starb, wurde er evangelisch beerdigt und der Pfarrer war so verständnisvoll, so mitfühlend in seiner Totenrede, dass ich seitdem oft zur evangelischen Kirche gehe, weil ich mich dort gewissermaßen geborgen fühle und mehr in Wilhelms Nähe, auch wenn er während seines Lebens nicht sehr gläubig war. Doch ich denke, da er jetzt kein Körper mehr ist und stattdessen wie der Wind eine unsichtbare Seele, dass ich ihn nur auf dieser mystischen Ebene erreichen kann."

„Und was ist der Konflikt?"

„Eine ältere Nachbarin, Frau Melanie Burger (sie wohnt nicht im selben Haus wie ich, aber auf der ersten Straße rechts, neben der Apotheke) ist ein paar Mal mit mir zur katholischen Kirche gegangen. Wie du weißt, kann ich noch kaum laufen und nur mit Schwierigkeiten noch etwas sehen. Sie bietet mir ihren starken Arm an, hilft mir auf ihre gütige Art, damit ich in kein Loch falle oder auf dem Glatteis ausrutsche. In den letzten Jahren hat sie mich hin und wieder abgeholt, nicht übertrieben oft, denn sie ist sehr diskret und wusste schon, dass ich meinen Mann zu pflegen hatte. Meistens wartete sie darauf, dass ich mich meldete und das Tempo der Kirchenbesuche bestimmte, zu Ostern, Weihnachten oder zum Todestag meiner Mutter, wenn ich eine Messe für sie lesen ließ. Aber jetzt kommt die evangelische Dame, Frau Nika Holzweg, und wenn Melanie es erfährt, dass ich sie deshalb nicht mehr frage, dass ich fremdgegangen bin... Ich kann nicht mit den beiden gleichzeitig gehen, denn der Gottesdienst fängt in beiden Kirchen um elf Uhr an. Ich muss entweder auf die eine oder auf die andere verzichten."

„Welche hast du lieber von den beiden?"

„Schwer zu sagen. Die Evangelischen in dieser Gemeinde sind sehr nett, aufgeschlossen und sozial engagiert. An mich haben sie sich schon gewöhnt und grüßen mich herzlich. Wir trinken zusammen Kaffee und immer stellen sie interessante Vereine oder Arbeitskreise vor: Spirituals, Amnesty International, ehrenamtliche Mitarbeiter im Hospiz. Bei ihnen steht der Mensch im Mittelpunkt ihrer Aufmerksamkeit und das gefällt mir besonders: Sie haben einen direkteren Bezug zu alltäglichen Problemen, eine praktischere Anwendung von Bibelstellen; sie überprüfen und zählen ihre Kollekten ständig, führen Buch über alles, damit jeder weiß, was die Gemeinde bekommt; sie kümmern sich um alle Details, um die Schwachen und Kranken.

Aber andererseits sind mir die Katholiken vertrauter, sie sind ein Leitmotiv meiner Kindheit, meine Gewohnheit, denn in Argentinien, meiner Heimat, wurde ich katholisch erzogen. Sie sind vielleicht weniger freundlich und weniger auf Menschen bezogen, doch dafür vermitteln sie mir eine wertvolle mystische Erfahrung mit Jesus (durch die Kommunion zum Beispiel), die mir besonders wichtig erscheint und die ich bei den anderen etwas vermisse. Die Kommunion war für mich immer das Bestechungsritual, ein alles umwerfendes, reinigendes und unübertreffliches Ereignis des Inneren, in welchem die Seelen sekundenlang, auf der Suche nach Gott beinahe herausfliegen und sich körperlos erheben können. So habe ich es wenigstens immer geglaubt. Es ist die höchste Spannung und Qualität darin, und ich bleibe wie hypnotisiert in einer Heiligenlegende und im Klang des Chors und der Orgel gefangen. Es ist wie ein Aufputschmittel. Dieses Ritual treibt mich nach oben (nimmt die Mittelmäßigkeit von mir) hoch und hoch... wie eine Geist-Rakete in dem übernatürlichen Feuerwerk der größten Feierlichkeit."

Eva sagte kämpferisch: „Du glaubst nicht allen Ernstes, dass du deinen Gott verspeist? Es war ja nur symbolisch gemeint, wie das Abendmahl der Evangelischen mit Vernunft bezeugt."

„Was habe ich von dieser Vernunft? Man möchte manchmal das Verrückte tun, ja, Gott verspeisen, und die Toten auferstehen sehen. Wenn ich eine Künstlerin wäre, würdest du mich vielleicht verstehen, meinen Wunsch nach Intensität und Uferlosigkeit."

„Kommen wir zu den Tatsachen, meine Liebe: Du hast Angst, die beiden Damen zu enttäuschen."

„Ja, das habe ich. Weil ich keine Kompromissmöglichkeit sehe. Entweder ist es die eine oder die andere."

„Und dein kleines Herz leidet wie immer zwiespältig und zögernd, aber ich verstehe noch nicht, warum. Du könntest dich an einem Sonntag von den Evangelischen und am nächsten Sonntag von den Katholiken abholen lassen."

„Nein, das würde auf Dauer nicht gut gehen. Beide hätten eine sehr schlechte Meinung von mir. Sie würden mich untreu nennen, inkonsequent und ambivalent, und das bin ich ja auch, ohne tiefe Überzeugung, tolerant und neugierig bis zum Zusammenbrechen der Knochen, nur zum Kokettieren, Beschnuppern und Erforschen bereit."

„Ich finde die Beschreibung gar nicht so schlimm. Du tust keinem etwas Böses dabei, du, eine arme, halbblinde und gehbehinderte Witwe und Waise.... Du hast dich auf Kirchen spezialisiert. Du magst Kirchen, und sie sollten dankbar sein, dass du sie magst, dass du ihren Predigen zuhörst und dich an ihren Kollekten beteiligst, dass du mitzusingen versuchst und ihre häufig leeren Sitzplätze mit der Fülle deines Körpers besetzt, dass du dich mit guten Gedanken über Gott und die Menschen vergnügst. Andere neigen zur Prostitution, Kriminalität, zu Klatschgeschichten, Schönheitssalons, Hunderennen, verschwenderischen Einkäufen, und so weiter."

„Du redest nur über allgemeine Sachen, wie so oft. Aber denke an diesen konkreten Fall. Frau Holzberg würde mich am Ende für eine Spionin halten. ‚Sie nimmt uns nicht ernst, nur zum Zeitvertreib. Sie geht von Blume zu Blume, ohne sich festzulegen. Sie bleibt immer länger bei uns, lässt sich von uns abholen und erweckt gewisse Hoffnungen, dass sie ein Mitglied unserer Gemeinschaft werden könnte, aber sie bleibt für immer katholisch.'

Und Frau Burger würde sagen: ‚Sie ist eine Verräterin der Religion ihrer Eltern. Sie ist nicht mehr die brave, gehorsame Tochter wie am Anfang. Warum geht sie immer zu der anderen Gruppe?' Ich denke, ich muss ihr bis zu einem gewissen Punkt Recht geben. Vielleicht sollte ich mit Frau Holzberg darüber sprechen und ihr ganz klar mitteilen: ‚Wissen Sie, mit 60 bin ich schon zu alt für einen Glaubenswechsel. Mir fehlt an der Kraft für mehr Veränderungen; durch den Tod habe ich schon zu viele Veränderungen ertragen müssen. Als ich jung war und deutsche Staatsbürgerin wurde, da hätte ich auch ohne weiteres evangelisch werden können, ich fühlte mich so voller Tatendrang und Erneuerungssucht! Aber mein Mann war nicht sehr religiös, und jetzt ist es schon zu spät. Doch ich liebe Sie alle sehr und habe große Achtung vor Ihren guten Werken.'"

Eva und Irmela blieben still ein paar Minuten und überlegten. Eva sagte mit einem Stöhnen: „Diese verdammten Religionskriege! Auch heutzutage ist der ökumenische Gedanke nicht so weit fortgeschritten, scheint es. Du stehst unter einem gewissen Druck von beiden Seiten."

„Nein, nein. Vielleicht liegt es an mir. Es wird nicht laut ausgesprochen. Doch ich spüre eine gewisse Erwartungshaltung als ‚die Neue, die sich nur vorsichtig engagiert, aber nicht ganz'... und ‚die Alte, die sich nicht mehr meldet und jetzt zu den anderen übergeht'. Beide Frauen kennen sich nicht, aber durch ihre Konfession hegen sie ein gewisses Ressentiment zueinander. Ich spüre es, eine Spur von Gereiztheit in den beiden Fronten... Einmal, als ich harmlos zu der einen sagte: ‚Ich bin offiziell katholisch.' Oder zu der anderen: ‚Ich besuche seit dem Tod meines Mannes eine evangelische Gruppe.' Ich meine, es hat tatsächlich Kriege gegeben, und das ist nicht so lange her.

Es ist ähnlich wie bei der Gleichberechtigung der Frauen. Nicht immer hatten sie Wahlrecht, nicht immer waren sie Akademikerinnen und Ärztinnen in verantwortungsvollen Positionen. Und es ist logisch, wenn einige Frauen sich noch verbittert an die traurige Vergangenheit erinnern. Es hat sie tatsächlich gegeben und die Existenz von vielen zerstört, und daher reagieren sie heftig, wenn man es leugnen will.

Echt, ich weiß nicht, was ich tun soll mit den zwei Damen. Am besten sollte ich mich vielleicht in meiner Wohnung begraben. So würde ich eine viel würdigere Figur abgeben und keiner wäre beleidigt."

„Nein, gerade das wäre das Falsche", rief Eva mit Empörung aus. „Geh' doch lieber mit mir zu den Kundalini-Meditationen. Wir werden ungezügelt und uns in voller Freiheit unserer Glieder bis zu unserem Ende durchtanzen und uns positive Energien einpumpen, bis der Tag der Erleuchtung zu uns kommt."

„Du hast vergessen, dass ich mich kaum noch bewegen kann."

„Trotzdem, das Bein ein bisschen heben kannst du noch, und mit dem Kopf und den Armen wedeln und alle übrigen Organe benutzen."

Irmela versuchte eine Ausrede zu finden: „Ich bin zu träge und habe zu viele Verpflichtungen im Moment. Weißt du, wonach ich manchmal Sehnsucht habe? Nach einem kontemplativen, zurückgezogenen Leben im Kloster, in dem ich mich ernsthaft in Übungen des Gebets und der Mystik einarbeiten könnte. Aber auch da bin ich im Konflikt. Ich weiß nicht, ob die katholischen, die evangelischen oder die indischen Gurus die besseren Begleiter wären."

Eva wollte keine Entscheidung von ihr verlangen und zuckte mit den Achseln.

„Na ja, du bist sowieso eine treue Person. Ich weiß, dass du, sobald ich sterbe, im Andenken an mich und als Akt der Liebe zu meinen Kundalini-Meditationen kommen wirst."

Irmela seufzte verträumt: „Ach, nicht du, sondern ich! Wenn ich bloß tot wäre! Dann könnte ich überall hingehen, die zwei Kirchen meiner Freundinnen und deine Kundalini-Meditationen gleichzeitig besuchen!"

Und hier fängt die Legende an... Denn in der kleinen Stadt, in der Frau Brandes gelebt hatte und dann eines Tages 80-jährig starb, hatte sich herumgesprochen, dass man sie öfters, besonders an markanten religiösen Tagen (sonntags, samstags für die Juden, freitags für die Muslime) sehen konnte. Um fünf nach elf sah man sie in der evangelischen Kirche neben Frau Holzberg, die sie begleitete, und um zehn nach elf sah man sie schon in der katholischen Kirche neben Frau Burger. Um elf Uhr dreißig ungefähr sah man sie auf einer Matte liegen nach den Anstrengungen des Tages und des Tanzes, entspannt und fast eingeschlafen, neben Frau Milner. Man erzählte sich die unglaublichsten Dinge. Sie war so flott und aktiv und verpasste keine Veranstaltung, obwohl sie kaum noch laufen konnte, so atemlos und zitternd wie sie war, und sich immer auf ihren Stock stützen musste.

„Wie sie alles schaffte, so wach, kraftvoll und schnell! Wie sie so viele Gottesdienste hintereinander erleben konnte! Sie verkürzte viel, aber nahm auch alles ganz... Nur die Verpackung nahm sie weg. Sie hatte keine Langeweile, nur Extasen wie die religiösen Künstler, Extase bei der Kommunion... oder wenn sie eine Blume in einem Garten betastete."

Man sah sie auch manchmal in der Synagoge, in der Moschee und in der orthodoxen Kirche, man sah sie überall, wo man

Gott und der Seelen gedenkt, wo man die Schönheit und Ewigkeit der geliebten Verstorbenen für sich behalten will.

Das Zittern der Witwen

Trauer bedient sich im Körper der selben Sprache wie Verliebtheit. Da ist kein Unterschied. Die dummen Organe erzählen von Unruhe und Begierde, ohne eine Ahnung zu haben, dass das Verlangen nach einem Lebenden ein ganz anderes ist als das nach einem Toten.
Connie Palmen, *Das Logbuch eines unbarmherzigen Jahres*

„Ich will dich an dein Versprechen erinnern", sagte er hastig, „dass du mit mir sterben willst." [...] „Ich nehme dich mit. Ich will nicht allein weg. Ich liebe dich und lasse dich nicht da." Sie war vor Angst wie gelähmt [...] „Zusammen, zusammen... Es war ja dein Wille. Ich habe auch Furcht allein zu sterben. Willst du? Willst du?" [...] Er hatte sie erwürgern wollen.
Arthur Schnitzler, *Sterben*

Jenseitskontakte

Frau Heller findet zusätzlich noch ein Argument zur Bekräftigung des Trostes: „Schlimmer noch als den Ehemann zu verlieren, ist es, wenn das eigene Kind stirbt."

„Oh, ja, das ist wohl wahr", sage ich schwach und unterwürfig.

Wir relativieren. Ich habe es zwar nie erlebt, aber es muss noch schlimmer sein.

„Ein Versicherungsvertreter erzählte mir gestern, er habe eine 75-jährige Frau besucht, deren Sohn mit 45 an Zungenkrebs verstorben ist."

Wir, die unterwürfigen Trauernden, nicken halb getröstet. Keiner von uns würde jetzt noch wegen Stufungen des Gerechtigkeitsprinzips, wegen Worten und Definitionen einen Krieg führen. Wir sind viel zu erschöpft nach unserem schweren Kampf gegen den Tod, der sich als vergeblich erwiesen hat, denn wir alle sind in unserem Versuch gescheitert, den geliebten Menschen zu retten; wir haben ihn, mit mehr oder weniger Widerstand, sterben lassen müssen.

Meine Gedanken sind aber nicht so brav und vernünftig wie meine Antworten und die der anderen in der Trauergruppe.

Sie laufen Zick-Zack mit zerstreuter Unordnung:

Die arme 75-Jährige musste den Sohn aus der Versicherung abmelden, so wie ich es auch mit Gottwald machen musste. Jetzt gilt die Versicherung nur für mich. Ich bin wütend auf Gott. Die anderen sind womöglich gläubig und finden richtigen Trost im Gebet. Ich darf es nicht laut sagen, aber ich dagegen bin verzweifelt und formuliere in der Stille meine Art Anti-Gebet gegen den Himmel: „Gott, Du hast mir vieles nicht gegeben, keine Kinder, keine Gesundheit, keine Stütze von zahlreichen Verwandten und Freunden, die mich in einer schweren Stunde verwöhnen würden. Warum hast du mir den einen Menschen weggenommen, der mein Leben erträglich und sogar wertvoll und schön machte? Wir beide zusammen konnten uns so gut und glücklich in unsere Ruhe einbetten und fröhlich ungestört atmen. Wir hatten unser Nirwana erreicht, ein wunderbares Nichts ohne Qual."

Ich bin auch wütend auf die arme Gruppe, die mich begleitet, die ähnliches, aber auch ganz anders durchmacht.

„Bleiben Sie mir mit der Statistik vom Hals, Frau Heller. Ich weiß, dass es Tausende von Witwen gibt, dass ich nicht die einzige bin."

Im Grunde sollte ich dankbar sein, weil heutzutage so viel für die Witwen getan wird, Kuren zur Wiederherstellung der Lebenslust, Trauercafés der Hospizbewegung, in denen die Betroffenen, meistens Witwen, sich austauschen und ihrem intensiven Gefühl über den Tod der Angehörigen freien Lauf lassen können. Und die Witwen heutzutage brauchen nicht mehr in das Grab des Partners zu steigen, um mit ihm verbrannt zu werden, wie die grausame Tradition Indiens es in der Vergangenheit verlangte.

Vor lauter Dankbarkeit sollte ich die Menschen umarmen und mich freuen. Komm' mach etwas aus deinem Leben. Deine Mutter hat noch elf Jahre nach dem Tod deines Vaters gelebt, und manche Witwen leben 30 oder 40 Jahre weiter. Aber ich bin wütend auf mich selbst, weil diese Dankbarkeit im Moment sehr mager und ohne Praxisbezug ist. Ich fände es schon ehrlicher, gänzlich aufzuhören und gemeinsam mit ihm, der unbegreiflicherweise von meiner Seite verschwunden ist, zu sterben.

Nein, meine Damen, es hat nichts mit Konservatismus oder Romantik zu tun, es ist nur ein Instinkt, ein Bedürfnis. Wir waren gewissermaßen unzertrennlich, ich folgte ihm, und er folgte mir auch, und jetzt ist der Fremdkörper des Todes mit brutaler Unwiderruflichkeit zwischen uns gekommen, und reißt alles ab. Man sagt, wir bewohnen jetzt zwei verschiedene Bereiche. Ich habe mein altes, schweres und groteskes Gepäck der Erde von Papieren, Lebensmitteln und Gegenständen aller Art, und er hat ein ganz neues Licht-und-Luft-Gepäck.

Er ist ein Geist geworden, und so kann ich nicht mehr mit ihm sprechen, mich nicht mehr mit ihm verständigen. Deshalb geht jetzt meine Wut auch auf ihn über, auf meinen Mann, auf den Geist, der sich versteckt hat, der mich vielleicht beobachtet, aber nichts sagt. Meine vierfache Wut gegen Gott, die Trauergruppe, mich selbst und Gottwald als Geist, wird aber nicht lange andauern, ich weiß. Sie ist nur eine Phase.

Die Denkmäler des Trostes werden alle vor meinen Augen errichtet. Frau Heller hat alle katalogisiert. Sie ist diplomierte Psychologin, sie weiß, wovon sie redet. Frau Höfner von der Hospizbewegung strahlt eine besondere Güte aus. Sie ist Sozialpädagogin. Sie steht zwischen Leben und Tod und versucht beiden Strömungen gerecht zu werden, den Patienten im letzten Stadium mit ihrer Not, die sich vielleicht den Tod als Befreiung wünschen, und den Angehörigen, die sich bis zuletzt immer noch an die Hoffnung klammern, den Kranken zu retten und für das Leben zu gewinnen, wie ich selbst es gemacht habe. Sie hatte mich auch bis zuletzt in meinen Bestrebungen unterstützt ihn zu retten, aber gleichzeitig den Willen und die Gefühle des Sterbenden berücksichtigt und als Priorität gesetzt.

Lydia Steinfels, die Sekretärin, die Listen, Kopien von Aufsätzen und allerlei Formulare besorgt, ist auch sehr gutherzig und das gleiche gilt für ihre Mutter, eine pensionierte Krankenschwester aus Korea, die schon über 30 Jahre in Deutschland lebt und todkranke Menschen ehrenamtlich, unermüdlich pflegt. Alle nehmen sich viel Zeit, um mit jedem der Hinterbliebenen ausgedehnte, ruhige Gespräche zu führen. Das erste, was mir auffällt, ist dieser ganz andere Rhythmus, voller Geduld und Langsamkeit, die der Tod in uns allen ausgelöst hat: Keine Eile mehr. Es ist eine außerordentliche Situation, die viel Zeit erfordert und wie der Einkauf einer Fahrkarte oder Postkarte nicht in ein paar Minuten erledigt werden kann.

Die meisten von uns im Café sind wie üblich Frauen; die Männer halten sich meistens von Veranstaltungen fern, die nichts mit Fußball oder Computertechnik zu tun haben. Ausnahme sind zwei ältere, verwitwete Herren und ein junger Mann, Anton Fink, der neulich seinen Vater bei einem Unfall verloren hat und der sehr betroffen und nach Rat suchend ausschaut. Seine Schwäche und Verzweiflung erwecken eine

Art Mutterliebe, großes Mitleid, in uns. Die zwei Witwer sind mir weniger sympathisch, obwohl auch rührend in ihrer Hilflosigkeit.

Der eine sagt wie in einem Klagelied der Selbstvorwürfe: „Ich huste und zittere die ganze Zeit. Das Rauchen schadet mir, ich weiß. Meine arme Greta protestierte immer gegen das Rauchen, aber ich habe es ihr zugemutet, vierzig Jahre lang."

Der andere sagt: „Meine Frau war ein Juwel. Sie hat mich immer gut versorgt. Ich war sehr ungeschickt im Kochen. Dafür aber kann ich sehr gut Auto fahren und Weihnachtspakete basteln."

Der eine sagt: „Greta ist mir schon ein paar Mal im Traum erschienen. Sie will mich zu sich nehmen, aber um ehrlich zu sein... Ich möchte lieber noch ein Weilchen bei meinen Enkelkindern bleiben."

Die Frauen sind hübscher und jünger oder halten sich jünger, als sie in Wirklichkeit sind, wie meine Schwägerin Lucile, die wie eine 50-Jährige aussieht. Aber Lucile ist nicht in der Trauergruppe. Mein Bruder lebt noch, Gott sei Dank. Die düstere und schwere Erfahrung des Todes hat die Frauen reifer, charmanter gemacht und sie nicht gänzlich zerstört.

Doch bei weiterer Überlegung entscheide ich, dass es vielleicht nur gekünstelt ist, ihre forcierte Reife und Selbstsicherheit; ihr würdiges Auftreten ist bloß Schauspielerei bis zum letzten Aufzug des Dramas, damit man uns nicht nachsagt, dass wir „unemanzipierte Frauen" sind, die es nicht schaffen, ohne die Männer zu überleben. Im Kern unseres Wesens sind wir doch zerstört und nur imstande, uns gegenseitig ein Scheinleben einzuflößen, weil wir unfreiwillig auf den Partner verzichten mussten und damit unsere ganze Lebenskonstellation umgeworfen worden ist. Wir können uns nie ganz von ihm und dem Liebesband loslösen, sondern er wurde uns ohne unsere Zustimmung entzogen. Da sind geschiedene und getrennte Leute besser daran, denke ich, denn wenigstens haben sie die Abwesenheit des Geliebten zum Teil herbeigeführt, und die abwesende Person bleibt ein

Körper und wird nicht von heute auf Morgen zu einem Geist verwandelt.

Julia Kranz hat ihre Schwester verloren. Die Schwester, die nur 46 Jahre alt war, litt an Brustkrebs. Die Namen der verschiedenen Krankheiten verursachen mir Gänsehaut. Diese eine ist so weit verbreitet. Man hört sie überall: Krebs 1, Krebs 2, Krebs 3. Ich sollte dankbar sein, dass Gottwald nicht an Krebs gestorben ist. Aber es macht ihn nicht lebendiger, dass seine Krankheit anders hieß.

„Im Hospiz werden meistens Krebspatienten betreut", erzählt Frau Höfner geduldig und mitfühlend, wie sie ist. „Bei anderen Krankheiten kann man den tödlichen Ausgang nicht so unmittelbar voraussehen. Ein Hospiz hat auch seine beschränkte Zeit der Aufnahme. Einige bleiben fünf bis neun Monate. Es ist nicht endgültig. Manche können sogar das Hospiz verlassen, wenn es ihnen besser geht, und nach Hause oder ins Heim zurückkommen. Aber viele wollen gar nicht ins Hospiz, weil sie sich nicht mit dem Gedanken an das Sterben versöhnen können, besonders die Familien nicht."

Ja, ich hätte auch Gottwald nicht ins Hospiz geben wollen. Ich klammerte mich immer an jede Möglichkeit der Rettung im Krankenhaus in Form von Operationen und Medikamenten zur Heilung. Ich hätte immer das Gefühl gehabt, als hätte ich etwas unversucht gelassen.

Ich sträubte mich innerlich gegen diese Idee der Palliativmedizin, obwohl sie so menschenwürdig und gut ist: Schmerzen um jeden Preis zu beseitigen, wie bei den Tieren, die so human und rücksichtsvoll eingeschläfert werden können. Aber sie bedeutet auch teilweise einen Freibrief zum Töten, ein allmähliches Verkürzen des Lebens durch Morphium und andere Opiate, bis am Ende der schöne, ruhige Tod kommt. Bei den Tieren geschah es wenigstens schnell, eine Spritze und sie waren schon weg. Ist es nicht auch grausam, den Menschen, den man liebt, Tage oder Monate lang in diesem Zwischenreich zwischen Leben und Tod, halb eingeschlummert und nicht mehr voll bei Bewusstsein, und real da... pendeln zu sehen? Aber sicher, wenn Gottwald es ausdrücklich gewollt hätte und wenn er schmerzfrei gewesen wäre, wäre ich seinem Willen gefolgt.

Ja, Hospiz, denke ich manchmal. „Es muss angenehm sein, wie ein Paradies, den Tod endlich zu akzeptieren und sich wie in einem Kloster mit Meditation oder künstlichen Drogen zur Beruhigung darauf vorzubereiten. Ich entspanne mich einfach und warte auf den Tod und entziehe mich hartnäckig und ohne Reue den ewig experimentierfreudigen Ärzten mit ihren riskanten und gescheiterten Operationen, Punktionen, und so weiter.

Das hätte ich auch Gottwald gegönnt, einen besseren Tod. Warum musste er bis zum Ende so viel durchmachen. Und trotzdem kam es mir noch so kurz vor, und der Tod noch so unerwartet! Fünf Tage vor seinem Tod stellte ich noch jemanden zu seiner Pflege ein. Heute, bevor ich zur Trauergruppe kam, habe ich den kleinen Vertrag mit meiner Unterschrift und der der neuen Pflegerin gefunden. Und ich stellte damals erneut alle Möbel zuhause um, damit er mehr Platz hätte, und und...

Florian Lenz ist auch ein Mann, obwohl er sich nicht als solcher bezeichnet. Er ist eindeutig schwul und vermisst seinen toten Freund Edgar, mit dem er so viele Jahre zusammengelebt hat. Es gibt noch eine Frau aus Italien, Bianca Maria, die den Tod ihrer achtzigjährigen Mutter beweint und sich immer wieder fragt, wie sie jetzt in Zukunft Weihnachten feiern könne. Und es gibt noch vier Witwen wie mich selbst.

Doch die vier Witwen sind nicht so wie ich. Sie gleichen mir nicht, auch wenn wir in einer ähnlichen Situation stecken.

Eine, Hanna Krause, ist die Frau eines Professors und zitiert gerne berühmte Passagen ihres Mannes, die sie auswendig gelernt hat: „Als mein Mann noch lebte, war er sich seiner Verantwortung bewusst und äußerte sich dazu mit dem und dem folgendem Satz…"

Ich würde auch gerne meinen Mann zitieren. Aber ich kann kaum seine Worte einordnen. Alles schwankt in mir wie betrunkene Vögel oder Bäume, alles ist weich und zerbrechlich in mir und mangelt an Festigkeit. Da er zuletzt nicht viel sprechen konnte, sind es mehr zärtliche und traurige Bilder, was ich im Kopf behalte, Bilder seiner Krankheit, wenn ich ihn pflegte. Wie er ins Bett machte und sich danach so unbequem fühlte, wie er mich darum bat, ihn wiederholt umzudrehen, wie dankbar er meine Hilfe annahm, um sich kurz auf dem Bett hinzusetzen und dabei etwas besser atmen zu können.

Die zweite, Ellen Merk, ist noch müder und kaputter als ich, denke ich. Sie seufzt die ganze Zeit, sitzt sehr gerne auf den verschiedenen Stühlen, die sie mit einer seltsamen Neugier ständig wechselt, und sie genießt übermäßig, mit uferloser Gier, jeden kleinen Schluck Kaffee, jedes Stückchen Kuchen. Sie spricht fast mit Erleichterung über den Tod ihres Mannes, der Jahre lang an Alzheimer litt.

Die dritte, Stefanie Müller, hält sich für spirituell besonders begabt. Sie bekommt häufig Botschaften aus dem Jenseits und kann in ihren Träumen mit ihrem Mann sprechen.

„Er ist immer bei mir und ich spüre seine Gegenwart im Raum. Er hat mir das und das erzählt. Meistens höre ich zu, aber manchmal sage ich auch etwas. Kurz bevor er starb, erlebten wir auch wunderbare Minuten der Harmonie und Einigkeit. Ich konnte mich von ihm verabschieden und er konnte mir all seine Wünsche und Verfügungen bei seinem Ableben in aller Ruhe auftragen."

Ja, ich beneide sie darum, denn mir war es nicht gegeben, dabei zu sein. Er war ganz allein im Zimmer, als es passierte, leider, leider, gab es wahrscheinlich zu wenig Personal im Krankenhaus, und keiner merkte es. Und seitdem ist er mir noch nie in Träumen erschienen.

Was meine Vorahnungen des Todes betrifft, sind diese gleich null. Ich bin immer sehr überrascht davon, jedes Mal wenn der Tod mir jeweils einen meiner Lieblinge wegnimmt. Ich bin verwirrt, verblüfft, durcheinander. Ich kenne auch keine Minuten der Harmonie davor, keinen schönen Abschied, nur Panik, Unbeholfenheit und Nervenzusammenbruch...

Martha Strauß ist eine junge Witwe von 44 Jahren. Sie leidet unendlich und versucht für ihre kleinen Kinder zu überleben. Ich habe am meisten Mitleid mit ihr und ihrem Schicksal. Aber auf der anderen Seite ist sie weniger einsam als ich; sie hat noch ihre Eltern und die Kinder, während ich keinen in der Nähe habe, nur ein paar Freundinnen und meine Geschwister ganz weit weg.

Die Denkmäler des Trostes werden durch Frau Heller und Frau Höfner wieder aufgebaut. Wir, die Elfergruppe, hören halb überzeugt, noch mit Widerstreben, zu, denn alle Mittel zum Trost sind meistens unzureichend.

„Wenn Ihre geliebten Angehörigen weiter gelebt hätten, dann hätten sie viel leiden müssen. Denken sie daran, ihnen ist viel erspart geblieben. Sie wollten alle selbstständig sein und in eine menschenwürdige Normalität zurückkehren, aber nach der Verschlechterung der letzten Zeit war es ihnen kaum noch möglich"

Dieses trifft in den meisten Fällen zu, auch bei Gottwald, der sich in den letzten vier Monaten immer mehr einer fast Rund-um-die-Uhr-Pflege hatte unterordnen müssen.

Das Argument fällt immer auf fruchtbaren Boden, und wir nicken alle sanft und ergeben.

„Ja. Wenn man seinen Zustand hätte bessern können. Aber er war zu schwach für eine Reha", sage ich.

„Wilhelm wollte am Anfang auch nicht zur Last fallen", sagt Ellen und seufzt, „aber nachher hat sein Gehirn nicht mehr registriert, was er wollte."

„Jetzt leiden sie alle nicht mehr, sie sind befreit, und wenigstens darüber sollten wir froh sein", bestätigt Florian.

Er will immer wieder von seinem Freund Edgar sprechen. Wir alle wollen von einem bestimmten Menschen sprechen und beginnen einen eifrigen Konkurrenzkampf mit vermischten, fast simultanen Erzählungen, Geflüster und Ausrufen. Aber gewöhnlich sprechen wir nicht im Plenum, sondern in Kleingruppen von zwei oder drei Leuten. So unterhalte ich mich meistens mit Martha oder mit Florian Lenz.

Das nächste Trostpäckchen, das ich auch so gut kenne und dessen ich mich so oft bediene, wird jetzt irgendwo im Raum von Frau Höfner ausgepackt. Mit ihrer schönen Stimme, die zwischen dem Leben und dem Tod schwebt, versucht sie uns aufzumuntern.

„Es ist logisch und verständlich, dass Sie (besonders einige von Ihnen) so niedergeschlagen sind. Bei den meisten ist der Verlust noch so frisch! Sie, Frau Husenberg (ich höre plötzlich meinen Namen, unseren Namen, und erschrecke tief) sie haben Ihren Mann erst vor einem Monat verloren. Es ist so ein Bruch, eine radikale Veränderung, besonders wenn man den Menschen sehr stark liebt! Man braucht ungefähr drei Jahre, um sich an so etwas zu gewöhnen, nach der Meinung einiger statistischer Umfragen.

Jetzt glauben Sie nicht, dass es irgendwann möglich sei, sich davon zu erholen. Aber erwiesenermaßen lässt der Schmerz mit der Zeit nach und am Ende akzeptieren wir alle Todesfälle der Familie, weil wir nichts anderes tun können. Wir lernen schweren Herzens eine Lektion der Demut. Wir können uns nicht dagegen auflehnen, und die dynamischen Kräfte und Energien, die für das Leben noch gut waren, sind es nicht mehr für den Tod. Weder mit Gewalt, noch mit friedlichen Mitteln, können wir die Wiederauferstehung eines Menschen erzwingen, ebenso wenig können wir Gott dazu zwingen, eine für uns ewig riesige Produktion von Lazarus-Geschöpfen am Fließbahn fortzusetzen (zur Freude und Überraschung der Angehörigen und zum Horror anderer).

Unsere Ohnmacht ist kein Trost, das gebe ich zu. Aber wir werden zu bestimmten Ergebnissen geführt, die unser Handeln vereinfachen. Wir müssen weiterleben und wir dürfen uns nicht umbringen. Unser Partner hätte es auch nicht gewollt, dass wir uns selbst zerstören. Wäre er an unserer Stelle gewesen, hätte er (oder sie) auch weitergemacht, hätte nach Ersatzmöglichkeiten zum Trost gesucht und sich um Hilfen und Aufgaben umgesehen, um sich selbst und der Gesellschaft irgendwie nützlich zu sein, um wenigstens jeden

Tag vom Bett aufstehen zu können und sich nicht lebendig begraben zu lassen.

Die Trauerarbeit ist notwendig, und es wäre unmenschlich, wenn wir keine Sehnsucht hätten, wenn wir unsere Toten so schnell vergessen würden. Aber früher oder später müssen wir uns von ihnen lösen, gewisse Methoden zum Überleben entwickeln. Die geliebten Verstorbenen sind jetzt leider in einer uns nicht mehr sichtbaren Welt, und wir sind hier geblieben. Wir müssen diese Restzeit überbrücken, bis wir auch so weit sind; die Zeit abwarten, bis wir uns mit den uns Vorausgegangenen wieder treffen können. Vielleicht dauert es noch ein paar Jahre, aber was sind Jahre in so einer unermesslichen Jenseitsrechnung?"

Das ist auch ein Argument zum Trost. Ja, wir haben schon drei: 1. Die Befreiung vom Leiden, wenn das Leben nicht mehr lebenswert ist. 2. Wir dürfen uns nicht umbringen. 3. Wir werden uns sowieso wieder treffen. Also keine Verzweiflung bitte. Jetzt ist es noch verständlich, aber nach drei Jahren, dann muss es besser gehen, dann muss man schon die richtige Einstellung zum Tode gefunden haben.

Aber sie hat Recht. Meine Mutter ist vier Jahre tot, und nach einer Aufwallung von Emotionen, Tränen und religiöser Wiedergeburt... denke ich jetzt kaum noch an sie, und wenn ja, mit Akzeptanz und Ruhe.

Hätte Gottwald weitergelebt, hätte ich vielleicht mehr an sie gedacht. Aber jetzt hat der eine Verstorbene die andere ersetzt, so wie sein Grab in seiner brennenden Aktualität (nicht ganz in die Erde gesunken, noch ohne Grabstein bis zum nächsten Frühling) ihr Grab und das vom Vater ein wenig in den Hintergrund gedrängt hat. Und doch liebe ich sie alle.

Ich frage mich oft, warum ich von ihnen allein gelassen werde und weiter leben muss. Bin ich hier geblieben, bloß um die drei hin und wieder im Friedhof zu besuchen, um den jährlichen Betrag an den Gärtner für die Grabpflege zu zahlen, um gelegentlich voller Tränen und Traurigkeit mit einem Lappen den dicken Staub und eine weitere undefinierbare Schmutzkruste von der Marmorplatte abzuwischen? Bin ich nur da, um Gräber zu sammeln, anstatt - wie damals - um Reisen, Geld, Geschenke und Hoffnungen zu feiern?

Jetzt sind es schon drei Menschen. Ich komme mir wie eine Nebenstelle des Beerdigungsinstituts vor, und allein meine Großmutter liegt weit weg in Spanien, in einem nicht von mir verwalteten Grab. Ein anderer praktischer Grund für meine weitere Existenz fällt mir nicht mehr ein. Ich bin so leer, maschinell und ausgetrocknet, als hätte mein Mann mich mit Teilen seines Todes angesteckt. Sogar seine Perspektive glaube ich stellenweise geerbt zu haben, wie ein Toter reflektiert, der nichts mehr empfindet, der viel gelitten hat und sich jetzt mit wohl verdienter Gleichgültigkeit schlafen legen kann. Ich würde am liebsten meinen Kopf auf seine Schulter legen und mit ihm schlafen.

Wir waren nicht sehr ehrgeizig und hatten keine großen Lebenspläne. Wir führten schon seit Jahren eine keusche Beziehung wie Bruder und Schwester. Uns genügte schon der Schlaf, die heilige Ruhe, in einer wunderbaren, sehr warmen Umarmung zusammengepresst, und das allein könnte mir wirklichen Trost geben, unsere alte Gewohnheit im Tod weiterführen zu können. Alles andere in meinem Leben, die Arbeit im Büro, Bücher lesen, sogar die Gespräche mit diesen Menschen in der Trauergruppe, ist für mich von minderwertigem Reiz und interessiert mich wenig.

Natürlich spricht man oft von Hobbys, und ich hatte ja viele... Das ist noch ein Argument zum Trost. „Machen Sie das beste aus Ihrem Leben", fasst Frau Heller zusammen und wendet sich ausdrücklich an mich. „Jetzt haben Sie viel Zeit für sich, Frau Husenberg. Denken Sie daran. Ihr Mann hat Ihnen diese Zeit ausdrücklich geschenkt. Sie waren immer intellektuell sehr rege, wie ich gehört habe. Sie werden bestimmt etwas Sinnvolles finden, um Ihre Stunden auszufüllen. Nein, Sie sind nicht nur da, um Gräber zu sammeln, wie Sie befürchten. Wer weiß, was für Herausforderungen und Aufgaben auf Sie warten?"

Ich nicke. An Beschäftigungen wird es wahrscheinlich nicht fehlen, aber meine Haltung dazu ist Null-Begeisterung, Null-

Freude. Diese Demutslektion, die ich lernen musste, ist mir wohl zu viel. Ich bin von fremden Kräften gesteuert, von Gott oder dem Schicksal, die sich oft gegen meine harterkämpften Ziele stellen. Ich war nie ein Erfolgsmensch, eher opferbereit, verzichtsbereit, wenig vital und ich-bezogen. Ich war dazu geboren, ein kooperatives und nachgiebiges Familienmitglied zu sein und nicht ein eigensüchtiger Einzelgänger, der sich nur um sich selbst kümmert.

Wo soll ich jetzt mit 63 Jahren die Ich-Stärke hernehmen, um mich so total auf mich selbst zu konzentrieren, als wäre ich auf einmal die Sonne im Universum?

Als Teenager hätte ich vielleicht meine jetzige Einsamkeit genießen können, aber so spät und besonders nach der Todeserfahrung bleiben mir keine Illusionen mehr, dass die Welt schön und unsterblich sei, dass ich in meiner Übermacht und durch eigene Kraft etwas schaffen könnte. Schon in der Vergangenheit hatte ich Demut lernen müssen: Immer wenn ich irgendwelche Ziele hatte, wurden diese nicht verwirklicht, als müsste ich für irgendetwas mir Unbekanntes bestraft werden.

Mit ungefähr vierzig gab ich all meine Jugendträume auf und nahm mit meiner Familie ziemlich zufrieden und sogar dankbar ein enges und sehr beschränktes Leben ein. Ich dachte, ich könnte Gott mit meiner Dankbarkeit erpressen, und so lobte ich ständig, was ich an unübertrefflichen Schätzen noch besaß. Doch Gott erhörte mein Gebet nicht, als ich ihn bat, Gottwald noch ein paar Jahre bei mir zu lassen.

Es hat sich herausgestellt, das ich materiell sehr wenig kann, nur Automatisiertes leisten wie Licht anmachen, Kaffee für mich kochen, Gräber besuchen. Und spirituell bin ich auch eine Niete. Ich kann Gott von nichts überzeugen, kein Wunder von ihm erwarten, und nicht einmal kann ich Gottwald in meinen Träumen begegnen und seine Gegenwart grenzenlos spüren, wie Frau Müller es mit so viel Leichtigkeit zu erreichen scheint. Meine Gefühle sind in diesem Augenblick weit entfernt von schön und harmonisch, Wut, Neid, Selbstgerechtigkeit.

Die Erinnerungen an die letzten Monate sind schlecht. Die Gestalten der Ärzte bleiben mir unheimlich, unpersönlich, verschwommen und fraglich in ihrem Können, zum Schluss völlig ineffektiv und gescheitert. Ich hatte bis zuletzt noch an sie geglaubt, aber es erwies sich als eine Täuschung. Die netten Schwestern vom Pflegedienst, die in der Zeit zwischen den Krankenhausaufenthalten täglich zu uns kamen, als er kurz zu Hause war, und die Ärzte vom Notdienst, die ihn so schnell und effizient mehrmals mit dem Rettungswagen abholten, bleiben mir noch in guter Erinnerung.

Doch sie waren die Ausnahmen. Die Schwestern gaben uns manchmal noch eine gewisse Gemütlichkeit. Sie waren die Oasen, die Pausen vom kritischen, stationären Dahinsiechen im Krankenhaus. Sie beruhigten mich gewissermaßen mit ihrer Alltäglichkeit, indem sie dreimal am Tag erschienen und fröhlich grüßten.

Unsere Wohnung sah wie ein Krankenhaus aus; Medikamente, Verbände und Geräte stapelten sich überall, und ich hatte das Gefühl, dass er, solange sein Zucker sorgfältig gemessen, ihm seine Spritzen verabreicht und sein kranker Fuß schön verbunden würde und solange er seine hygienische Pflege im Bett bekäme, dass er nicht sterben würde.

Aber es war natürlich ein Selbstbetrug wie so viele andere. Die armen Frauen in ihrer Harmlosigkeit konnten nichts gegen den Tod ausrichten. Sie waren eher für andere Situationen gedacht, für chronisch kranke Menschen, die trotz vieler Beschwerden noch ihr Hundertjähriges feiern können. Auch die Ärzte vom Rettungsdienst wiegten mich in falscher Sicherheit. Sie brachten Sauerstoff und waren sehr gut ausgerüstet. Sie sorgten dafür, dass Gottwald mit so viel Eifer und Hingabe noch heil ins Krankenhaus kam. Sie sparten nicht an Mitteln, sie machten alles, um ihm zu helfen und sein Unwohlsein zu erleichtern. Aber dann, als wir im Krankenhaus ankamen, wurde er bei der Aufnahme auf einer Bahre gelassen, auf der er drei oder vier Stunden warten musste, bis endlich ein Arzt die Zeit fand, ihn zu untersuchen und ihm ein

Zimmer zuzuweisen. Aus dem Grund wurde ich oft sehr ärgerlich und fragte die Assistenten und Ärzte immer voller Verzweiflung: „Warum dauert es so lange? Er wurde so schnell vom Rettungswagen gebracht, und jetzt..."
Sie antworteten mitleidslos: „Wir haben keine Zeit. Es sind noch viele andere Notfallpatienten, die auch warten müssen."
„Aber er ist nicht gesund, er ist sehr krank, das sieht man doch."
Ich wurde wirklich mit Verachtung behandelt, als ich protestieren und auf unsere Rechte hinweisen wollte: „Ihr Mann ist nicht der einzige Notfallpatient in der Aufnahme. Er soll sich gedulden."
Aber ist es nicht ein Widerspruch? Entweder will man Leben retten, oder gar nicht. Das sind meine Erinnerungen.
„Hobbys, Hobbys", wiederholt Frau Heller als Stichwort.
Und Frau Steinfels bringt sofort eine lange Liste von Aktivitäten hervor, die uns auch Trost geben könnten: „Musizieren, Fremdsprachen lernen, Bibliotheken abonnieren und viel lesen, Gymnastik, Tennis oder Schwimmkurse beginnen, Tourismus in der eigenen Stadt betreiben, das heißt sich Museen, Kinos, Theater und Schlösser anschauen, in die Kirche gehen, Behinderten, Senioren und Ausländern aus mehreren Kreisen helfen, und zwar durch ehrenamtliche Arbeit in der Bahnhofsmission oder irgendeinem wohltätigen Verein; fotografieren, stricken, Karten spielen, kegeln, mit Freunden telefonieren und über Fernsehfilme reden (wenn man nicht mehr in der Lage ist viel zu laufen), mit Bekannten in Cafés und Restaurants gehen, viel spazieren, eine Kur machen, den Jakobsweg antreten und versuchen abzunehmen, Fahrrad fahren, sich einen Hund, eine Katze oder einen Vogel anschaffen, im Internet - aber über eine seriöse Website - mit anderen Männern korrespondieren (die Liste ist eindeutig für Frauen gemacht, aber die zwei älteren Herren scheinen es nicht zu registrieren), Kinder aus dem Waisenhaus übers Wochenende zu sich holen, die Wohnung mit einer Freundin teilen oder diese in eine hilfreiche WG für bald pflegebedürftige Bewohner verwandeln, wenn die

Erinnerungen zu schlimm sind. Das ist, wohl bemerkt, kein Hobby, aber durch die Veränderungen in der Wohnung und die neuen Kontakte können sich auch Hobbys und neue Gewohnheiten entwickeln."

Wir, die Teilnehmer, können weitere Aktivitäten oder Anregungen zur Lebensgestaltung hinzufügen, wenn uns etwas einfällt.

Ich würde „Kochkurse" schreiben, aber es scheint mir zu lapidar. Die meisten Leute können kochen, nur ich nicht. Ich empfinde trotzdem kein Bedürfnis das zu tun. Die Mikrowelle reicht mir schon.

Anton Fink sagt in der jungen, herzzerreißenden Verzweiflung seiner 17 oder 18 Jahre: „Meine Mutter und meine Schwester haben keine Interessen. Sie gehen nur in die Kirche und weinen. Ich weiß nicht, wie ich sie trösten könnte. Auch sie sollten vielleicht zur Trauergruppe kommen."

„Oh ja! Versuchen Sie es mal", sagt Frau Heller ermutigend. „Wenn Sie möchten, könnte ich bei Ihnen zuhause anrufen und mit Ihrer Mutter reden."

Hobbys, Hobbys, schön und gut... Aber was ist, wenn man eine ähnliche Müdigkeit, Kälte und Starre wie die Toten in sich hat? Manchmal esse ich etwas an unserem Küchentisch, der jetzt wie alle Sachen in der Wohnung nur für mich allein besteht. Ich esse töricht mit der verzweifelten Gier der Einsamen und plötzlich halte ich abrupt inne, weil ich das Gefühl habe, als würde mich Gottwald ohne Verständnis, befremdet und distanziert dabei beobachten und fast stöhnen: „Was machst du denn da? Hier, wo wir sind, braucht man nicht mehr zu essen und zu trinken."

Oder während ich versuche, Fernsehen zu schauen, Radio zu hören, im Internet zu surfen oder meine Wäsche zu waschen, die ewigen Hobbys und Verpflichtungen mitzuschleppen, höre ich auch, wie er nüchtern und klar sagt, als wäre er im Besitz der Vernunft und ich etwas verrückt geworden: „Was machst du denn da? Hier brauchen wir es nicht mehr."

Ja, die ganzen Gegenstände, die er jetzt nicht mehr benutzt, die in mein Eigentum übergegangen sind, das tut mir weh.

Viele Sachen besitze ich jetzt doppelt: Zwei Wasserbecken im Badezimmer, zwei Stücke Seife, sein Rasierwasser neben meinem Eau de Toilette, zwei MP3-Geräte, zwei Armbanduhren, seinen Lieblingskäse zusammen mit meinem Lieblingskäse im Kühlschrank. Die ganze Tiefkühltruhe ist noch voll von ihm, auch von den Fertiggerichten, die ich für ihn gekauft hatte und die ich jetzt selbst essen muss.

In letzter Zeit hatte er kaum Lust am Essen oder an den Gegenständen. Er wünschte sich noch einiges für kurze Zeit, impulsiv wie ein Kind. So besorgte ich ihm schnell ein neues Kofferradio und eine neue Stereoanlage, weil er es so fieberhaft dringend haben wollte. Aber sofort verlor er wieder das Interesse. Er konnte keine Musik mehr hören, sich nicht mehr konzentrieren und die Handhabung der neuen Geräte, die er nicht mehr lernen konnte, verursachte in ihm Gereiztheit, nervöse Unzufriedenheit und eine peinliche Verwirrung im Gehirn. Auch das vergeblich gekaufte Kofferradio und die Stereoanlage habe ich jetzt zu viel. Mein Doppelbesitz überall ist alarmierend. Und dann so viel Zeit für meine Hobbys!

Doch Ausgiebigkeit, Menge, bedeutet nicht unbedingt Reichtum, denn ich bin jetzt viel ärmer geworden. Natürlich, mehr Zeit... sagen die Psychologen, mehr Raum in der Wohnung, mehr Freiheit... Aber was hat man davon? Alles scheint überflüssig und sinnlos, wenn man von dem Liebsten getrennt sein muss. Ich bin wie ein weiblicher Dante, so verliebt und voller Sehnsucht nach seiner Beatrice. So kreisen meine Gedanken nur um ihn und mein unkontrollierbares, so großes Bedürfnis, ihn wieder zu treffen.

Ich kann der Gruppe schwer über meine unstillbare Sehnsucht erzählen. Es scheint, als würden sie es alle besser überwinden, nur ich nicht. Auch wenn wir nicht mehr die Jüngsten waren und sexuell kaum miteinander verbunden, gleicht meine Nostalgie in ihrer Heftigkeit einer ersten Liebe, unreif womöglich, aber gerade dadurch leidenschaftlich und extrem lebendig. Ich glaube, dass Martha Strauß die einzige ist, die so stark wie ich leidet.

Vielleicht ist es auch darauf zurückzuführen, dass ich eher physisch und weniger spirituell von Gottwald angezogen wurde. Jetzt weiß ich kaum, worüber ich mit seinem Geist sprechen könnte. Doch das Verlangen, mit ihm zu reden und seine Stimme zu hören, ist sehr stark, hypnotisch und besitzergreifend.

Ich bin weinerlich wie ein hilfloses Baby, ich bin zerbrechlich und willenlos wie nie zuvor. Ich bin unfähig allein zu leben, ohne ihn zu leben. Wie trocken und ohne Schönheit erscheint mir alles! Und mein eintöniger Monolog, nur manchmal von den wohlgemeinten Besuchen der Freundinnen oder den Kommentaren der Kollegen am Arbeitsplatz unterbrochen, sucht ständig nach seinen Antworten, obwohl er in letzter Zeit so schwerhörig war, dass er meine verschiedenen Themen kaum vernehmen konnte. Ich suche auch nach meinen eigenen Wiederholungen im leeren Raum und könnte diese ebenfalls beinahe vermissen. In der Einsamkeit hat man keine Stimme mehr und verlernt allmählich die Sprache, wie der alte Mann in Peter Bichsels „Ein Tisch ist ein Tisch".

Mein Zustand ist widersprüchlich: Auf der einen Seite kann ich mich so gut mit ihm identifizieren, dass ich mir zum ersten Mal den Tod als Lebensform für mich selbst vorstellen kann. Keine Kleidung mehr, kein Geld, keine Wohnungsschlüssel mehr. Er schaut mich an, emanzipiert und unbeteiligt in seiner neu gewonnenen Freiheit, und ich sage mit letzter Kraft: „Ich komme mit. Ich liege auch bei dir im Grab, und alles andere ist unwichtig."

Er scheint mehr dazu geneigt mich zu verlassen als ich ihn. Ich war ja immer sein Klammeraffe und auch jetzt folge ich, folge ihm mit törichter Verzweiflung. Die Todessehnsucht geht so weit, dass ich eine Verlängerung meines Lebens nicht mehr für zufriedenstellend und wünschenswert halte. Als eine Kollegin mir neulich zu meinem Geburtstag sagte: „Oh, Sie sind noch so jung! Sie werden noch lange nicht sterben", erweckte dieses Kompliment keine Freude in mir, sondern zum ersten Mal Angst, Unruhe und Unwohlsein, als hätte sie mir eindeutig das Falsche gewünscht, und dieses Gefühl hielt noch lange Stunden an.

Auf der anderen Seite aber arbeite ich mich pausenlos in eine nicht minder schreckliche Leere und Unempfindlichkeit hinein, sodass ich mich kaum an ihn erinnern kann. Es ist, als hätte ich mit dem Tod auch meine Vergangenheit verloren, und ich evoziere nur äußerst selten eine Erinnerung an die Zeit, als wir uns kennen lernten, als wir geheiratet haben, als wir unsere Reisen gemacht haben. Ist das nicht komisch? Die anderen Frauen erzählen immer Anekdoten über ihre Männer. Sie scheinen alle Erinnerungen an das geteilte Zusammenleben zu behalten und sich daran zu erfreuen. Ja, wie in Hölderlins bekanntem Spruch: „Erinnerung ist das einzige Paradies, aus dem wir nicht vertrieben werden können."

Aber ich indessen... Ich werde vertrieben. Ich muss die Psychologin fragen, ob das normal ist. Ich beneide auch, wie gesagt, die spirituellen Anregungen von vielen, ihre Vorahnungen und Jenseitskontakte, dass sie noch auf der Erde leben aber gleichzeitig die Verbindung mit dem Geliebten unbehindert pflegen können. Trotz meiner ganzen Treue und Liebe zu ihm über so viele Jahre, bin ich durch diese unglückselige Wendung meines Schicksals eine Erinnerungsbehinderte. Wer hindert mich an der Erinnerung unserer schönsten Stunden? Habe ich mir selbst diese kalte Amnesie auferlegt, um nicht ganz wahnsinnig zu werden? Aber auch dadurch kann man verrückt werden, weil mir nur die letzten Stunden, in denen er so krank und ich so machtlos und unbeholfen gegen den Tod war, in ewiger Wiederholung zu bleiben scheinen.

Hanna Krause zitiert ihren Mann, den Professor, wieder im Zusammenhang mit „Hobbys" und der „Jenseitsrechnung". Sie hat wenigstens ihre schon festgelegten Aufgaben: Sie wird seine Schriften sammeln und noch mehr Sätze von ihm auswendig lernen. „Ihm sei Frieden gegönnt. Ich werde dafür sorgen, dass er für die Menschheit nicht stirbt."

Ellen Merk und ich neigen unsere Köpfe sehr tief im Gefühl unserer Unterlegenheit und Niedergeschlagenheit. Wir armen, anonymen Wesen, wir wären schon froh, wenn wir wenigstens ein klares, unbeschwertes Bild von unseren Männern - ohne die Last der späteren Krankheit - behalten könnten. Martha Strauß hat es vielleicht, denn ihr Mann starb in einem Unfall, noch jung, schön und voller Leben, und Edgar starb auch ganz plötzlich, zum Entsetzen der Audienz, mitten in einem Jazzkonzert, das er jeden Sonntag in einem Luxushotel gab.

Doch sie sind genauso unglücklich wie wir, die wir noch Zeit gehabt haben, uns darauf vorzubereiten. Wir, die Hinterbliebenen, wir sind wie Schwerstverwundete, die trotzdem das Weiterleben nicht stoppen können, weil es in diesem halluzinierenden Motor des Überlebens keinerlei Gebrauchsanweisung, keine Knöpfe und Stecker zur Bedienung gibt. Wir sind so mutig oder so feige, dass wir uns immer von dieser so echten und doch surrealen Vitalität weitertreiben lassen.

Und dabei hat dieses Sich-auf-ein-neues-Leben-einrichten sofort nach dem Tod eines geliebten Menschen etwas Grausames an sich. Es erinnert mich an Kafkas Erzählung „Die Verwandlung", als die Familie sich nach Gregors Verschwinden (sein Körper ist bereits beseitigt und kann keinen mehr stören) direkt daran macht, eifrig und mit vielen positiven Werten jetzt zu dritt zu leben. Die Eltern werden rührend für die Tochter sorgen und sich gegenseitig mit kleinen Freuden die Existenz angenehm machen.

Es ist ein unmenschliches Bild, das kaum eine Hoffnung auf wahre Liebe zulässt. Inwieweit lieben die drei übriggebliebenen Gestalten einander, nachdem sie Gregor, der damals so ein wichtiges Familienmitglied war, so leicht und spurlos hinter sich ließen? Und trotzdem ist es eine ganz logische und normale Reaktion in den Augen der Gesellschaft. Es ist der brutale, aber auch tröstende Mechanismus der kleinen Ersatzmöglichkeiten. Ich habe Angst davor, dass ich in drei Jahren kaum noch an Gottwald denken werde.

„Edgar hat immer leidenschaftlich musiziert", sagt Florian. „Es war seine Berufung seit der Kindheit. Im Grunde hatte er einen schönen Tod, denn er starb gerade am Klavier."

Ich überlege es mir jetzt mit dem „schönen Tod". Der Professor hatte wahrscheinlich auch einen und Herr Müller. Die meisten aber nicht, auch nicht Bianca Marias Mutter, auch nicht Greta und auch nicht Antons Vater.

Ich denke schon, dass die Trauergruppe gut ist. Aber ich brauche eine weitere Instanz, ein Gespräch mit dem Jenseits. Da ich selbst keine übernatürlichen Fähigkeiten habe, benötige ich jemanden, der zwischen den Toten und den Lebenden vermitteln kann. Heute habe ich eine Frau angerufen, die eine Medium ist und deren Adresse mir von einer anderen Dame der Nachbarschaft in einer Arztpraxis gegeben wurde.

Meine Medium in der Welt der Geister heißt Melina Kurt-Hermann, aber ihre Vorfahren stammen aus Indien und für ihre Tätigkeit als Geisterbeschwörerin lässt sie sich Indira Mestalin nennen. Sie hat viele Namen, wie auch ich viele habe. Sie ist verheiratet und lebt in München. Sie ist sehr einfach, nett und aufgeschlossen, nicht im Geringsten beängstigend oder auffallend in ihrem Benehmen. Sie entspricht nicht der Vorstellung einer Hexe, die ich mir halb gemacht hatte. Sie ist dynamisch, natürlich und direkt wie eine Verkäuferin, aber sie ist gleichzeitig psychologisch geschult, belesen und feinfühlig. Sie ist nicht nur schlau oder intelligent, sondern kann sich vor allem der Vokabeln der Sensibilität bedienen. Sie birgt ein Geheimnis in sich, das mich perplex macht, entweder beherrscht sie die Kunst der Verstellung enorm und tut so, als könnte sie die Geister beschwören und unter uns vermitteln, während sie nur auf sich selbst und ihr eigenes Können begrenzt ist, oder sie kann es tatsächlich. Dann wäre ihre Begabung, Geister zu sehen, wo ich keine wahrnehme, unbeschreiblich überdurchschnittlich.

Aber in den ersten Sekunden, als ich ihre Stimme höre, weiß ich das alles noch nicht. Ich rufe nur in meiner Not - halb unterdrückt und halb begeistert - aus: „Frau Kurz wäre es möglich, dass ich mit meinem Mann sprechen könnte? Ich brauche es so sehr! Ich konnte mich nicht von ihm verabschieden und jetzt bleibt mir diese schmerzhafte Lücke wie ein Abgrund."

„Wann ist er gestorben?"

„Vor fünf Wochen."

„Nein, es geht nicht so früh. Es tut mir leid, aber ich kann ihn noch nicht zurückholen. Er schläft und würde mir nicht antworten. Erst frühestens vier Monate nach seinem Tod können wir ihn rufen."

„Er schläft, haben Sie gesagt? Habe ich es richtig verstanden? Wissen Sie es wirklich?"

„Ja. Ich weiß es gewiss. Die meisten Geister sind sehr müde nach dem Leben und brauchen eine lange Pause, bis sie überhaupt erneut auf unsere Impulse reagieren können."

"Oh ja, das kann ich nachvollziehen, nach so vielen Anstrengungen... Und besonders er, der so viel gelitten hat..."

Wie kann ich jetzt noch vier Monate auf ihn warten? Aber andererseits bringt mir dieses Bild, dass er mit ungestörter Ruhe schlummert, dass er sich in einem zufriedenen Nirwana befindet, ein wohltuendes Behagen, eine süße und sättigende Wärme. Ach ja, mein armer Kämpfer des Lebens nach diesem uns beide tötenden und überraschenden Schachmatt! Er hat so viele Überstunden geleistet, um sich meinetwegen gegen unseren Feind, den Tod, zu verteidigen! Lassen wir ihn doch schlafen! Stören wir mit keinem Geräusch seine wohlverdiente Ruhe.

„Es ist gut so. Ich fühle mich wohler, seitdem ich weiß, dass er schläft", sage ich gedämpft am Telefon. „Dann brauche ich auch nicht so viel zu leiden, weil ich erfahren habe, dass er es nicht merken würde. Ich kann auch versuchen, mich in mein Nirwana zu begeben und zu ruhen. Es ist das einzige, was mir noch Erleichterung verschafft."

„Ja, tun Sie das."

„Und er hat bei der Beerdigung auch nichts gemerkt?", denke ich weiter, immer noch von Fragen und ungeklärten Zusammenhängen gequält. „Es war an einem Dienstag, noch so frisch in meinem Gedächtnis. Gerade an dem Tag habe ich so intensiv mitgelitten, weil ich das Gefühl hatte, dass er alles irgendwie mitbeobachtete, dass er noch da war und aus der Ferne den Auftritt, das inszenierte Ritual unserer Trauer, mitempfinden konnte.

Ergänzte er mit seinen eigenen meine zögernden und nicht ganz klaren Gedanken und Gefühle? Konnte er die Worte des Pastors, die Orgelmusik, meine Tränen und die Beileidsbekundungen der Menschen um uns herum hören, die vielen Blumen und Kerzen von allen Seiten wahrnehmen? Konnte er womöglich neben mir (gleichzeitig im Sarg und im Himmel neben Gott) dieser heiligen Feier des Abschieds beiwohnen? Und wie reagierte er auf alles, besonders auf den Anblick seiner Kinder aus erster Ehe und seiner Geschwister, die erstaunlicherweise ganz plötzlich so zahlreich und mit vielen Blumensträußen als Bezeugungen der Liebe oder zumindest des Respekts erschienen waren, obwohl sie nie Wert darauf gelegt hatten, viel Kontakt mit uns zu pflegen, als er lebte, als wir noch lebten...

„An Familie fehlt es wirklich nicht", dachte ich. Tropfen seines Blutes zirkulierten in größerer oder kleinerer Menge in ungefähr 40 Körpern. Unter anderem gab es ein wunderbares Gesteck mit der Schrift: „Von seinen Kindern und Enkelkindern".

Wie war es für ihn? Konnte er dieses „schöne" Ende sogar noch genießen und mit der Freude des Unerwarteten akzeptieren? Oder fühlte er sich eher betrübt und abgestoßen und nahm mir sogar übel, dass ich diese eine Beerdigung mitgestaltet hatte? So kreisten meine Spekulationen oft um den Beerdigungstag.

Jetzt aber sagt Frau Kurz-Hermann, dass er schläft... Und wenn er schläft, dann hat er gar nichts von der Beerdigung bemerkt. Oder ist das eine Ausnahme? Werden unsere Lieben flüchtig wach bei dem Begräbnis, um alles anzuschauen und sich völlig zu überzeugen, dass sie tot sind? Ich muss Frau Kurz-Hermann später fragen.

„Vier Monate", wiederhole ich unglücklich, „kann ich danach mit ihm sprechen?"

„Ja."

„Ich kann aber leider nicht persönlich nach München kommen. Ich habe gelesen, dass Sie es auch telefonisch machen können, ist es wahr?"

„Ja. Ich benötige nur ein Foto von Ihrem Mann mit seinem Namen, Geburts- und Sterbedatum, und dann gebe ich Ihnen den genauen Termin, wann Sie mich anrufen können."

Die etwas heikle Frage nach dem Honorar taucht bei mir auf. Alle Menschen, sogar ein Medium, müssen etwas verdienen. Lehrer und Künstler verdienen auch, obwohl sie nur geistiges Eigentum weitergeben, auch Ärzte und Psychologen verdienen, obwohl sie uneingeschränkt für die Probleme der Menschheit da sein sollten.

„Wie viel soll ich Ihnen überweisen?"

„150 Euro."

Es klingt etwas materialistisch, aber ich muss nach einer bestimmten Zeiteinheit fragen: „Für wie lange?"

„Eine Stunde."

Vor der Werbung von gewissen, geldgierigen Scharlatanen, die nur auf Geschäft aus sind, bin ich sehr stark gewarnt worden. Aber sie scheint seriös und geradlinig. Meine Güte! Eine Stunde mit dem Jenseits ist nicht zu teuer. Und wer weiß, was für Vorbereitungen sie dafür braucht? Ein Autor liest auch nicht nur sein Werk.

Bald werde ich ihre Kontonummer notieren müssen. Aber all diese Äußerlichkeiten machen mich krank.

Ich flüstere am Telefon: „Das Gespräch mit meinem Mann ist mir so wichtig! Ich hoffe, dass er mir verzeihen kann."

„Was genau verzeihen?"

„Er wollte zu Hause in Ruhe sterben, und ich brachte ihn immer wieder ins Krankenhaus, weil ich dachte, er würde nicht sterben und man könnte ihm noch helfen. Dann war ich nicht da, als es passierte. Ich hätte Tag und Nacht bei ihm bleiben sollen. Ich hätte ihn nicht allein lassen dürfen. Meistens konnte er die Klingel der Schwestern nicht finden und sie kamen viel zu selten zu ihm ins Zimmer."

„Machen Sie sich nicht so viele Sorgen. Die meisten Angehörigen quälen sich mit solchen Vorstellungen und

Schuldgefühlen. Aber Sie haben schon das Richtige getan, glauben Sie mir."

Sie ist konstruktiv und gut. Sie will mir Gutes tun. Sie weiß, dass nicht einmal sie selbst in solchen Todesfällen helfen kann. Was ich jetzt brauche ist nicht das Gespräch mit lebenden Menschen, sondern den Kontakt mit meinem Mann oder mit einer anderen geliebten Gestalt des Jenseits. Sofort denke ich automatisch an meine Mutter als meine Rettung: „Frau Kurz-Hermann, vier Monate ist eine lange Zeit, und ich bin so verzweifelt! Könnte ich vielleicht mit meiner Mutter sprechen? Sie schläft nicht mehr, sie ist über vier Jahre tot."

„Ja, das können Sie, wenn Sie mir nur ihr Foto schicken. Dann verfahren wir, wie ich schon gesagt habe, dann melde ich mich recht bald."

„Das ist schön, danke. Ich brauche so sehr jemanden aus dem Jenseits, und besonders sie. Nur meine Mutter kann mir in dieser traurigen Lage den richtigen Rat geben. Es ist ein Hilferuf... Sie wird mich verstehen. Schon damals, als sie starb, sehnte ich mich häufig nach einer Nachricht von ihr. Ich wollte unbedingt mit ihr reden und plante unwillkürlich jemanden mit hinreichender spiritueller Energie zu kontaktieren, der mich mit ihr in Verbindung bringen könnte. Aber damals wusste ich nicht, an wen ich mich wenden sollte. Jetzt habe ich Sie gefunden."

„Danke für das Vertrauen. Ja, es gibt gewisse unbereinigte Konflikte, die zwischen den Toten und den Lebenden liegen und die nur durch einen Jenseitskontakt geklärt werden können. Dann holen Sie nochmal Luft, um weiter auf Erden zu verweilen, in den Jahren, die Ihnen noch bleiben.

Ich bin sicher, dass Sie sich wohler fühlen werden, einmal Sie sich mit Ihrer Mutter ausgesprochen haben. Es ist meistens so bei den Angehörigen, und ich halte ganze Seminare darüber, wie notwendig Jenseitskontakte sind. Man darf sie nicht vernachlässigen. Der Tod unterbricht unseren Dialog, und wir können diese Lücke, diese Unvollständigkeit, nicht ertragen, aber im Gunde ist es nur eine äußerliche Unterbrechung."

Sie kommt mir manchmal ziemlich irdisch vor, und ich frage mich, ob sie tatsächlich Kommunikation mit den Geistern hat, oder ob sie mit ihren Seminaren nicht eine Art pädagogische, humanitäre Aufgabe des Trostes erfüllt, wie die Trauergruppe oder die Hospizbewegung. Aber nein, sie behauptet, dass sie tatsächlich einen Nachweis des Jenseits liefern kann, sie lebt mehr in der anderen Welt... Schon seit ihrer Kindheit habe sie diese Begabung, die Geister in ihrem astralen Körper sehen und mit ihnen sprechen zu können, um den Dialog mit den Familien und Freunden ein Stück weiter fortzusetzen.

Mein telefonisches Medium ist sehr modern, keiner in vergangenen Zeiten hätte sich des Telefons bedient, um Fernsitzungen abzuhalten. Andererseits scheint sie mir sehr ursprünglich, elementar und echt, wie der emotionale Sturm in meinem Herzen.

Ich will ihre Zeit nicht unnötig beanspruchen. Ich sage schnell: „Gut, ich werde Ihnen das Bild meiner Mutter schicken und die Überweisung. Ich möchte so sehr wissen, ob es tatsächlich ein anderes Leben nach dem Tod gibt! Wenn ich es bloß ergründen könnte, dann könnte ich schon ganz anders leben und Kraft und Mut dafür finden. Es ist so wichtig für mich..."

Bin ich nicht schlau? Dieses Rätsel, dieses Mysterium der Existenz, dem die ganze Menschheit hinterherläuft, kann ich einfach enthüllen, indem ich mit den Verstorbenen spreche! Ist es nicht zu naiv und sogar vermessen von mir? Aber Frau Kurz-Hermann bestätigt mich in meiner Illusion oder in meiner Überrealität: „Wenn Sie mit Ihrer Mutter sprechen, dann werden Sie schon sehen, dass es ein anderes Leben gibt, sonst könnten Sie keinen Kontakt mehr mit ihr haben."

Voller Erleichterung und beinahe mit Begeisterung lege ich den Hörer auf, jetzt, wo ich weiß, dass Gottwald schläft... und dass ich bald - wie in den alten Zeiten - ausführlich und vertraut mit meiner Mutter sprechen werde...

Das Gespräch mit meiner Mutter, als der Tag endlich kommt, ist aber ganz anders als die normalen Gespräche, die wir bisher geführt hatten. Natürlich muss es notwendigerweise so sein. Die neuen Umstände verfremden unsere Worte und geben ihnen einen ganz besonderen Klang, da ich mich selbst in einem seelischen Ausnahmezustand befinde.

Außerdem... Sie ist nicht mehr am Leben, so kann ich sie nicht streicheln, anfassen, auch nicht ihre Stimme hören, alles geschieht durch die Vermittlung unserer Telefonfreundin. Wir können kein Katalanisch sprechen, wie wir es meistens unter uns getan haben. Ich mache mir Sorgen um die Sprachbarrieren, denn Indira Mestalin kann kein Katalanisch. Aber sie sagt, bevor wir mit der Sitzung beginnen, es sei kein Problem eigentlich, denn die Geister verständigen sich nicht über Sprachen, sondern über universelle Zeichen, deshalb wird sie in der Lage sein, alles zu verstehen, was meine Mutti ihr sagen wird, und die gemeinsame Ebene von mir und meinem Medium auf dieser Welt bleibt Deutsch.

Trotzdem ist es ungewohnt für mich, und auch, dass Mutti und ich nicht ganz allein sprechen können wie sonst, dass wir immer auf einen Dritten angewiesen sind. Das macht das Ganze etwas künstlich und forciert. Oft frage ich Indira Mestalin, ob meine Mutter noch da bei uns am Telefon sei. Ich habe Angst sie zu verpassen, zu wenig mit ihr zu sprechen und stattdessen zu sehr mit dieser Fremden, unserem Medium, die immer dazwischen plaudert und - um das Gespräch zu erhalten - uns kaum zur Ruhe kommen lässt.

Manchmal hätte ich lieber eine Pause des tiefen Nachdenkens und vor allem den direkten Kontakt mit meiner Mutter. Schließlich ist sie diejenige, mit der ich sprechen will, und nicht die andere, obwohl ich auch verstehe, dass unser Medium sich nicht gänzlich selbst löschen und sich aus unserem Gespräch ausklammern kann. Indira will auch etwas von ihrer Persönlichkeit zeigen, aber ich lenke ihre Aufmerksamkeit immer wieder auf meine Mutter.

„Ist sie immer noch da?", frage ich voller Sehnsucht und halbunterdrückter Freude.

„Ja, sie ist immer noch bei uns", sagt Indira mit einer einladenden, freundlich lächelnden Haltung, die man auch am Telefon spüren kann.

Ich rede dann wieder mit ihr, ich habe teilweise Angst, sie zu verpassen, dass sie sich sogar vernachlässigt fühlen könnte, jetzt, da sie von so weit gekommen ist und diese lange Reise durch den Kosmos gemacht hat, um mich, ihre Tochter, zu treffen...

Aber abgesehen von diesen Störungen und kleinen Unzulänglichkeiten der Kommunikation ist unser Gespräch sehr fließend, wohltuend und unvergleichlich schön. Das Beste ist vor allem, dass meine Mutter tatsächlich da ist. Ich merke ihre Gegenwart im Hintergrund, unverkennbar und einmalig. Wir sind nicht nur zwei Frauen am Telefon, sondern drei, wobei die dritte undefinierbar ist wie eine Essenz, gasförmig oder als flüssiges Gebilde. Sie ist eine schwebende, tanzende Gestalt mit viel Reiz, Grazie und Güte, und sie lächelt die ganze Zeit genauso freundlich wie Indira.

Ab dem Augenblick, da Indira das Foto in ihren Händen hielt, die Worte darauf las und den Geist meiner Mutter beschwörte zu uns zu kommen („Deine Tochter ist in Not, sie braucht dich, sie will mit dir sprechen"), erschien sie. Ich erkenne die Aura meiner Mutter im geheimen Raum, ich sehe sie ganz klar mit den Augen meines Herzens und meines Gehirns, und nicht als Erinnerung, sondern als unmittelbare Begegnung. Ist es vielleicht fernmündliche Hypnose?

Vor der Beschwörung erklärt mir Melina (oder Indira) im Voraus, was geschehen wird: „Sie wird natürlich nicht als junge Frau erscheinen, sondern vier Jahre älter als am Tag ihres Todes. Sie wissen, die Geister behalten das Altern in den ersten Jahren bei. Nur später werden sie immer jünger. Mit ungefähr vierzig bleiben sie lange stehen, zeitlos und unverändert, und dann wachsen sie wieder in der ungekehrten Richtung, bis sie zu Baby-Geistern werden."

Wie originell, denke ich sofort. Kann man daran glauben? Ist es Science-Fiction? Oder ein Märchen?

Mutti erscheint mir tatsächlich als alte Frau, gekrümmt und in ihren Bewegungen nicht so schnell. Aber es gibt jetzt einen großen Unterschied. Als ich sie frage, wie es ihr geht, antwortet sie nachdrücklich und voller Überzeugung: „Sehr gut, ich bin jetzt ganz gesund und schmerzfrei. Keine Medikamente mit Nebenwirkungen und keine Einschränkungen. Es war schon traurig und furchtbar mit dem Körper, so lästig und alt. Jetzt haben wir auch einen Körper, aber es ist der Unsichtbare. Uns geht es viel, viel besser."

Während der Zeit des Wartens auf den Termin habe ich mir viele Fragen aufgeschrieben, damit ich in dieser Stunde im Jenseits so viel wie möglich erfahren kann. Ich frage und Melina übersetzt die Antworten meiner Mutter, wie ich hoffe, nicht eigene Theorien und Gedanken, sondern was unser Geist wirklich sagt. Entschuldigen Sie, Indira, wenn ich manchmal zögere. An manchen Antworten erkenne ich mehr die fremde Stimme als die vertraute meiner langjährigen Gefährtin. Vielleicht fügt Melina etwas hinzu, wenn der Geist aus bestimmten Gründen schweigt oder das Ergebnis der verschiedenen Gleichungen nicht weiß.

„Wie lebst du jetzt? Bist du allein oder mit anderen? - Gehst du spazieren? Schläfst du viel, wie Gottwald? - Denkst du noch viel an deine Kinder? Und wenn ja, woran genau? - Hast du Papa gesehen? Was sagte er nach zwölf Jahren Trennung, in denen er schon tot gewesen ist? - Hast du die Großeltern gesehen, die Oma Consuelo und die Tanten, alle an die du dich sehr oft erinnert hast? - Weißt du, was mit Gottwald passiert ist? Warst du bei ihm? - Hast du Gott getroffen und mit ihm über uns gesprochen? - Weinst du noch manchmal? Hast du noch Ängste und Albträume, Stimmungswechsel wie auf Erden? Erlebst du irgendwo den Teufel? - Kannst du mir verzeihen, was ich dir so leichtsinnig und oberflächlich in der Nacht vor deinem Tod am Telefon sagte? - Besuchst du uns manchmal, und wo besonders? Die alte Wohnung, in der wir unsere Kindheit verbrachten? Die letzte, in der du wohntest? Die Geschwister in Spanien? Meine Wohnung?"

Es ist eine Überflutung an Fragen, aber ich verfälsche zum Teil meine Erzählung, denn ich habe sie nicht alle gleichzeitig gestellt, sondern immer eine nach der anderen, der Reihe nach, und sie hat sie dann jeweils beantwortet. Doch ich lese ihn jetzt, meinen Fragenkatalog, wie einen weiteren Nachweis der Wirklichkeit unseres Gesprächs. Dieses hat stattgefunden. Ich schäme mich ein wenig über meine Gier, meine ständigen Fragen, um immer mehr Einzelheiten zu kennen. Ich bin wie eine Ausbeuterin des Jenseits; ich will eine Menge wissen, als wäre die Menge das Ausschlaggebende. Sie schluckt und antwortet, schluckt und antwortet. Hoffentlich wird es ihr nicht zu viel. Nein, ich glaube, es fällt ihr gar nicht schwer. Sie ist mitteilsam und fröhlich. Sie hat immer gerne mit mir über alles gesprochen.

„Ich bin mit vielen Geistern zusammen. Wir erinnern uns an viele Dinge und reden gerne davon. Ich sehe die Großeltern und die ganzen Verwandten, von denen ich dir erzählte.

Sicher, ich gehe manchmal spazieren. Ich gehe oft zu einem Café auf einem großen Platz in Barcelona und sehe mir gerne die Passanten an, wie sie ausschauen und was sie tragen. Manchmal ist es lustig, denn sie können meinen astralen Körper nicht sehen und ich sitze auf ihrem Schoss, ohne dass sie es merken. Ich schlafe kaum im Moment, ich brauche es nicht.

Natürlich denke ich an euch, auch an deine Geschwister. Und meine Beziehung zu dir bleibt großartig. Ich war immer stolz auf dich.

Ja, ich bin hin und wieder bei Papa, aber ich wohne nicht ganz bei ihm. Er war sehr überrascht mich zu sehen. Nach so vielen Jahren hatte er sich daran gewöhnt, ohne mich zu leben. Er braucht seinen eigenen Raum. (sie merkt eine gewisse Enttäuschung in meiner Stimme und fügt schnell hinzu:) Doch wir leben sehr nah, sehr nah aneinander.

Ich habe Gottwald gesehen, aber er schläft noch.

Gott getroffen... Das ist schwierig zu sagen. Gott ist Christus, Buddha und so viele Gestalten zusammen. Er ist überall, er ist die Energie der Schöpfung.

Nein, ich weine nicht mehr. Ich habe keine Albträume und sehe den Teufel nirgendwo. Da ich nicht schlecht war, bin ich nicht in der Hölle, sondern mit vielen guten Geistern zusammen. Auf Erden war es schon anders, es gab einige böse Menschen, deshalb herrscht es hier ein viel schöneres Leben.

Es ist nichts zu verzeihen, meine gute Tochter. Du wusstest nicht, wie schlimm es um mich stand. Ich selbst wusste es auch nicht, dass ich in derselben Nacht sterben würde. Der Tod überraschte mich gänzlich unvorbereitet. Und du meintest am Telefon, ich wäre sehr empfindlich, ich würde es mit meinen Krankheiten übertreiben. Aber das ist kein Verbrechen.

Ja, ich besuche euch oft, besonders dich, da wo du bist."

„Mutter", rufe ich aus.

„Sag' nicht ‚Mutter' sondern ‚Mami' oder ‚Mamita' zu mir."

Ich muss lächeln. Ist es nicht schön mit ihr zu sprechen? Ihre Güte macht mein durch den Tod verhärtetes Herz lebendig und dankbar.

Und weitere Fragen folgen: „War es gut, dass ich dich gerufen habe oder tut es dir weh, so abrupt der spirituellen Welt entrissen zu werden?" (Das habe ich als erstes gefragt, glaube ich, als eine Art Einleitung. Aber es ist egal und beliebig in welcher Ordnung es jetzt erscheint.)

„Erinnerst du dich noch an unsere täglichen Telefonate zwischen Deutschland und Spanien? Sie fehlen mir sehr.

Hättest du gerne gehabt, dass ich dich in deiner letzten Krankheit gepflegt hätte? Kannst du mir verzeihen, dass ich nicht stärker gekämpft habe, um dich zu mir nach Deutschland zu holen?

Hast du sehr stark unter deiner Einsamkeit gelitten, als wir uns weniger um dich gekümmert haben?

Du weißt, dass Gottwald verstorben ist... Was meinst du, für wen soll ich jetzt leben? Was soll ich mit mir selbst anfangen? Sollte ich vielleicht nach Spanien gehen und bei meinen Geschwistern wohnen? In ein Kloster gehen und versuchen, spiritueller zu werden? Nach Ausdrucksmitteln und Kontakten für meine Trauer suchen wie bisher, schreiben, wandern? Was soll ich tun, um besser zu sein und den Tod zu akzeptieren?

Gibt es etwas, das du über die Familie fragen möchtest, das dich besonders interessiert? Soll ich ihnen etwas von dir ausrichten?

Triffst du öfters den alten Arzt, Dr. Straub, der so gut zu Johannes war, der ihn vom Asthma und von seinen Nervenzusammenbrüchen in der Pubertät heilte? Jetzt macht er wieder eine sehr schwere Phase der Depression durch. Könntet ihr ihm noch helfen, du und Dr. Straub zusammen, wenn ihr Gott bittet. Ich frage mich, inwieweit ihr uns allen noch helfen könnt.

Was mache ich falsch im Leben? Sag' mir, was muss ich ändern? Was ist mein Hauptirrtum? Und warum hat mich Gott bestrafft? Wie soll ich meine letzten Jahre verbringen? Gib mir einen guten Rat, Hilfe, als die gute Mutter, die du damals warst.

Du bist vier Jahre weg. Entfernst du dich immer mehr von uns? Oder bleibst die Verbindung ungefähr gleich?

Werden wir uns irgendwann wiedertreffen?

Merkst du noch die Kälte und die Wärme? Hättest du noch Lust auf Speisen?

Behältst du immer deine Stimme noch? Dürfte ich sie noch einmal hören, wenigstens ergründen, ob sie noch da ist? Oder sprichst du jetzt ganz anders?

War es richtig, dass wir deine Asche zum Grab des Vaters nach Deutschland brachten? Ursprünglich wolltest du, dass sie in Freiheit über die Erde verstreut werden sollte. Aber es war vom Gesetz her nicht erlaubt, und wir dachten, die Nähe des Vaters wäre dir auch sehr wichtig.

Würdest du nicht gerne zum Leben, zu uns, zurückkehren wollen?

Isabel liebt dich sehr, unübertrefflich viel. Nach deinem Tod ist sie beinahe verrückt geworden und sie vermisst dich jetzt noch. Kannst du mir verzeihen, dass ich manchmal eifersüchtig auf dich bin, weil sie zwischen uns beiden dir den Vorzug gibt? Sie macht sich Vorwürfe, weil sie fürchtet, sie hätte dich nicht genug gepflegt und dich zu sehr allein gelassen. Kannst du ihr verzeihen? Und mir auch, die eines Tages wegging zu Gottwald und euch verließ.

Mami, wie soll ich jetzt leben, da er nicht mehr da ist? Zeige mir einen Weg."

Ihre Antworten sind alle großzügig und süß. Sie strahlt überall Verzeihung, Versöhnung aus. Und wenn die Toten einem etwas nicht übelnehmen, dann können wir, befreit und erleichtert, weiterleben, aufatmen und unser helles Glück genießen. Sie sagt, wie die beste Psychologin der Welt: „Natürlich ist es gut, dass du mich gerufen hast, es freut mich. Ich habe nur Gründe zur Zufriedenheit, und ich komme mir so wichtig vor, weil du mich von so weit her rufst.

Ich finde es auch schade, dass unsere täglichen Gespräche jetzt nicht mehr da sind. Aber zu deinem Trost kann ich dir sagen, vielleicht fehlen sie mir weniger als dir, denn ich habe so ein reiches und dynamisches Leben mit so vielen Menschen im Jenseits...

Es ist nicht so schlimm, dass du mich nicht pflegen konntest. Ich wollte es auch so. Du hattest genügend Verpflichtungen und Sorgen.

Meine Einsamkeit war keine Ausnahme und nicht größer als die, die du jetzt erlebst. Da braucht man nichts zu entschuldigen.

Ich weiß nicht, was du jetzt machen könntest. Ich bin nur deine Mami und kann nicht für dich entscheiden. Du hast aber bestimmt noch eine Aufgabe und viele Menschen, denen du helfen könntest. Ich habe deine Leistungen immer bewundert.

Nein, ich habe Dr. Straub nicht getroffen. Wir können nicht alle Geister beliebig erreichen. Wir sind auf ganz wenige Besuche bei den Angehörigen beschränkt. Aber ich bete natürlich für Johannes, ich bete zu den Engeln, und es wird ihm schon geholfen.

Nein, ich entferne mich nicht von euch. Mit den Jahren werde ich mich verjüngen, bis ich am Ende deine junge Mamita werde, die dich mit so viel Begeisterung von der Schule holte, damals, als du sieben Jahre alt warst, es sind nur alles Variationen von mir.

Es ist ganz klar, dass wir uns wieder treffen werden.

Das meiste, was der Familie geschieht, ist mir schon bekannt, und deshalb brauche ich dir keine Fragen zu stellen.

Ich kann den anderen kaum etwas ausrichten, denn keiner würde daran glauben, dass du mit mir gesprochen hast.

Nein, Hunger haben wir keinen mehr, aber den Geschmack und die Erinnerung an gute Speisen behalte ich noch, Rosinen, Pralinen mit Mandarinengeschmack.

Ja, meine Stimme ist gleich geblieben, gar nicht gealtert und gebrochen. Die kannst du aber leider nicht hören, nur die von der Frau, die alles für uns übersetzt.

Nein, ich will nicht zur Erde zurückkehren. Hier ist es viel schöner, weißt du? Deshalb leide bitte nicht mehr und tröste dich gänzlich.

Es war schon in Ordnung, was ihr mit dem Grab getan habt. Ich war sofort einverstanden, obwohl, um ehrlich zu sein... Es ist mir ziemlich gleichgültig. Ich bin nicht beeindruckt, wenn ihr mich auf dem Friedhof besucht, denn meistens halte ich mich irgendwo anders auf.

Ihr sollt aufhören, ein schlechtes Gewissen zu haben, Isabel und du. Du kannst es ihr von mir sagen, wenn sie auch an unser Gespräch glaubt. Bitte, ihr habt alles richtig gemacht und sollt euch nicht mehr quälen."

Ich habe tatsächlich alles, was man braucht, um beruhigt zu sein: Eine verzeihende Mami, die keine Verbitterung zeigt und die Sicherheit, dass sie gut lebt und dass wir uns in der anderen, der besseren Welt treffen werden. Zwar haben ein paar Tatsachen etwas Befremden in mir ausgelöst:

Zum Beispiel, dass sie nicht vom Gott redet, sondern nur von den Engeln, als wäre sie nicht ganz im Himmel sondern in einer Art Zwischenwelt, die von Erdenerinnerungen geprägt ist, in der noch andere Vermittlungsinstanzen notwendig sind, weil man noch nicht direkt zu Gott kommt.

Und dann, warum hat sie nicht Dr. Straub getroffen? Sind denn die Geister so begrenzt, durch harte Regeln und Verbote eingeschüchtert, dass sie nicht jeden treffen können, den sie möchten? Ist das nicht ein alarmierender Zustand?

Und dass sie sich nie mit einem Wort oder einem Geräusch den Lebenden manifestieren können. Sie sind zur ewigen Stille und Unsichtbarkeit verpflichtet, und nur diese Dame am Telefon kann sie wahrnehmen und uns eine kleine Botschaft vermitteln. Ist es nicht ein grauenvolles Gefühl, dass ich auf der Erde immer von meinen Eltern und meinem Mann getrennt sein muss? Es ist eine der vielen Ungerechtigkeiten der Schöpfung, vielleicht ist es die schlimmste. Es ist grausam. Es geht gegen die Natur und ich bin darüber empört. Gott, wie kannst du es fertigbringen? Ich rufe: „Gottwald, Gottwald, Liebster, wo bist du?", und er wird nie zu finden sein.

Im Allgemeinen bin ich ein bisschen enttäuscht, weil meine Mamita eine leicht unterkühlte Haltung gegenüber den Problemen der Familie zeigt, die ihr damals so brennend wichtig, dringend und als Mittelpunk ihres Lebens erschienen. So sind jetzt Johannes' Krankheit, Gottwalds Tod und meine Leere und Ziellosigkeit keine Herausforderung mehr für sie.

Warum grübelt sie zum Beispiel nicht über meine Frage nach, was ich falsch im Leben gemacht habe? Sie war immer so aufnahmefähig, warm und mitfühlend, und vor allem so ansprechbar auf Schwächen, Vorahnungen und Ängste, die sie auch in sich selber trug. Sie war so menschlich, so hinfällig und weich, dass allein die Erwähnung der leichtesten Krankheit bei einem ihrer Kinder sie in eine Hölle der Sorge niederwarf. Diese übertriebene Fürsorge für die Geliebten machte unsere Mamita aus.

Jetzt dagegen ist sie ein reifer Geist. Sie ist nicht mehr so dumm. Sie ist vernünftig geworden. Aber kann ich es ihr verübeln, und auch, dass sie etwas weniger für den Vater zu empfinden scheint? Ich vermute jedoch, dass es teilweise an unserer Dolmetscherin liegt. Sie hat zwar die Gegenwart meiner Mutter beschworen und so spüre ich sie ganz klar in der Luft. Doch ihre Worte und die Art, wie sie reagiert, kann sie nur sehr verkürzt, sogar verdreht wiedergeben.

Wir sind alle begrenzt hier auf Erden, auch ich verstehe das. Und ich empfinde trotz Einschränkungen viel Dankbarkeit für diesen Nachweis, diese Nähe, die mir sonst nie möglich gewesen wäre.

„Ich finde Jenseitskontakte sind das hilfreichste Mittel in meiner Situation", sage ich noch sehr gerührt, nachdem wir uns von meiner Mamita verabschiedet haben.

Und in drei Monaten wird mein Mann wach, und dann... Er ist aber eine ganz andere Natur, er wird ganz andere Antworten geben. Hoffentlich kann sich Melina wenigstens ein paar Sekunden lang in ihn verwandeln.

Unkommentiert leben

In letzter Zeit habe ich sehr lästige Blähungen, die mir äußerst peinlich sind, besonders wenn sich Kollegen in meiner Nähe befinden. Das ist meistens der Fall, denn ich verfüge über kein eigenes Büro, sondern arbeite in einem Großraum mit Tischen rechts und links. Es tut schon weh, wenn ich die vulkanartigen Explosionsgeräusche aus meinen Gedärmen unter Kontrolle halten muss. Ich bremse mich ständig, ich hebe mein Po ganz minimal vom Stuhl, damit die Auswirkungen meiner Abgase unterwegs unterdrückt werden und sich weniger bemerkbar machen. Ich bin froh, wenn es mir gelingt, wenigstens nicht so hundertprozentig aufzufallen und nur leise Geräusche zu produzieren, die man leicht mit anderen verwechseln könnte, wie zum Beispiel wenn man den Kugelschreiber aus Versehen auf den Schreibtisch fallen lässt oder mit den Füßen auf den Boden trommelt.

Sie werden es nicht ganz bestimmen können, die Provenienz meiner Geräusche, und keiner wird mich direkt darauf ansprechen. Aber es ist mir unangenehm.

Ich höre mich selber mit Erleichterung im Korridor und dann im Bad ohne Zeugen. Meine Güte, ist das stark! Aber jetzt brauche ich mich nicht dafür zu schämen, denn keiner hört mit und zum Glück riecht es nicht schlecht.

Der Rechtsanwalt, Herr Hasler, fragt mich freundlich, ob das Mädchen, das mich begleitet, meine „Enkelin" sei. Um Gottes Willen! Bisher hat es noch geheißen, ob es meine „Tochter" wäre. Habe ich mich denn in den letzten Monaten so sehr verändert? Wahrscheinlich schon... durch den Tod meines Mannes und den Ärger mit meiner Nachbarin, Gala Lindenhof, der Diebin.

Es ist nicht so, dass sie mich unmittelbar bestohlen hätte. Sie hat das Geld nicht aus meinem Safe genommen oder meine Handtasche aus der Hand gerissen, aber sie hatte sich einen hohen Betrag bei uns geliehen, als Gottwald noch lebte, um sich ein neues Auto zu kaufen. Es war ein zinsloser Kredit aus

Freundschaft. Aber ich war schon etwas misstrauisch, weil ich sie kaum kannte und ihr voreiliges Handeln mir missfiel. Sie unterschrieb mir wenigstens einen Zettel, in dem sie sich verpflichtete, einige Stunden im Monat meinen Mann zu pflegen oder uns im Haushalt zu helfen oder - sollte es ihr aus Zeitmangel nicht möglich sein – zweihundert Euro monatlich zurückzuzahlen. Bisher ist aber keine von den beiden Sachen geschehen und keine Gegenleistung erfolgt. Deshalb bin ich beim Rechtsanwalt, das erste Mal. Ich habe noch nie einen Prozess gegen jemanden geführt.

„Frau Lindenhof meidet mich offensichtlich in den letzten zwei Monaten, will nicht mit mir sprechen und flüchtet vor mir. Meine einzige Möglichkeit, etwas vom Geld zurück zu bekommen, ist, ihr etwas Angst vor der Justiz einzujagen. Hoffentlich brauchen wir nicht gerichtlich gegen sie vorzugehen."

„Mal sehen, Frau Husenberg. Wir versuchen es zuerst mit einem Warnschreiben, einer offiziellen Kündigung des Darlehens."

„Mein Mann starb leider so früh, fünf Tage nachdem sie mit unserem Geld ihr Auto gekauft hatte. Ihn pflegen konnten wir nicht mehr... In den ersten sechs Wochen hat sie noch den Schein einer guten Helferin wahren wollen; sie fuhr mich zum Krankenhaus, zum Beerdigungsinstitut, zum Friedhof, deshalb möchte ich ihr einen Teil der Schuld erlassen, meinetwegen kann sie mir 800 € weniger zurückgeben. Ich möchte nur das, was mir zusteht. Was ich nicht möchte, ist ihr nachlaufen und um mein eigenes Geld betteln müssen."

Und wenn ich nach der Arbeit in die leere Wohnung komme... verzweifle ich.
Ich heule ununterbrochen und kann kaum atmen vor lauter Tränen. Irgendwann wird mein Herz das nicht mehr mitmachen können, diese Trostlosigkeit, diese konvulsivische und pausenlose Erschütterung meiner Muskeln, die sich nicht beruhigen und das laute, fast schreiende Weinen nicht stoppen können. Ich bin wie ein Hund, der ohne seinen Herrn

kaum noch zu existieren vermag. Jetzt erst weiß ich, wie seelisch abhängig ich von meinem Mann gewesen bin.

Na ja, ich wusste es schon. Ich trennte mich immer sehr ungern von ihm, und wenn ich das tat, war es immer in der Hoffnung, dass es nur für kurze Zeit wäre und dass ich ihn bald wieder treffen und sofort mit ihm telefonieren könnte, um ihm alles zu erzählen, was in meinem Leben passiert war. Als er zu verschiedenen Zeiten im Krankenhaus lag, litt ich unsäglich und fand keine Ruhe; ich musste fast täglich zu ihm. Ja, einen Menschen so stark zu lieben ist für die Selbsterhaltung gefährlich. Immer wieder muss ich mich mit einem treuen Hund vergleichen, der ganz verloren da steht, der außerstande ist, den geliebten Gegenstand in der fernen Grube zu verlassen, und der kraftlos und lebensunfähig vor Trauer und Kummer verendet.

Aber natürlich gibt es Unterschiede. Diese Krisenmomente der Überflutung von Emotionen sind in ihrer Dauer begrenzt. Ich habe noch Hunger und Durst und sogar Pläne über Freunde, die mich besuchen werden, und eventuelle Reisen, die ich machen werde, um mich vom Schmerz abzulenken. Ich habe zwei Persönlichkeiten in mir: Den stöhnenden, jaulenden und misshandelten Hund (er stirbt ehrlich mit und will nicht mehr leben) und die unempfindliche, mechanische und halbtote Gestalt, die aber die Lebensaufgaben noch ganz fleißig im Griff hat und diese gehorsam erledigt wie lesen, schreiben, laufen, arbeiten, waschen (jetzt nur für mich allein waschen). Wie grauenvoll und langweilig, alles nur für mich allein machen zu müssen!

Es ist gar nicht so toll, zwei Persönlichkeiten zu haben. Die eine findet die andere abstoßend. Ich komme mir komisch und nahe dem Wahnsinn vor, denn bisher, wie bei allen Menschen in einem normalen Zustand, hatte meine Persönlichkeit eine Einheit gebildet. Ich war bisher nur Mila Husenberg, eine großzügige und spontane Person, voller Geschenke für sich und die anderen, die sie lieben durfte und sich darüber gefreut hat. Jetzt aber bin ich so gespalten und unverbunden mit mir selbst, mit einer Verdoppelung der Perspektive: Ich bin die

Witwe Husenberg auf der einen Seite und diese widerliche Maschine des Überlebens auf der anderen. Der jaulende Hund, der so eine starke Sehnsucht nach Gottwald hat, ärgert sich über dieses andere hungernde Tier in mir, das nie mit leerem Magen ins Bett geht. Dieser unglückliche Hund, Mila, verheiratete und verwitwete Husenberg, ist auch ein religiöser Hund, wenn so etwas existieren kann. Sie hofft, mit ihren Tränen Gott und die Geister der Toten zu wecken. „Eh, schlaft nicht weiter. Ich weine so intensiv wie nie zuvor... Hört ihr mir zu?"

Ich schreie und weine noch lauter mit dem geheimen Wunsch, dass das Jenseits auch Mitleid kennt, sich ausnahmsweise rührt und tröstend eingreift. Vielleicht wird Gottwald mir plötzlich alarmiert die Geisterhand reichen, das Gelübde der Schweigsamkeit brechen, das wahrscheinlich alle Toten ablegen müssen, und in der Stille ausrufen: „Komm, Liebelein, nimm' es nicht so ernst. Wir werden uns bald wieder sehen."

Die Auswirkungen der Zeit sind vielfältig und erstaunlich: Das nasse Handtuch wird trocken. Man wird alt. Man denkt immer etwas weniger an die Toten. Die Milch im Kühlschrank wird schlecht. Die erste große Liebe, die mich damals so sehr belebte, hat seine Macht über mich verloren. Ich werde ihn in fünf Monaten in Genf treffen, wo er und seine vierte Frau mich für den Sommer eingeladen haben, aber ich besitze kaum noch Gefühle für das Leben.

Ich habe die alte Wanduhr reparieren lassen. Ich wollte dir im Grunde nur widersprechen, Gottwald, weil du damals sagtest: „Wir kriegen sie nicht mehr zum Laufen, sie ist ganz kaputt."

Ich wollte dich auch mit meiner Tat überraschen, damit du die alten Glockenschläge hörst wie damals... Die Reparatur hat viel Geld gekostet, aber so naiv und unlogisch wie ich bin, habe ich ein besonderes Symbol in dieser Uhr unserer Vergangenheit gesehen. Ich habe gedacht, wenn sie noch funktioniert, nach so einem langen Tod... wenn sie wieder tickt und läutet, dann wirst du auch wieder lebendig. Für deine

Wiederauferstehung würde ich gerne all unsere Ersparnisse opfern.

Der Klang der Uhr ist nicht mehr so schön, wie er war. Hörst du mit? Es fehlt an Schwung und munterer Jugend, obwohl die Uhr schon damals alt war. Sie klingt so gedämpft, gequält, unterdrückt und ohne Nachhall! Oder habe ich ihren Sound in meiner Erinnerung unwillkürlich verfälscht? Auf jeden Fall lebt sie noch und sie begleitet mich jetzt an deiner Stelle.

Mit den Taubstummen kann man sich über das Lorm-Alphabet verständigen. Mit den Abwesenden per Telefon oder E-Mail. Aber mit dir... Ich würde dir gerne täglich eine E-Mail schicken. Doch vielleicht wissen die Geister schon alles, und dann wäre es eine unnötige Anstrengung; es wäre ja nur eine Art Tagebuch für mich selbst, und dazu habe ich keine Lust. Und du mochtest das Schriftliche sowieso nicht so sehr, du warst mehr für das mündliche Kommunizieren.

Ich habe keinen Spaß mehr an Aktion, Bewegung, nicht einmal an Erinnerungen und Träumen, die auch innere Bewegung bedeuten.

Stehen und Sitzen ermüdet mich ebenfalls. Ich bin eher eine liegende Figur, auch wenn ich äußerlich vor unserer Wohnungstür stehe und den Schlüssel heraushole, bevor ich täglich mit meinen Hundetränen beginne. Ich liege mehr als dass ich stehe. Vielleicht ist es aus Imitationstrieb, weil du auch in deinem Sarg liegst.

Nein, das mit dem Grab scheint mir eine Täuschung, du liegst nicht, sondern fliegst... Gerade das, was ich nicht machen kann. Du wohnst jetzt auf einem anderen Planeten, oder im Himmel... oder du fliegst einfach in unserem Wohnzimmer herum, in dem du bisher so gerne gesessen hast. Du fliegst wie ein Insekt, aber, Gott sei Dank, kann dich kein Insektenspray mehr vernichten.

Du bist unsichtbar geworden wie Gott. Du hörst meine Schreie und meine Tränen nicht, egal wie übertrieben laut ich zu weinen beginne, oder du hörst mich doppelt und dreifach, aber musst selbst immer schweigen. Dir ist jedes körperliche Zeichen verboten. Mein Armer! Nicht nur auf Erden sind wir versklavt und an Regeln gebunden. Ich muss auch leiser werden, sonst würden die Nachbarn meine Traueranfälle hören und mich für verrückt erklären.

Gala Lindenhof, die Diebin, hört mich zum Glück auch nicht, denn in so einem riesigen Hochhaus, in dem wir, „Gottwald und ich"... in dem ich lebe, verlieren sich die Stimmen, und so wissen die von der ersten Etage nicht, was jemand in der zehnten Etage für Weinkrämpfe bekommt.

Noch habe ich das „wir" aus meinem Vokabular nicht zum düsteren „ich" umsetzen können. Ich werfe das automatische und wohlvertraute „wir" in alle Richtungen hinaus und merke gleichzeitig mit unendlichem Weh das vergebliche meiner idiotischen Amnesie, dass ich tatsächlich die Hälfte meiner selbst verloren habe. Und nicht nur in der Vergangenheit rede ich von „wir", auch im Präsenz, nur in der Zukunftsform wage ich es nicht mehr.

„Als wir das und das machten", „wir bezahlen so und so viel", „unser Auto", „unsere Wohnung". Du existierst immer noch für mich, nur weiß ich nicht genau, wo du bist. Ob die Zeit es ändern wird?

Meine zwei Freundinnen, die Zwillinge, Frauke und Mara Breuer, besuchen mich und fragen mich, wie es mir geht. Die Frage wird immer wieder mit einer fürsorglichen und mitleidsvollen Betonung gestellt, als wenn sie sagen würden: „Wir verstehen sehr gut, dass es dir schlecht geht."

Zum ersten Mal fühle ich mich ziemlich im Einklang mit der Gesellschaft. Es scheint, dass die Menschen schon einiges Verständnis für einen Todesfall aufbringen können, da er die gemeinsame Supererfahrung, den Kern der Menschlichkeit, darstellt, wie die Geburt.

Bei anderen Problemen konnten Fremde und Freunde sich weniger mit mir identifizieren, zum Beispiel als ich mir das Bein brach und mich acht Wochen lang kaum bewegen konnte, als ich mich ewig beschwerte, dass ich keine so gute Stelle hatte, dass die Firma mich nicht genug schätzte und mich nicht meinen Qualifikationen entsprechend bezahlte, als wir während unseres Urlaubs in Italien so massiv und herzlos beklaut wurden und Gottwalds Portemonnaie mit dem ganzen Geld und den Papieren verschwand; auch nicht, als ich den praktischen Teil meiner Fahrprüfung nicht bestehen konnte und immer ohne Führerschein bleiben musste, oder als ich mich in meiner Jugend, am Anfang unserer Ehe, darüber beklagte, dass mein Mann öfters mit Kollegen feierte und zu spät in der Nacht nach Hause kam.

Jetzt aber fühle ich mich gewissermaßen vom Verständnis der Mitmenschen ummantelt und gestreichelt. Noch nie war ich so oft von Freunden besucht worden wie jetzt. Und sogar Tränen darf ich jetzt in der Öffentlichkeit vergießen, was ich noch nie gekannt habe. Ich weine darauf los, ungebremst und in vollen Zügen, und die anderen sagen unfehlbar, so großzügig und gütig und beinahe rührend, in ihrem Bedürfnis mich zu trösten: „Es ist noch so frisch. Es sind nur ein paar Monate... Es wird aber besser werden."

Alle sind gut zu mir mit Ausnahme der Nachbarin, der Diebin. Ich habe nur Angst, dass ich mich fast daran gewöhnen könnte, in der Öffentlichkeit zu weinen. Es ist so kostbar und angenehm sich mitten im Unglück wenigstens von anderen verwöhnen zu lassen mit zärtlichen Umarmungen und hilfreichen Ratschlägen für die Einsamkeit danach, wenn sie wieder gehen werden! Eine innere Stimme warnt mich aber gegen diese fast zur Gewohnheit werdende Offenbarung meiner Tränen, die wahrscheinlich in dem Höhepunkt der Beerdigung anfing, als ich vor den teilnehmenden Trauergästen als eine ganz natürliche Handlung weinen durfte, als ich von allen Seiten verstanden und sogar von einigen mit eigenen Tränen des Mitgefühls begleitet wurde.

Ich muss zu meinem Stolz und zur würdevollen Stille zurückfinden, denke ich manchmal, denn mit der Zeit werden sich die Menschen verhärten und es nicht mehr für natürlich sondern krankhaft halten, dass ich mich so sehr gehen lasse. Die Grenzen sind fließend. Jetzt darf ich weinen, aber wie lange noch?

Das Potential einer Trostspende erschöpft sich mit der Zeit wie alle Gefühle. Im Moment habe ich noch alles im Griff. Ich kann zu einem Psychologen gehen, wenn ich möchte. So sage ich manchmal sehr vernünftig: „Vielleicht sollte ich zu einem Psychologen gehen." Und es klingt gut, weil es heutzutage zur Mode geworden ist, ebenso wie Trauergruppen, gesunde Ernährung und Yogaübungen. Aber wehe mir, wenn ich nicht mehr in der Lage wäre, mein Leben unter Kontrolle zu bringen. Dann wäre es kein Kokettieren mehr mit Begriffen und Alternativen. Dann wären es die Freunde und Verwandten, die mich zu einer Zwangstherapie schicken müssten.

Frauke fragt als erste nach meiner seelischen und körperlichen Gesundheit. Ich antworte ehrlich, weil Ehrlichkeit noch erlaubt ist: „Ich habe Migräne. Ich bin verzweifelt. Noch nie ist es mir so schlecht ergangen, nicht einmal als meine Eltern zu verschiedenen Zeiten starben, und das war schon ein schrecklicher Schlag."

„Was ist denn anders?", fragt Mara. „Der Tod eines Partners ist bestimmt noch viel schlimmer, nicht wahr? Ich kann gar nicht daran denken, wie es wäre, wenn ich Johannes verlieren sollte."

Ihre Eltern leben auch noch. In den Augen der beiden Frauen kann man die Angst derjenigen ablesen, die noch alle Angehörigen auf Erden behalten, die aber schon gewisse Bedrohungen in Form von Krankheiten kommen sehen.

In letzter Zeit ertappe ich mich dabei einige Menschen um dieses Privileg zu beneiden, dass sie ihre Angehörigen haben, während ich... Aber sie sind auch viel Jünger als ich, 20 Jahre jünger, und es steht ihnen als gerechtes Naturgesetz zu. Doch Gerechtigkeit ist sowieso nicht das herrschende Prinzip im Leben. Ich höre von so vielen, meistens von Schriftstellern, die ein hoch betagtes Alter erreichen, 85, 90, sogar 99, und nach dieser Rechnung hätte Gottwald noch zehn oder 15 Jahre an meiner Seite verweilen können.

Aber so etwas lässt sich nicht ausrechnen. Warum sterben Kinder und junge Menschen überall? Warum erleiden einige Senioren die traurigsten Zustände von Demenz und

Alzheimer, Jahre lang auf fremde Pflege angewiesen und in Altenheimen begraben, während andere im selben Alter mit unerschütterlicher Stärke und Klarheit der Gedanken noch reisen, schreiben, musizieren, wunderbare Gedichte und Gesänge (die Stimme versagt noch nicht), Konzerte, Bilder, Statuen, medizinische Vorträge und vieles mehr durch die Welt verstreuen können?

Ich antworte verworren und mühsam: „Es hat natürlich mit seiner Person zu tun, aber auch andere Gründe. Mir fehlt der Bezug zur Realität. Zum ersten Mal lebe ich alleine. Heute morgen hat mein Wecker wie an jedem Arbeitstag um fünf Uhr geklingelt. Ich habe neuerlich zwei Wecker, den sanften, angenehmen Radiowecker, der aber in letzter Zeit nicht so gut funktioniert, und zur Sicherheit einen anderen einfachen, der aber furchtbar schrill klingelt. Ich habe ihn gehört und bin wie immer mit einem hässlichen Gefühl von unwillkommener Überraschung wach geworden. Halb im Schlaf habe ich versucht, den Knopf zu finden und ihn zu stoppen mit dem Hintergedanken, wie grauenvoll dieser Laut auch für die anderen sein soll, „es wird sie stören."

Dann erinnere ich mich plötzlich daran, dass Gottwald nicht mehr neben mir im Bett liegt. Dann denke ich, „Ja, aber meine Mutter. Sie wird auch wach werden und alarmiert ins Zimmer hereinkommen." Und dann erinnere ich mich mit Erstaunen daran, dass meine Mutti schon seit ein paar Jahren tot ist. Ich kann mich einfach nicht daran gewöhnen, dass kein Mensch mehr in der Wohnung ist und dass ich allein lebe."

Frauke unterstreicht wie immer das Positive meiner Lage und gibt mir Folgendes zu bedenken: „Es mag dir trostlos vorkommen, aber das Alleinwohnen hat auch seine Vorteile."

„Ich weiß. Ich brauche mich mit niemandem zu zanken. Ich organisiere und bestimme alles nach meiner Laune, die Einteilung der Möbel, ob die Heizung angemacht wird oder nicht, ob Besuch kommt oder nicht, wie voll oder leer der Kühlschrank sein soll.

Noch nie habe ich so viel Freiheit wie jetzt gekannt. Ich kann essen, was ich will, schlafen gehen, wann ich will, sogar die ganze Nacht wie ein undiszipliniertes Kind wach bleiben. Ich kann Fernsehen, Radio oder CDs in voller Lautstärke hören und meinen unangenehmen Wecker stundenlang klingeln lassen, ohne dass irgendjemand in der Wohnung gestört wird, und die Nachbarn sind sowieso weit weg und in so einem riesigen Haus so gut wie schwerhörig.

Ich könnte auch rausgehen, wenn ich Lust hätte, in eine Kneipe, ins Kino, zu Freunden. Ich könnte plötzlich meine Stelle kündigen und nach Australien fliegen. Es ist der Höhepunkt meiner Emanzipation, und als Teenager hätte ich in die Hände geklatscht und vor Übermut und Freude gelacht. Aber jetzt kommt mir diese Freiheit vor wie in der Wüste, ohne Lebensmittel und ohne Wasser, ausgesetzt zu sein. Keine Stimme warnt mich mehr gegen Exzesse und Übermüdung am nächsten Tag, keiner fragt mich, was heute Abend gekocht werden soll und ob wir zu Weihnachten dieses Jahr einen Weihnachtsbaum aufstellen sollen oder nicht.

Mit Gottwald konnte ich meine Freiheit auch genießen und gleichzeitig hatte ich das Gefühl, dass unser Alltag durch unsere ständigen Gespräche immer neu kommentiert, formuliert und erzählt wurde; alle Einzelheiten wurden ausführlich, besonders beim Frühstück oder beim Arbeitsschluss, besprochen und mit ausgiebigen Kommentaren versehen. Wir belebten uns gegenseitig durch das ununterbrochene epische Erzählen unserer Zweisamkeit, das auch über Gesangselemente, Mimik, Klangmelodien und Stimmenverliebtheit verfügte, während jetzt mein Alltag klanglos verläuft, unbeschrieben, unbeatmet."

Ich denke an die lange Reihe der Menschen, die krank sind und ihr ganzes Leben über die Heilung von irgendwelchen Beschwerden anstreben. Die einen wenden sich an die klassische Medizin, die anderen an Homöopathie, Meditationsübungen, Heilpraktiker und Schamane. Die einen beten verzweifelt zu Gott, pilgern nach Lourdes und hoffen auf ein Wunder unter Tausenden, die anderen glauben an die Bioenergie des eigenen Körpers, an die Macht der

Selbstheilung. Die emanzipatorischen Trends heutzutage machen alles möglich. Ich bin nicht von der Gottheit und den Schicksalsmächten abhängig, sondern ich heile mich selbst mit meiner eigenen Energie. Wie wunderbar! Ich beginne damit, denn ich bin auch krank. Meine Nerven sind nicht in Ordnung. Nur frage ich mich wie... Es gibt so viele Glaubensströmungen, dass es einem fast schwindlig wird. Mir wird es zu kompliziert. Ich bin wie paralysiert vor lauter Vielfalt. Ich schaffe es nicht mehr noch an irgendetwas zu glauben.

Dass meine Nerven kaputt sind, versuche ich nicht mehr zu leugnen. Meine Weinkrämpfe, meine Unkontrollierbarkeit... Ich bin wieder dieser verletzte Hund, der keuchend und außer Atem nur noch wimmert, schreit und stöhnt; kaum ohne Gedanken dabei, weil der tierische Schmerz alles Menschliche überwiegt, als hätte man ihn brutal getreten oder Teile seines Körpers ohne Narkose herausoperiert.

Ich kann mich nicht mehr bremsen, wenn ich alleine bin. Nur in der Öffentlichkeit strenge ich mich noch an, die Menschen mit meinem Verhalten nicht zu erschrecken. Dann weine ich, aber kurz, und wie ein Roboter gehe ich zum nächsten Thema über. Denn ich möchte auch nicht so viele weise Kommentare der anderen hören, die mich am Ende ärgern könnten. Dann lieber doch unkommentiert leben.

Aber ich versinke manchmal in einem Panikausbruch. Gesetzt den Fall, ich würde mit der Zeit mein Wimmern und Stöhnen automatisieren (man bildet solche Automatismen unwillkürlich: Ich höre Gottwalds Namen oder ein Gespräch über Krankenhäuser, Rollstühle, einen Pflegedienst, und fange sofort zu heulen an) und ich könnte dann nicht mehr, nicht einmal in der Öffentlichkeit, meinen Automatismen entkommen...

Einen unter vielen Kommentaren habe ich als besonders treffend empfunden. Er kam von einem Ehepaar, Holger und Gesine Martini, die noch das Glück hat, zusammen auf der Welt zu verweilen. Sie sagten fast gleichzeitig: „Deine Trauer ist logisch, so eine Umstellung!"

Und er fügte hinzu: „Es ist wie ein Puzzle. Geht nur ein Teil verloren, ist das Ganze nicht mehr zu rekonstruieren."

Meine Freundschaft zu Gesine Martini und ihrem Mann ist schon eine langjährige, obwohl der Kontakt nicht so intensiv ist. Wir sehen uns selten, nur drei oder höchstens viermal im Jahr. Bei ihrem Besuch gestern Abend beobachteten sie auch meine plötzliche Tränenüberflutung, die mich so oft befällt und die mir Kraftlosigkeit, Zittern und ein rasendes Herz verursacht.

Trotz ihres Verständnisses sagte meine Freundin streng und durch die Stärke und Dauer meines hysterischen Auftritts entsetzt: „Du bist wirklich krank. Du musst zum Psychologen oder zum Arzt gehen und dir Medikamente geben lassen. Die erste Zeit dachte ich, das geht bald vorüber. Aber jetzt sehe ich, dass du es alleine nicht schaffst. Ich wäre auch nicht in der Lage. Wenn ich Holger verlöre, müsste ich auch Medikamente nehmen."

Meine Freunde haben mich ausgeschimpft. Ich merke schon, dass trotz Verständnis die immer wiederkehrende Trauer meinen Freunden schon zu viel wird. Es gibt einen leichten Ton des Vorwurfs in Gesines Stimme. Ich fühle mich wie ein Kind, das etwas Schlechtes getan hat, das den gesellschaftlichen Regeln nicht gefolgt ist und mit den ersten Anzeichen der Ungeduld konfrontiert werden muss.

Holger Sagt sachlich: „Ich verstehe es. Aber du musst es überwinden und dich nicht so sehr gehen lassen."

Ich merke mit etwas schmerzhafter Überraschung die Härte meiner Umwelt, die mich eine Zeit lang verschont hat und jetzt wiederkommt. Die Zeit der Postbeerdigungsnachgiebigkeit und -weichheit ist vorbei. Das verwöhnte Kind wird jetzt zur Ordnung und Disziplin zurückgerufen. Aber ich weiß auf jeden Fall, dass es gut gemeint ist.

Auch die Freunde haben unterschiedliche Techniken und eigene Formen der Trauerbewältigung. Während Mara und Frauke Breuer mehr dafür sind meinem Weinen freien Lauf zu lassen (alles muss raus, Unterdrücken und Flüchten wäre keine Lösung), sind die anderen eher für die

Fluchtmechanismen, für ein halbwegs normales Leben und dafür, dass ich mich nicht bedrohlich an meine Krankhaftigkeit der letzten Zeit gewöhnen könnte.

Holger und Gesine erzählten über ihre Reisen. Ich erinnerte mich sofort an meine Reisen mit Gottwald wie in einem Nachhall von Assoziationen, aber ich bin ein wohl erzogenes Kind und vermied es seinen Namen zu erwähnen, um nicht wieder weinen zu müssen, was nicht so willkommen wäre. Es gelang mir in den nächsten Stunden, meine Freunde nicht zu alarmieren. Aber ich konnte Gottwald die ganze Zeit nicht vergessen und mich mit meinem Schicksal versöhnen.

„Gehe ich tatsächlich zum Arzt? Homöopathie, Schamane, Akkupunktur? Man konnte ihn damals nicht heilen, nicht einmal erleichtern und seine Existenz lebenswert machen. Ob man mich heilen könnte?"

Unsere Wohnung ohne dich hat ihren Reiz verloren. Sie ist so ungemütlich, leer und kalt. Diese Kälte ist nicht nur auf meinen seelischen Zustand zurückzuführen, sondern aus rein materiellen Gründen heraus entstanden. Ich hatte die Heizung abgedreht, weil die Wohnung sowieso einige Zeit unbewohnt blieb, und ich denke, als Witwe müsste ich schon lernen, weniger verschwenderisch in meinem Umgang mit der Heizung zu sein. Damals, als wir zu zweit waren, lohnte es sich eher, und du warst außerdem den ganzen Tag Zuhause; und in deiner Krankheit brauchtest du die Wärme noch mehr als sonst.

Ich verbringe diesen ganzen Monat bei Miriam, wie du wahrscheinlich schon weißt, deshalb komme ich hier so selten her, nur einmal in der Woche, um nach unserer Post zu sehen, unsere schöne Pflanze zu gießen oder Lebensmittel und Kleidungsstücke in Miriams Apartment mitzunehmen. Ja, es ist noch unsere Post. Es kommen nach Monaten immer noch Rechnungen für dich, von der Krankenkasse über deine letzten Krankenwagenfahrten. Miriam ist eine gute Freundin, wie du weißt. Sie wollte mich nicht ganz alleine lassen. Bei ihr fühle ich mich geborgen und weniger tot als sonst.

Aber am nächsten Freitag muss sie wieder nach Portugal, zu ihren Eltern. Natürlich ist meine wirkliche Heimat hier in unserer Wohnung, in die ich immer wieder von kurzen Reisen und Trennungen zurückkommen werde. Hier ist die gemeinsame Ecke unserer Identitäten, in der dein Geist hoffentlich hin und wieder bleibt. Ich muss mich daran gewöhnen, wieder hier zu sein. Und ich muss demnächst die Heizung anmachen, denn eine Wohnung ohne Heizung ist wie ein Mensch ohne Herz. Vielleicht bin ich auch so krank wie du warst, und deshalb friere ich doppelt, vor Schwäche und Sehnsucht nach deiner Gegenwart, denn es ist immer ein Schock, ein Trauma, dich hier nicht zu finden.

Ein Mensch macht für einen anderen einen Ort zum Paradies und zum angenehmen Refugium und wenn er plötzlich verschwindet... Es waren nicht meine Möbel, Bücher, Geräte und Kleidung, auch wenn ich meine Gegenstände so sehr zu lieben glaubte. Du warst es hauptsächlich, und jetzt hat sich der schönste und wärmste Ort der Welt für mich unerträglich verwandelt. Es ist so frostig kalt! Oh ja! Die Heizung muss her, Wärmedecken, Wärmekissen für meine gefrorenen Rippen, Teppiche, Tagesdecken, wollene Strümpfe und Pantoffeln, dicke Bettbezüge und Plumeaus, um meinen erkalteten Körper zum Leben zu erwecken.

Es tut mir leid, dass ich immer so weinend und trauernd in unser damals so freundliches und für mich himmlisches Domizil hineinplatze, verschluckt, in Schweiß gebadet und voller Tränen. Es ist sicherlich kein tröstlicher Anblick für dich. Vielleicht war deine Eitelkeit am Anfang etwas geschmeichelt (Sie kommt ohne mich nicht aus, sie braucht mich). Aber mit der Zeit magst du es dir nicht mehr ansehen, du leidest auch mit, meine Verzweiflung erschreckt dich, zerstört womöglich die guten Erinnerungen, die auch du an diese Wohnung hast. Ja, ich muss mein Verhalten ändern, sonst würdest du mich am Ende nicht mehr besuchen wollen.

Jetzt, da mein Aufenthalt in Miriams Apartment zu Ende geht, muss ich hier weiterleben, mich an unseren Gegenständen erfreuen und diese für deine hypothetischen Besuche aus dem

Jenseits aufbewahren. Ich muss um jeden Preis Mut für die guten Erinnerungen an die Vergangenheit und den Glauben an eine Zukunft für uns beide unter anderen Formen der Mitteilsamkeit in mir reifen lassen.

Miriam verabschiedet sich von mir. Ihr Flug nach Portugal geht um 18:30 Uhr. Wir haben zusammen eine gute Zeit erlebt, sind immer gemeinsam aufgestanden und haben gefrühstückt wie ich es mit dir in unseren ganzen 37 Ehejahren getan habe. Wieder ist mein Leben für ein paar Tage kommentiert und besprochen worden; Miriams und meine eigenen Worte sprudeln aus den Wänden und Fenstern des Apartments heraus wie fröhliche Gefangene, die plötzlich in die Freiheit entlassen werden. Doch wir waren manchmal auch still. Wir haben spirituelle Abenteuer gewagt, eine Kundalini-Meditation gemacht und auch einen Menschen mit übernatürlichen Fähigkeiten aus Indien kennen gelernt. Wir haben mit zerreißender Offenheit und vollentblößter Seele um unsere jeweiligen Verluste geweint, denn auch sie hat neulich ihre Tante Lena verloren, ihren Hund Roby, und sie hat erfahren, dass sie an Diabetes leidet, zwar noch in einem milden Stadium, aber sie muss bald unbedingt gänzlich auf Süßigkeiten verzichten, was für sie bisher den Mittelpunkt ihrer Energie und Gemütlichkeit im Leben bildete, wie für dich das Rauchen. Das quält sie und macht sie melancholisch.

Wir haben uns oft über Diäten und Ernährungsunterschiede unterhalten. Ich verteidige die normalen Supermärkte, die für den kleinen Mann erschwinglicher sind, und sie die teureren Reformhäuser und Biosupermärkte, die angeblich mehr Qualität anbieten. Du würdest wahrscheinlich über unsere Gespräche lachen.

In den nächsten Tagen werde ich seelisch erneut viel durchmachen, das weiß ich. Miriam muss wieder fahren, in ihrem Alltag zurückkommen, und unser Hochzeitstag naht, Gottwald. Unmöglich, dabei nicht an dich zu denken und an all das, was wir unternahmen. Der Kalender hat immer solche heiligen Daten, die nur für einen, den einen Menschen, reserviert scheinen. Dein Geburtstag ist auch ein solches

Datum, oder der Tag, als ich zum ersten Mal in deine damalige Wohnung kam... oder der grauenvolle Tag, als du gestorben bist, mit dem ich mich besonders im nächsten Jahr und ewig... beschäftigen werden muss.

Am Tag nach unserem Hochzeitstag wird die rätselhafte Dame aus Indien versuchen, dass ich mit dir spreche. Ich weiß nicht, ob ich daran glauben soll oder nicht. Wird sie es erraten können, dass wir zufälligerweise am Tag davor geheiratet haben? Wird sie all diese typischen intimen Verbindungen in einer Ehe, die Koseworte, die du für mich hattest, deine idiomatischen Ausdrücke für gewisse Dinge, unsere Reaktionen auf die Gesellschaft und deine Familie und so etwas alles erraten können.

Ich habe Angst, dass sie mich enttäuscht und dass ich mitten drin ihrem Betrug auf die Spur komme. Werde ich es überleben können, wenn es ihr misslingt, ein Gespräch zwischen uns herzustellen? Inwieweit werde ich in der Lage sein, deine Stimme von ihrer Stimme zu unterscheiden und deine unverfälschte, ganze Persönlichkeit noch ein paar Minuten zu kosten?

Auf jeden Fall nehme ich mir jetzt vor, nicht mehr so viel zu heulen, sondern zu lächeln, wenn ich heute Nachmittag in unser Zuhause zurückkomme, in dem du dich vielleicht versteckt hast, um auf mich zu warten, immer in der Hoffnung, dass ich mich mit der Zeit erhole und weniger gebrochen, schwankend und leidend aussehe.

Gefallen dir meine neuen post-mortem E-Mails? Damals, als wir uns kennenlernten und später Pläne für unsere Hochzeit machten, mochtest du besonders meine Briefe. Vielleicht kannst du sie jetzt alle gleichzeitig lesen, da wo du bist...

Alle meine tollen Vorsätze sind umsonst gewesen. Ich weine wieder, wenn ich deinen Lieblingssessel berühre, deinen Platz am Küchentisch, dein Waschbecken mit deiner noch angefangenen Seife. Das ist viel zu grausam, das hat man uns bei der Geburt nicht erzählt. Und was mir noch zu befürchten bleibt, ist der Besuch von Oliver, deinem ehemaligen Pfleger, der mir helfen wird, deine Wäsche und deine vielen Schuhe aus der Wohnung auszuräumen, einige für bekannte Bedürftige, andere für Wäschecontainer.

Praktisch gesehen ist es gut und notwendig. So habe ich mehr Platz im Kleiderschrank für meine Sachen. Wir brauchen uns keinen neuen zu kaufen, wie wir es vorhatten, weil der alte uns zu klein geworden war. Doch ich komme mir wie eine Verbrecherin vor. Deine Spuren allmählich verwischt, den Mann getötet, um mehr Platz zu bekommen...

Am Anfang habe ich gedacht, es wäre in deinem Sinne, dass ich unsere Wohnung behalte, damit dein Geist immer wieder in das alte Zuhause zurückkommen kann. Aber jetzt frage ich mich, ob es nicht loyaler von mir wäre, auszuziehen, statt dir deinen Platz immer wieder für meine Zwecke wegzunehmen. Was würde dein Geist sagen, wenn er alles so mitleidslos verstellt fände? Meine Röcke und Blusen in deinem Teil vom Schrank am Fenster. Oh, nein, wie entsetzlich!

Den Kleiderschrank lasse ich wenigstens so, symbolisch für uns beide zusammen. Zu diesem Entschluss bin ich jetzt gekommen. Wer weiß, ob ein Geist sich nicht freut, wenn er die alten Kleidungsstücke der Erde als Reliquien noch hin und wieder sieht? Nicht alles, aber wenigstens einen Teil davon, deine Lieblingshemden und besten Lederhosen lasse ich noch rechts am Fenster darin. Ich verstehe jetzt, dass meine Mutter alles vom Vater bis nach ihrem Tod festgehalten hat. Sie hat manchmal mit seinen Socken und Schlafanzügen geschlafen, um den intimen Kontakt, die Nähe zu ihm, auch materiell zu bewahren.

Heute vor vielen Jahren unsere standesamtliche Trauung gewesen. Auch wenn wir nicht kirchlich heirateten, sagte ich zu Gott und Maria anschließend, dass ich, bis der Tod uns zwangsweise auseinander reißen würde, dir treu sein und an deiner Seite bleiben will. Das wenigstens habe ich erfüllt. Und wenn du länger gelebt hättest, wären wir weiterhin zusammen durch dick und dünn gegangen.

Doch bin ich an diesem Tag logischerweise darauf programmiert, noch mehr als sonst zu weinen. Denn es ist das erste Mal, dass wir den Tag getrennt verbringen werden, und nicht nur getrennt, sondern ohne jede Aussicht auf eine irdische Zusammenkunft. Damals waren wir jung, und wir fingen etwas miteinander an. Ich habe gehört, dass man im Jenseits nach einigen Jahren immer jünger wird. Deshalb, wenn ich lange leben und du lange weiter tot sein solltest, dann würde ich wie deine alte Mutter aussehen und du voller Energie und junger Ausstrahlung.

Aber so schlimm wäre es eigentlich nicht. Die Hauptsache ist, dass wir uns lieben und dass wir vor dem Richter „Ja" gesagt haben. Äußerlichkeiten zählen nicht, da wo du bist, und ich werde sowieso nicht lange weiterleben, weil ich schon so viele mir nahestehende Menschen verabschieden musste. Das Schachbrett ist ziemlich leer geworden, und die Steine lassen sich nicht mehr ersetzen.

Die Dame aus Indien hat uns vier Monate nach Gottwalds Tod tatsächlich in Verbindung gebracht. Nur eine Stunde und durch ihre Vermittlung, wie zwei Gefangene hinter Gittern, mit abgezählter Zeit, sind wir zusammen. Und dankbar sind wir, dass uns diese kleine Besuchsmöglichkeit noch eingeräumt worden ist. Mila und Gottwald sind zwei unglückliche Gefangene, die sich sehr lieben und die kaum miteinander sprechen können. Aber Frau Indira Mestalin scheint nicht zu merken, wie dringend es ist, wie dringend das ist, was wir uns zu sagen haben und, wie die kostbare Zeit uns davon rennt. Die Dame ist an sich sehr gütig und herzlich, doch stört sie manchmal den Fluss unseres Gesprächs dadurch, dass sie immer dazwischen redet und ihre eigene persönliche Stimme einbringen will.

Es wundert mich eigentlich, dass Gottwald so höflich bleibt und nicht fragt: „Wer ist diese Tante? Warum hast du sie mir hierher geschickt?" Aber vielleicht weiß er auch, dass sie die einzige Chance bedeutet, ein paar Worte mit mir aus dem Jenseits auszutauschen, und deshalb sind wir alle geduldig. Die Toten sind die höflichsten Menschen, zumindest Indiras Tote sind sanft wie sie selbst; sie würden nie jemanden beschimpfen, weder dem Medium noch den Angehörigen etwas Hässliches an den Kopf werfen.

In einigen Sachen glaube ich zu erkennen, dass sie die Wahrheit sagt, dass sie keine niederträchtige Schauspielerin ist, die sich ein Geschäft mit den Wünschen und Bedürfnissen von Hinterbliebenen aufgebaut hat. Ich schäme mich unaussprechlich und verfluche mich selbst für all diese Zweifel. Sie ist auf jeden Fall jemand, der fest an etwas glaubt, und wenn irgendetwas nicht stimmt, ist es nicht bewusste Lüge, sondern weil sie sich in irgendetwas geirrt hat. In einigen Sachen habe ich wirkliche Gründe zu denken, dass sie mehr als die übrigen Menschen weiß.

„Wie war dein Tod?", frage ich Gottwald. „Hast du meinen Namen gerufen?"

„Nein, es gab keine Zeit mehr dafür."

„War jemand in dem Raum? Oder bist du ganz allein gestorben?"

„Sofern ich mich erinnern kann, war kein Mensch in dem Raum."

Das stimmt, das hätte sie unmöglich wissen können, also hat er gesprochen und nicht sie.

Er sagt voller Überzeugung und Euphorie: „Jetzt kann ich wieder sehen, ich bin nicht mehr blind. Und ich kann noch viel klarer sehen, als ich je gesehen habe nach den vielen Operationen. Und da es mir jetzt möglich ist, meine Augen zu gebrauchen, möchte ich gerne viel reisen, viele Orte besuchen. Ich kann auch laufen und alles hören. Ich bin nicht mehr taub, nicht mehr an den Rollstuhl gefesselt."

„Und du hast auch keine Schmerzen mehr?"

„Oh, nein! Keinerlei Schmerzen, nirgendwo."

Jetzt sollte ich tanzen und mich unendlich freuen. Und auch wenn wir jetzt getrennt sein müssen... Was sind 10 oder 20 Jahre für so eine Ewigkeit, und bald werden wir uns wieder finden... Aber irgendwie bin ich so gelähmt durch die Trauer der letzten Ereignisse, meinen Kampf um ihn zu retten, seinen Tod, meine Einsamkeit. Natürlich bin ich nicht so eigensüchtig, dass ich mich nicht bei so tollen Nachrichten freuen würde. Ich

habe eine Freundin, Sylvie Hansum, die auch an Visionäres nach dem Tod glaubt. Sie hat ein Buch von Alexa Kriegle gelesen, „Den Engeln die Schwellen des Jenseits", und sie sagt immer zu mir: „Freue dich. Ihm geht's jetzt gut, und deinen lieben Eltern auch. Den Toten geht's besser als uns."
Ja, ich könnte sogar knien und mich bei Gott bedanken. Aber andererseits sprechen die Leute wie Indira kaum über Gott. Sie sprechen nur über Energien und Geister. Wo haben sie denn Gott gelassen? Und der Himmel, den viele beschreiben, ist nicht dieser transzendentale Himmel der Gottheit, an den ich - von den Mystikern aller Zeiten angeregt - geglaubt habe, ein ganz neuer, idyllischer Ort, ganz anders als die Erde. Dieses Jenseits, in dem sich Gottwald anscheinend befindet, basiert auf Erinnerungen an die Erde, mit einer großen Abweichung natürlich: Ohne Schmerzen, ohne Grenzen, vom Körper abgelöst. Aber wo bleibt Gott in alledem?
Ich frage Gottwald, ob Bier noch mag.
„Oh ja", sagt er.
Frau Mestalin sagt: „Sie können ihm ruhig zu Weihnachten eine Flasche Bier auf den Tisch stellen."
„Nicht nur ein Bier, sondern zwei", sagt er.
Das sind seine Worte, das hätte er auch gesagt. Und ich würde beinahe weinen, denn jeder typische Ausdruck macht ihn doppelt lebendig vor meinen Augen.
„Er würde die Flüssigkeit natürlich nicht trinken können, aber doch den Geschmack davon genießen. Und stellen Sie ihm auch einen Teller mit etwas zu essen hin."
„Wie die Ägypter es damals mit ihren Toten gemacht hatten?"
„Ja. Sie hatten uns viel voraus."
„Und wo wirst du Weihnachten verbringen, mein Liebling?"
„Bei dir, bei uns zuhause."
„Aber dieser Jahr bleibe ich nicht in der Wohnung. Es wäre zu traurig ohne dich. Ich reise zu den Verwandten nach Österreich."
„Dann komme ich mit. Wohin du reist, da werde ich meine Koffer packen und auch mitreisen."

Ja, so hat er auch gesprochen, resolut und entschieden, als hätte ein Geist auch irgendwelche Koffer zu packen. Ich könnte erneut in Tränen ausbrechen. Weiß er schon, dass er tot ist? Vergisst er das manchmal?

„Aber wie weißt du, wann ich verreise?"

„Du wirst es mir schon sagen. Du sprichst doch immer mit mir, du sagst es mir einen Tag davor, und jetzt gibt es sowieso keine Grenzen für mich."

„Aber kannst du immer in unsere Wohnung zurückkommen? Oder nur, wenn ich an dich denke?"

„Nein, nein, immer wenn ich Lust dazu habe."

„Aber kannst du dich verdoppeln, zum Beispiel an zwei Orten gleichzeitig sein?"

„Nein, das kann ich nicht."

Mir ist der ganze Mechanismus über das Erscheinen und Verschwinden eines Geistes noch ein Rätsel. Werde ich jetzt meinen Mann immer mit mir in meinem Koffer mitnehmen dürfen, können, müssen? Die Leute in Hotels, Bahnhöfen und Taxis meinen ich wäre nur eine Person, und dabei sind wir zwei... Es könnte aber ziemlich gefährlich werden, denn ich könnte mir leicht einbilden, dass wir zwei sind, während in Wirklichkeit ich immer ganz allein stehe.

Das Unpräzise und Verschwommene des Ganzen beunruhigt mich. Was, wenn er seine eigenen Reisen machen will? Dann kann ich viel mit ihm sprechen, und eine Antwort bekomme ich sowieso nicht. Wann wird er mit mir fahren und wann nicht? Ich könnte sehr leicht verrückt werden, wenn ich dächte, ich trüge immer Geister um mich herum. Und noch dazu müsste ich eine Flasche Bier und einen Teller mit Essen an seinen Platz stellen...

Ich glaube, ich habe keine Kraft für solche Rituale. Mir scheint der Gedanke viel tröstlicher, dass er im Himmel bei Gott ist, dass er keine materiellen Dinge mehr braucht, nur die geliebten Menschen, und die Musik, die Kunst, alles, was erhabene Gefühle einflößt. Er braucht kein irdisches Paradies, keine Reisen, Cafés, Kinos... Aber wer weiß? Vielleicht irre ich mich in meinen Vorstellungen vom Jenseits. Ich habe so ein

Durcheinander in meinem Kopf und keine Religion gibt mir die richtige Stütze, die Klarheit.

Gottwald wurde evangelisch begraben und dadurch besuchte ich die Gottesdienste des freundlichen Pfarrers ein paar Wochen lang. Ich wurde in meiner Kindheit katholisch erzogen, ich bin mit Rom nicht einverstanden, nur die Kommunion und die Idee der Mutter Gottes ziehen mich an. Und jetzt erlebe ich diese Art von irdischer Mystik mit ihren fröhlichen Geistererscheinungen... Aber vielleicht ist es besser als keinen Kontakt mit dem Mann zu haben, den ich so liebe.

„Soll ich die Wohnung behalten, damit du deine Heimat hast, in die du immer zurückkommen kannst?"

Zu meiner Überraschung sagt er: „Nein. Tu, was für dich bequemer ist. Ich werde sowieso bei dir sein. Wo deine Wohnung ist, ist auch meine."

Es ist ein poetischer Gedanke, aber irgendwie zu abstrakt. Ich bleibe dabei, dass ich unsere Wohnung behalten werde.

„Und ich behalte ein paar deiner Kleidungsstücke in unserem Kleiderschrank, falls du irgendwann Lust hast, sie zu betrachten."

„Es ist Unsinn, ich brauche sie nicht mehr. Aber tue das, was dir Erleichterung verschafft."

„Hast du deine Beerdigung gesehen?"

„Ja."

„Hast du da nicht geschlafen?"

Frau Mestalin erklärt: „Die meisten Toten sehen Teile davon, nicht das Ganze, denn es ist zu schmerzhaft und sie sind auch zu müde, aber sie kriegen schon einiges mit."

„Es waren viele Blumen und viele Menschen."

„Ja, deine ganzen Geschwister waren da, auch wenn sie sich nie um uns gekümmert haben. Auch deine Kinder sind gekommen."

„Ja, das mit den Kindern freut mich besonders."

„Deine Tochter schreibt mir jetzt sehr nette und liebevolle E-Mails. Was meinst du, sollen wir den Kontakt weiter vertiefen?"

„Ja, schön."

„Und wenn sie in Not wäre, würde ich ihr helfen?"

„Übertreibe es aber nicht. Du musst vor allem an dich selbst denken."

Er bedankt sich für „die schöne Beerdigung". „Die Musik war besonders gut. Es war nicht allzu modern."

Da erkenne ich ihn wieder. So hat er immer gesprochen. Ich bedanke mich auch für alles, was er mir gegeben hat, die Wohnung, die Stadt, die Arbeitsstelle, das Lebensgefühl.

Unsere Stunde ist bald um: „Ich würde dir am liebsten einen Kuss auf die Stirn geben, bevor wir uns trennen."

„Das hast du schon öfters getan", sagt er energisch, fast kritisch. „Auch als du dich von mir verabschiedet hast, am Morgen als ich gestorben bin, und dann hast du mich gestreichelt."

„Und das hast du auch gemerkt?"

„Etwas bleibt noch im Körper", bestätigt die Frau mit einem Seufzer.

Ich bedecke mein Gesicht mit den Händen und zittere. Gott, hoffentlich hat er nicht bemerkt, wie er im Krankenhaus eingefroren wurde.

„Ich habe ein schlechtes Gewissen, weil ich dich ins Krankenhaus brachte und dich nicht zuhause sterben ließ, wie du wolltest."

„Aber zuhause hättest du auch ein schlechtes Gewissen gehabt, etwas zu meiner Rettung versäumt zu haben."

„Und ich fühle mich auch sehr schuldig, weil ich im Besitz deiner Sachen bin und ein doppeltes Eigentum habe: Zwei Fernsehgeräte, zwei Stereoanlagen, zwei Aufnahmegeräte."

„Aber das ist gut. Wenn das eine kaputt ist, dann hast du wenigstens einen Ersatz."

Ja, bestimmt, er hat immer so gesprochen, freigebig und immer bereit, mir alles zu schenken. Er und die Dame aus Indien haben den Test bestanden. Es gab nur kleine Lücken, zum Beispiel dass er unseren Hochzeitstag gestern vergessen hat sowie das Kosewort „Liebelein", das er hunderttausendmal in unserer langjährigen Ehe für mich benutzt hatte; dass er nicht mehr für die Karibik schwärmte wie sonst immer und dass er seinen Lieblingssessel, der mitten im Raum stand, als „Ecke" bezeichnete. Aber sein Charakter, seine ganze Persönlichkeit ist da. Und wer weiß, was die Seelen behalten können und was nicht? Oder vielleicht lag es an dem Dolmetschen unserer guten Freundin.

Indira macht unsere Trennung leichter, indem sie sagt: „Womöglich sprechen Sie sich im nächsten Jahr wieder."

Sie erzählt von einem sechsjährigen Mädchen, das bei einem Unfall starb, und davon dass ihre verzweifelten Eltern schon 20 Jahre einmal jährlich mit ihr sprechen, um wenigstens den Kontakt mit ihr und ihrer weiteren Entwicklung zu behalten. Mein Herz setzt aus. Wer weiß, was in einem Jahr geschehen kann. Unser Medium kann auch sterben, ich kann wie Staub unter dem Lappen unserer Haushaltshilfe Maria verschwinden. Mein Mann kann vielleicht nach einer kurzen Phase des irdischen Wanderns zu Gott gehen und für mich ganz unerreichbar sein.

Auf jeden Fall darf ich es keinem erzählen, diese ganze Geschichte von Gottwald als Geist, der sich in meinen Koffer einschleicht. Alles muss wieder unkommentiert bleiben, sonst würden alle denken, dass ich verrückt geworden bin.

Meine verschiedenen Namen

Zu einer bewussten Geburt brauchen wir viele Jahre... Genau so erfordert die bewusste Vorbereitung auf den Tod lange Zeit, und dafür kann man auch einige Jahre leben.

Ich, Nirwana Krishna, verweile so zurückgezogen auf der Welt, verwaist, verwitwet, nur mit telefonischen Freunden und Verwandten, dass ich fast an meiner eigenen Existenz zweifeln könnte, da ich so selten von anderen Menschen angesehen, angesprochen werde, nie angefasst oder gestreichelt werde. Die Nachbarn in unserem gleichgültigen und anonymen Hochhaus merken mich kaum. Nur meine Haushaltshilfe Marisa und meine Sekretärin Sibylle tauschen einmal wöchentlich ein paar Worte mit mir aus. Die gute Marisa putzt nicht nur, sondern geht für mich einkaufen, weil ich das Einkaufen nie gemocht habe. Wegen des Einkaufens putzt sie weniger, aber das macht nichts.

Ich glaube nicht, dass ich dank dem Einkaufen im Supermarkt direkt gegenüber mehr Kontakte hätte. Ich habe es gern, dass die Lebensmittel wie durch magische Hand in meinen Kühlschrank hineingehen und dann nach ein paar Tagen wieder verschwinden, als ein schwacher, aber ständiger Nachweis, das mein Hunger noch existiert, dass ich existiere.

Ich bin wie eine verwöhnte Prinzessin. Ich bleibe zuhause, anstatt einkaufen gehen zu müssen. Ich bin auch wie eine Nonne, allein in meinem Bett. Noch schlimmer, ich esse nicht in der Gemeinschaft wie die Nonnen, sondern ganz alleine mit meinen Geistern der Vergangenheit oder mit mir selbst an einem sehr kleinen Tisch, den ich mir neulich in der Nähe meines Computers organisiert habe, damit ich - durch die vielen Zerstreuungen online während des Essens abgelenkt - weniger an Gottwalds leeren Platz am Küchentisch denken muss.

Ich bin die Schwester Nirwana. Doch nur eingeschränkt; das Gebet gelingt mir nicht sehr gut und ich habe keine von Gott oder der Oberin aufdiktierten Aufgaben. Ich gebe mir selber gerne viele Namen, um mich etwas wichtiger zu machen und meinen markantesten Zügen besser zu entsprechen. Aber das ist keine Arbeit, sondern ein Luxus im Alter.

Ich bin die Spanierin Milagros mit Vornamen, Mila Husenberg in Deutschland, die Einsiedlerin, die kinderlose Witwe, die Nonne, die Prinzessin, die Kranke, die Rentnerin, der traurige Hund, das hungernde Tier des Überlebens, die ewige Reisende, die Nymphomanin auf Probe, die gehbehinderte Dichterin, eine neue Erzeugerin von Tränen... Immer mehr gleiche ich darin meiner Großmutter, die fast jeden Tag und zu allen Anlässen unbeherrscht zu weinen pflegte.

Warum die Nymphomanin auf Probe? Ich glaube, ich muss wirklich mit Agnes Witgenstein, meiner Psychotherapeutin, ein Gespräch über Sexualität führen.

Auch wenn ich in einer Wohnung in der Stadt lebe und nicht in einem Kloster, sitze ich die meisten Stunden alleine, mit der Ausnahme von kurzen und oberflächlichen Besuchen. Das hat bestimmt einen Einfluss auf meinen Charakter. Ich war schon immer eine Einzelgängerin. Ich konnte die Gesellschaft nur bedingt auf eine begrenzte Zeit ertragen, und jetzt ist es noch deutlicher geworden.

Solange ich noch eine Familie hatte, war ich mitteilsam und durch die erfahrene Liebe permanent bereit mich zu öffnen. Jetzt hat sich aufgrund meiner veränderten Situation meine introvertierte Seite intensiviert. Im Grunde gibt es nichts Originelles an meiner Situation. Vor kurzem verwitwet, vor kurzem Rentnerin und noch dazu ohne meine Angehörigen in der Nähe.

Wenn ich mich über das Alleinsein beschweren würde, würden die anderen mir mit Recht sagen: „Du hast für das Alter nicht vorgesorgt. Du hättest dir ein paar Kinder anschaffen sollen. Sieh, wie viele ältere Frauen noch so beschäftigt und gesellschaftsfähig bleiben, vom schönen, schützenden Mantel der Familie umhüllt, von vielen Töchtern, Söhnen, Enkelkindern, sogar von den Eltern der Schwiegertöchter und Schwiegersöhne umgeben.

Sie gehen mit den Kleinen spazieren, fahren sie zur Schule, wenn sie gesundheitlich noch in der Lage sind, Auto zu fahren.

Sie bereiten das sonst düstere Zuhause für die Kleinen vor, damit diese gelegentlich bei ihnen übernachten und sogar ein ganzes Wochenende verbringen. Sie backen Kuchen, kochen ein köstliches Essen mit vielen Gängen zu Geburtstagen. Sie füllen ihr Leben mit dem Lächeln, dem Spielen und den Gesprächen der Kinder, verzeichnen mit Stolz jeden körperlichen und geistigen Fortschritt bei ihnen und freuen sich."

Ja, so ein glückliches Großmutterschicksal hätte mir schon gefallen, wie auch die Mutterrolle, der Anfang aller Dinge. In allen Ländern, in denen ich gewesen bin, habe ich solche beneidenswerten und doppelgesegneten Großelternfiguren gesehen, die immer nur von den Enkeln reden und durch sie eine befreite, intensive Rückkehr in die Kindheit erleben.

So kenne ich in Deutschland eine sehr verliebte Großmutter, die nie müde wird, den Zauber in ihrer Beziehung zu den Kindern zu erwähnen, ihre Zärtlichkeit, ihre Küsse und Umarmungen, die Schönheit der Kindersprache. In Spanien gibt es vielleicht die meisten von diesen sehr stark familiengebundenen Frauen mit vielen Verwandten und häuslichen Verpflichtungen. Aber auch in den USA kenne ich einen sehr neugierigen Amerikaner, der es als eine große Aufgabe sieht, den fünfjährige James durch das Leben zu begleiten. Und jede Sache, die James über Tod, Sexualität oder die Ameisen zum Beispiel sagt, scheint ihm besonders wichtig und interessant.

Natürlich gibt es auch die negativen Varianten: Viele Großmütter, die ganz allein gelassen werden, die kaum ihre Enkelkinder sehen dürfen. Sie werden so selten besucht wie ich. Oft hängt es mit dem Gesundheitszustand der älteren Menschen zusammen. Solange sie noch fit, hilfreich und leistungsfähig bleiben, haben sie einen besseren Kontakt zur Familie, sie werden gebraucht, integriert. Aber sobald sie sehen, dass sie zum Pflegefall werden und der Familie zur Last fallen könnten, ziehen sie sich zurück; oder die anderen bekommen Angst vor der eventuellen Pflegeaufgabe und kommen immer seltener.

Da meine Gesundheit im Moment noch gut ist, könnte man mich in die Kategorie der noch gut angesehenen Großeltern einstufen. Aber was nützt mir das? Ich habe keine Kinder geboren und keine adoptiert. Von der Seite meiner Geschwister habe ich nur eine Nichte und einen Neffen.

Mein Alleinsein scheint unwiderruflich, unveränderlich. Wenn ich mich darüber beschweren würde, würden meine Bekannten sagen: „Ändern könnten Sie es schon, wenn Sie möchten. Sie könnten Ihre Wohnung aufgeben und in eine Wohngemeinschaft mit Apartments für ältere Menschen einziehen. Sie hätten betreutes Wohnen und viele Menschen um sich herum. Auch für später, wenn es Ihnen nicht so gut geht, dann könnte man die Versorgung und Betreuung erweitern."

Meine Antwort darauf würde etwas hysterisch klingen, wie wenn man sich an einer alten, kaputten Uhr festklammert, die nicht mehr funktioniert und repariert werden kann: „Nein, ich möchte es nicht. Es würde mich zu sehr einengen. Ich lebe lieber in meiner Wohnung."

„Dann könnte jemand zu Ihnen ziehen. Es gibt so viele Menschen, die nach einer Wohnung suchen! Und so hätten Sie immer Gesellschaft bei sich."

Die Bekannten haben unfehlbar eine Lösung für alles, und es wäre tatsächlich eine Lösung. Aber nicht für mich. Wenigstens nicht im Augenblick.

Eine erschöpfende Aufzählung der Vorteile und Nachteile des Alleinseins ist bestimmt schon durchgeführt worden. Ich werfe jetzt nur ein paar Punkte ein, aber zusammen gewürfelt, miteinander vermischt:

A: Ich liebe die Ruhe... Ich mag nicht, wenn fremde Menschen unerwartet zu mir kommen.

B: Manchmal ist die Ruhe so unheimlich, dass ich denke, ich kann nicht mehr sprechen. Wenn das Telefon klingelt, habe ich keine Stimme mehr und weiß nicht mehr, wie ich mich melden soll.

A: Ich vertraue keinem Menschen so sehr, dass ich mit dieser Person Tag und Nacht leben könnte.

B: Ich habe Angst, dass mein Gehirn durch die Einsamkeit zu Schaden kommen könnte, dass ich sogar die deutsche Sprache verlerne.

A: Und wenn zum Beispiel eine Studentin zu mir ziehen würde, würde ich höchstens sie mögen, aber vielleicht nicht ihren Freund oder ihre vielen Besucher. Die würden sich alle bei mir treffen wollen. Es gäbe Streit, Missverständnisse.

B: Ich werde vergesslich. Auch der Zeitbegriff entgleitet mir. Wie viele Stunden sitze ich schon am Schreibtisch? Plötzlich ist es schon Nacht und meistens ist es schon später als ich dachte.

A: Die Freiheit ist mir sehr wertvoll, jetzt da ich sie nach einer sechzigjährigen Unterwerfung erreicht habe. Essen, wenn ich will, trinken, wenn ich Durst habe, schlafen gehen sogar mitten am Tag, die Waschmaschine betätigen, wenn ich Lust dazu habe, lautes Baden und Fernsehen in der Nacht, alles unbeobachtet machen, sogar weinen ohne peinliche Zeugen. Aber wenn man mit anderen lebt, muss man Rücksicht üben und Kompromisse eingehen.

B: Kann sich durch Einsamkeit eine schnelle, alarmierende Demenz entwickeln? Beim Durchrechnen meines Einkomens wunderte ich mich gestern Minuten lang über die Kontoauszüge, dass schon seit den letzten Monaten 580 Euro auf mein Konto überwiesenwurden. Plötzlich erinnerte ich mich schmerzhaft daran, es ist meine Witwenrente.
Wie konnte ich so etwas Wichtiges minutenlang verdrängen? Mein Unnterbewusstsein wollte es nicht wahr haben und registrieren, und meinem Bewusstsein war es gelungen, die schreckliche Veränderung für kurze Zeit zu vergessen.

A: Ich könnte mich leicht über meine Mitbewohner ärgern. Konflikte würden entstehen, während ich jetzt ohne heftige Auseinandersetzungen mit allen lebe, weil sie mich kaum sehen und beinahe meine Existenz vergessen haben.

Wenn eine Beziehung von Liebe geprägt ist, dann fordert man unbeabsichtigt immer mehr und wird meistens enttäuscht. Und eine Beziehung, die nur auf der geschäftsmäßigen Ebene der Höflichkeit stehen bleibt, die kann ich nicht gebrauchen.

B: Es ist so langweilig, wenn keiner kommt und mir etwas erzählt! Bis vor Kurzem hatte ich auf der Arbeit noch neun Stunden lang (auch in der Mittagspause und während der Fahrt hin und zurück) eine menschliche Anwesenheit, die mehr oder weniger mit mir kommunizierte. Jetzt ist keiner da. Ich komme mir so unbedeutend vor! Nur meine Psychotherapeutin, meine Sekretärin und meine Haushaltshilfe finden Zeit für mich; aber das ist bloß bezahlte Zeit.

A: Trotz alledem... Ich liebe die Einsamkeit. Sie ist wohl mein authentischer Zustand, der ohne Täuschungen. Sie macht die Gedanken klarer, freier. Es scheint ein Widerspruch zu meinem vorhergenannten Gefühl der alarmierenden Demenz zu sein, aber es ist kein Widerspruch. Ich bin unbestechlicher, unabhängig von der Gesellschaft, ihren Launen und Ansprüchen. Man kann zwar einige Daten und Ereignisse im Kopf durcheinander bringen, doch kann man besser zu sich selbst finden und mit sich selbst sprechen, wenn man allein ist.

B: Andererseits befürchte ich allmählich zu verbittern, nicht mehr ansprechbar zu sein, wenn jemand mit mir sprechen will. Heißt dieses „zu sich selbst finden" nur Gedanken gegen andere Menschen verstreuen und argumentieren, warum ich mich nie ganz wohl in der Gesellschaft gefühlt habe? Dann wäre diese von mir so geliebte Wohnung kein Tempel mehr, sondern die Hölle.

A: Einsamkeit bedeutet nicht immer Hölle und Wut, ganz im Gegenteil. Ich möchte wie ein Mönch in einem Kloster sein, meinen Geist erheben und nach dem Göttlichen suchen. Alles andere war nur Ablenkung, Zeitverlust. Warum alles zerreden? Nur die Akzeptanz der Einsamkeit kann mir das Leiden wegnehmen, damit ich meinen Frieden und mein Gleichgewicht erreiche.

B: Aber wenn ich weiter allein bleibe und krank werde, dann wird keiner an meiner Seite sein, um mich zu pflegen. Dann muss ich einen der vielen Pflegedienste anrufen, und ich weiß aus Erfahrung, wie wenig sie für mich tun können. Und in ein Altenheim zu gehen, das wäre die radikalste und schlimmste Alternative für mich.

A: Genieße deine jetzige Einsamkeit, sagt mir eine innere Stimme. Du bist beneidenswert. Du bist noch selbstständig und gesund, und du bist in der gemütlichen und vertrauten Wohnung, in der du dich immer am wohlsten gefühlt hast. Du vermisst natürlich dein Zuhause mit ihm, mit deinem Lebenspartner, der nicht mehr da ist. Aber auch das ist vielleicht erträglicher geworden, denn zum ersten Mal weinst du jetzt mehr als um ihn, um dich selbst und deine Zukunft.
Ja, ich muss es Agnes Witgenstein, meiner Psychotherapeutin erzählen, dass ich jetzt um mich weine. Vielleicht bedeutet es einen Schritt nach vorne in der Bewältigung meiner Lebenskrise.

B: Aber mich gänzlich isolieren will ich auch nicht. Es wäre schlecht, ich könnte mit der Zeit zu weltfremd, langsam und vertrottelt werden, wie viele Rentner, die ich kenne und die äußerst selten ihre Wohnungen verlassen. Meine Freundin Annelie glaubt schon in ihrer Einsamkeit und Zurückgezogenheit Geister zu sehen, spricht mit den Bäumen, den Katzen und den Gegenständen im Haus ihrer verstorbenen Eltern. Sie reist nie, hat seit ihrer Pensionierung fast alle Kontakte aufgegeben, und sie musste neulich in eine psychiatrische Klinik eingeliefert werden. So extrem darf es nicht sein; ich muss es richtig dosieren und noch einige Kontakte behalten.

Beide Pole widerstreben mir.

A: Ich kann mich auch nicht mit dem vor Aktivität übersprudelnden, gesellschaftssüchtigen Rentner identifizieren, der von einer Veranstaltung zur nächsten läuft und sich in allerlei Seniorengruppen mit viel Gespräch und ununterbrochenen Organisationsfragen über einen Verein oder die Familienangehörigen die Zeit vertreibt. Meine Freundin Gaby ist so ein Typ. Sie ist nie zuhause, verweilt meistens in Cafés, in denen sie sich mit anderen Frauen trifft, oder sie engagiert sich im sozialen Bereich bei Wohltätigkeitsveranstaltungen.
Mir ist doch die Einsamkeit lieber, auch wenn ich weiß, dass sie eigensüchtig und wenig produktiv erscheint. Sie entspricht mehr meiner Natur. Ich kann die anderen nicht länger als höchstens fünf Stunden ertragen, und heute bin ich froh, wenn ich den ganzen Tag niemanden zu sehen brauche.

B: Es ist eine gefährliche Haltung von mir, ich weiß. Bisher war ich noch anpassungsfähig und um Kontakte bemüht. Und ich bin es immer noch nicht. Ich möchte den mittleren Weg einschlagen. Auch die Einsiedler haben Menschen getroffen und ihnen Botschaften verkündet, Menschen versammelt und mit ihnen zusammen gebetet, gesungen, geschwiegen und gedacht. Meine Hände fangen schon an zu kribbeln, als hätte ich Entwässerungstabletten genommen, wenn kein Mensch zu mir kommt.
Ich werde durch die ewige Ruhe und das Verlassensein sehr unruhig. Es deprimiert mich, dass ich so tödlich leicht vergessen werde, als wäre ich nie auf der Welt gewesen, dass

keiner mich liebt, obwohl ich es mir 60 Jahre lang so schwer mit einem Leben der Anstrengungen gemacht habe. Ich bin nicht besser als die meisten älteren Frauen, die sich schmerzvoll darüber beklagen: „Mein Sohn besucht mich nicht." In meinem Fall habe ich keinen Sohn, aber es sind dann die Freunde, die sich nach der ersten Zeit nach Gottwalds Tod kaum noch an mich erinnern. Die Einsamkeit ist Gift für den Leidenden.

A: Unsinn, sie ist kein Gift, sie ist tröstend und für die Kräftesammlung und Identitätsfindung notwendig. Trotz meines großen Verlustes muss ich mich entspannen, mir selber genügen lernen und die kleinen Genüsse meiner Gegenwart schätzen: Die alte Uhr und meine Lampe auf der Toilette gehen wieder. Das Essen hat trotz meines Alleinseins unglaublich gut geschmeckt. Ich habe lange geschlafen. Mein einsames Bett war durch die Hitze meines noch lebenden Körpers warm... und durch die wohltuende Heizung im Schlafzimmer. Das Fernsehprogramm war interessant. Ich bin auch nicht ganz ohne Begleitung, ich habe so viele Bücher, Tonbandaufnahmen, Erinnerungen, Gedanken! Der Reichtum des Einsamen ist nicht nur die physische Bequemlichkeit, sondern das seelische Gleichgewicht.

B: Und doch ist meine Einsamkeit sehr problematisch, nicht konstruktiv. Jedes Mal fällt es mir schwerer, mich in die Außenwelt hinein zu begeben. Ich bin wie erfroren und gleichzeitig verschwitzt, mit kaltem Schweiß, zitternd... und ich bin die Beute eines ängstlichen Unbehagens bei dem mir bevorstehenden Treffen mit jemandem, der mich besucht oder mich irgendwo erwartet. Jede Abweichung von der Routine zuhause, eine Reise, ein Telefonat, die Durchführung eines Planes, von dem ich schon lange gewusst ihn aber in seiner vollen Wirklichkeit noch nicht verarbeitet habe, alles bringt mich aus der Fassung.
Ich bin so unendlich müde und schwach! Ich muss über zwei Stunden im Bett bleiben, auf meiner Wärmedecke und mit der

Heizung auf voller Stärke meine innere Kälte bekämpfen, während ich versuche, meine Kräfte für jedes gesellschaftliche Ereignis zu sammeln, das mir immer tiefer und übergangsloser widerstrebt. Gewiss, das Alleinsein ist schlecht.

Ich möchte eine erhobene, intellektuelle und sanfte, harmonievoll meditierende Einsiedlerin sein, eine Priesterin von Tagores Weisheit. Aber werde ich nicht stattdessen in ein dunkles Loch versinken, dem Alkohol oder den Spuren des Neides und eines bösen Charakters verfallen?

Reale und imaginierte Gespräche mit meiner Psychotherapeutin

Ich erzähle Frau Witgenstein und mir selbst über meine Gefühle: „Als mein Vater starb, hatte ich ein so großes Mitleid mit meiner Mutter und dachte, sie würde es nicht überwinden können, nach einer über 50 Jahre andauernde Ehe ohne ihn zu leben. Aber sie tröstete sich schneller als ich vermutete und zwar durch die starke Liebe zu ihren Kindern. Sie liebte uns sehr, und das machte sie tapfer, trotz aller Trauer dem Leben zugewandt.

Das Erste, worum sie sich kümmerte, war die eigene Gesundheit: ,Jetzt werde ich viel Zeit haben, um mich selbst zu pflegen', sagte sie. Während der langen Krankheit meines Vaters, auf den sie völlig fixiert gewesen war, fühlte sie sich erschöpft und dankbar, dass sie wenigstens etwas Zeit für sich selbst hatte.

Und ihr nächster Gedanke war auch gewissermaßen ein Lebensschrei, dass sie wenigstens finanziell keine Last für ihre Kinder sein sollte, das motivierte sie eifrig, alle Anträge auszufüllen, damit sie eine gute Rente bekommen konnte. Ich erinnere mich daran, dass ich sie damals bewunderte, all die Energie, die sie damals zeigte.

Bei meiner Großmutter war es schon ganz anders gewesen. Obwohl sie länger als die Mutter lebte, bis zu ihrem 91. Lebensjahr, kann man schon sagen, dass ihre Existenz bereits mit 53 Jahren nach dem Tode ihres Mannes praktisch zu Ende ging. Sie liebte uns auch, aber ihre Bitterkeit blieb und wir waren kein Ersatz für diese fernen Jahre der Selbstständigkeit und Emanzipation als junge Frau an der Seite ihres Mannes. Vielleicht mehr als über den Verlust ihres Partners war sie traurig über den Verzicht ihres Status' als Ehefrau mit einem eigenen Zuhause; dort hatte sie wenigstens die Macht gehabt, alle Entscheidungen über den häuslichen Bereich zu treffen.

Da sie ganz allein war, blieb sie bei der Einzeltochter und musste sich ihren Anordnungen fügen, da diese jetzt die Herrin und emanzipierte Ehefrau und Mutter war. Mit

Widerwillen musste sie ihren Rollenwechsel annehmen, als ältere Frau, die meistens betete und nur an den Tod dachte, und die noch dazu finanziell von ihren Angehörigen abhängig war.

Dafür sollte sie sich immer dankbar zeigen, aber sie tat es sehr ungern. Außerdem... Ich glaube, unsere Mutter schätzte das Leben viel mehr als die Oma es je geschafft hatte. Sie wollte über einhundert Jahre alt werden. Besonders je älter sie wurde, desto mehr hing sie am Leben; sie konnte sich über Feste und Musik freuen, interessierte sich für alles Irdische, ob Politik, Glaubensfragen, Literatur, sexuelle Erfahrungen; sie vermied folglich alles, was mit dem Tod zu tun hatte: Friedhöfe, Trauerkleidung, ein Testament.

Beide Frauen waren grundverschieden, und es war nicht wegen der Umstände, sondern charakterbedingt. Die Großmutter konnte sich nicht für Musik oder Filme begeistern. Sie sprach auch nicht viel. Sie war von Nonnen erzogen worden und in ihrer Jugend starben viele Menschen ihrer Familie, ihre Lieblingsschwester, ihre Eltern. Sie ging täglich in die Kirche und wartete nur darauf, alle im Jenseits, besonders ihren Mann, wieder zu sehen."

„Erzählen Sie über sich selbst. Sie vergleichen sich mit ihnen, und was kommt dabei heraus?", fragt meine Psychotherapeutin versöhnlich.

„Ich glaube, als Witwe bin ich meiner Großmutter ähnlich. Der Verlust bedeutet für mich eine so tief einschneidende Veränderung, dass ich nicht weiß, ob ich mich nach Jahren davon erholen werde. Ich war mein ganzes Leben sehr romantisch veranlagt und stellte meinen Mann in den Mittelpunkt, sodass ich sehr glücklich mit ihm sein und alle negativen Seiten in unserer Ehe sofort vergessen konnte, um mich immer wieder unendlich über seine Gegenwart zu freuen. Jetzt bin ich in ein tiefes Loch gefallen, seitdem er nicht mehr da ist, und ich kann diese Lücke nicht schließen. Ja, auch wenn es übertrieben veraltet und falsch klingt, ich hätte gern sein Schicksal geteilt, als er starb, wie die Witwen in Indien, die zusammen mit ihren Männern verbrannt wurden. Sogar jetzt, nach 19 Monaten, habe ich keine richtige Kraft zum Leben."

„Das kommt noch... wenn Sie andere Menschen und Reize finden, die Sie in etwa für das verloren gegangene entschädigen können. Die gegenwärtigen Begegnungen sind noch zu schwach und Sie hängen verständlicherweise an den alt-etablierten und festverwurzelten Gewohnheiten und Erinnerungen.

Doch Sie haben schon jetzt nette Kontakte und führen ein einigermaßen interessantes Leben. Sie reisten nach Südafrika, um Verwandte zu besuchen, wie Sie mir erzählt haben, und die Arbeitskollegen bereiteten Ihnen bei Ihrer Pensionierung einen schönen Abschied vor."

„Ja, aber ich genieße das alles nicht. Ich bin meistens wie eine Maschine, unempfindlich und gleichgültig. Nie waren die Kontakte von außen mir genug, meistens waren sie negativer Art, und der einzige, der mich darüber hinweg trösten konnte und den Ausgleich schaffte, war Gottwald. Er verstand mich wenigstens, und ich konnte mich mit ihm aussprechen. Jetzt fehlen mir diese Gespräche, sowie die herrliche Ruhe und Zufriedenheit, die ich empfand, als wir zusammen vor dem Fernseher saßen oder im Bett einschliefen und am nächsten Tag aufwachten. Dieses Aufwachen morgens mit ihm an meiner Seite war eine meiner schönsten Erfahrungen im leben, wofür ich immer sehr dankbar gewesen bin.

Die Gesellschaft der wenigen Freunde dagegen hatte ich damals schon, aber das war mir nie ausreichend. Die Außenwelt hatte ich immer, doch Gottwald war mehr, meine Innenwelt, ein Teil von mir selbst. Ich fühle mich unvollständig, als wäre mir ein wichtiges Organ meines Körpers oder meiner Seele, ein Arm, Bein oder sogar die Hälfte meines Gehirns, amputiert worden."

„Wieso waren Sie denn so abhängig von ihm?", fragt sie alarmiert und etwas vorwurfsvoll.

„Ich weiß es nicht. Es kam wahrscheinlich allmählich, mit den Jahren. Ich habe nie eine besonders klare und starke Identität besessen, ich musste mich immer an einen anderen geliebten

Menschen anlehnen, dessen Kontakt mich absolut ergänzte und belebte. Das ist es ja; ich verarme nur noch im Laufe der Zeit.

Damals hatte ich Familie und Freunde, ihn und ein bisschen von der Außenwelt. Ich hatte meine Emanzipation und gleichzeitig Geborgenheit und Liebe. Jetzt habe ich nur die kalte Freiheit ohne Ziele. Und je mehr Zeit vergeht, um so schlechter geht es mir dabei anstelle dass es besser wird."

„Wie meinen Sie das?"

„Die ersten Monate, nachdem er starb, waren grauenvoll. Aber noch ertappte ich mich selbst bei einem Gefühl von Stolz auf einige meiner Handlungen: ‚Das hast du alleine gemacht, und das und das...' So zum Beispiel ein neues Konto – jetzt unter meinem Namen - eröffnet, unsere gemeinsamen Ersparnisse gezählt, etwas in der Wohnung reparieren lassen, für die Gäste etwas Nettes vorbereitet, eine Reise gemacht, ein neues Schloss für unsere Wohnung anbringen lassen, da jetzt der Pflegedienst nicht mehr kommt und die vielen Schlüssel nicht mehr braucht. (Ich sage immer noch automatisch ‚unsere Wohnung' und ‚wir').

Ich dachte, ‚bin ich nicht gut im Alleinleben? Ich kann trotz der Schmerzen alles managen.'

Aber jetzt ist sogar dieser kleine Sieg meiner Persönlichkeit dubios. Ich bin nicht mehr stolz auf diese Leistungen ohne ihn, die durch ständige Wiederholung abgegriffen sind und jeden Reiz verloren haben. Jeder Alleinmarsch wird mir mit der Zeit unerträglicher; das ist gerade der umgekehrte Prozess, den Sie beschreiben.

Damals, als er noch lebte und die Eltern noch lebten, hatte ich mich gelegentlich gefreut, etwas allein zu machen, auf Konfrontation zu gehen und meine Identität um jeden Preis zu beweisen, zu zeigen, dass ich mich nicht versklaven ließ. Ich wollte nie gänzlich meine Selbstbestimmung aufgeben, und dieses Gefühl war so intensiv in mir, dass es sogar nach seinem Tod eine Zeit lang angehalten hat. Aber jetzt, da ich keine Opposition mehr zu bekämpfen und keinen Balanceakt mehr vorzuführen habe, um ich selbst zu sein, ist jede

104

Herausforderung vorbei. Die totale Freiheit ist nicht das Richtige für mich, scheint es.

Es gibt Menschen, die viel produzieren und leisten können, solange sie nur halb frei sind. So gelingt es mir immer weniger meine Identität zu erkennen, seitdem ich alleine bin. Eine Reise zu machen ist nicht mehr so aufregend, auch nicht meine Gastfreundschaft zu zeigen oder Gardinen für mein Arbeitszimmer zu kaufen.

Ich weiß nicht mehr, was ich will. Ich habe eher das Gefühl, ich bin aufgrund meiner chronischen Freiheitswünsche bestraft worden. Als sie alle noch lebten, war ich ständig bemüht, meine Freiheitsräume zu verteidigen; das hinderte mich daran, ihre Gegenwart voll zu genießen. Und jetzt habe ich ein schlechtes Gewissen. Hätte ich doch diese Gegenwart frühzeitig in vollen Zügen schätzen gelernt, besonders bei meinen Eltern, gegen die ich eine Zeit lang besonders heftig auflehnte.

Aber mit den Jahren kam die Einsicht. ich wusste immer mehr, dass die Kategorie der Liebe die allerwichtigste ist. In den letzten Jahren, als mein Mann so krank war, wusste ich schon, dass ich ihn unendlich vermissen würde und jede Minute mit ihm auskosten sollte. Doch was heißt das? Ich musste auch freie Entscheidungen treffen, meine alte Identität nicht ganz im Stich lassen. Je kränker er wurde, desto freier musste ich werden, ob ich es wollte oder nicht: Arbeiten, ihn pflegen, bei den Ärzten Fragen stellen.

Und ich wusste auch nicht genau, wie lange sein Zustand anhalten würde. Ich hatte die geheime Hoffnung, dass er überhaupt nie sterben würde, dass er unsterblich war, da er alles, Operationen und Fehldiagnosen, überlebt hatte.

Außerdem blieb mir immer im Gedächtnis, wie klug und stark er in der Vergangenheit, am Anfang meines Aufenthalts in Deutschland, gewesen war. Damals respektierten die Menschen seine schelmische Autorität mit einem nachsichtigen Lächeln. Alle waren von ihm angezogen und taten mehr oder weniger, worum er sie bat. Trotz seiner vielen Probleme - einsame Kindheit ohne Liebe, stürmische

Scheidung, über die er fast seelisch zusammen gebrochen wäre, kurze Arbeitslosigkeit und so weiter - hatte er ein entschlossenes Auftreten, eine gewisse Macht und Würde.

Vor allem kannte er sich in den Gesetzen seines Landes aus und besaß praktischen Verstand, um alles zu erledigen, all die behördlichen und bürokratischen Sachverhalte, von denen ich keine Ahnung hatte. Er imponierte mir damals sehr in meiner ersten Zeit als Ausländerin.

Auch für die deutsche Sprache bin ich ihm besonders dankbar. Obwohl ich Deutsch schon vor meiner Ankunft gesprochen hatte, kam es mir so vor, als hätte ich jedes deutsche Wort von ihm gelernt, und es war angenehm. Bei jedem neuen schwierigen Wort dachte ich immer mit Beruhigung, dass ich ihn nach dessen Bedeutung fragen würde.

Er war auf vielen Gebieten mein Mentor in Deutschland. Wie hätte ich je vermuten können, dass er später als Patient und mit mehrfachen Behinderungen so respektlos von Ärzten und Pflegepersonal behandelt werden würde? Dass er am Ende so schwach und einer kalten, harten Umwelt so ausgeliefert sein würde! Und ich konnte ihn nicht davor schützen, ihm nicht viel helfen! Das ist mein großes Elend.

Noch immer muss ich weinen, wenn ich daran denke. Er wurde wie ein Ärgernis behandelt, mitleidslos. Wegen eines Virus, das er sich im Krankenhaus eingefangen hatte, wurde er isoliert, am liebsten vergessen. Keiner wollte in seine Nähe kommen, und wenn, dann mit Masken und in großer Eile. Nur der Tod wollte sich mit ihm ernsthaft beschäftigen, und umkreiste uns, ohne dass ich (dumme Person) es merkte.

Das war meine Täuschung. Ich habe nie richtig an den Tod geglaubt, auch bei meinen Eltern nicht. Mir war klar, dass ich mich dafür bereit halten sollte, aber ich glaubte nicht daran. Kurz vor Gottwalds Tod ließ ich mein Arbeitszimmer streichen, um mich von den Sorgen abzulenken. Ich musste alles aufräumen, in Kartons einpacken und diese durch die ganze Wohnung schleppen.

Die Leute von Pflegedienst gingen ein und aus, transportierten ihn nach seinem Krankenhausaufenthalt in seinem Rollstuhl, und ich musste die Kartons anders stellen, um den Weg im Wohnzimmer zu seinem Lieblingssessel für sie freizumachen. Diese schweren Kartons, das Prinzip der Erneuerung, der Veränderung, machten mich fast krank.

Ihm ging es so schlecht! Aber ich glaubte wirklich nicht daran, dass es das Ende war. Manchmal sagte Gottwald zu mir: ‚Ich werde früher sterben als du. Du musst realistisch sein und kannst nicht davor flüchten. Wir müssen darüber reden.' Ich antwortete meistens: ‚Du redest immer wieder davon, aber jetzt lebst du noch. Was haben wir davon, dass wir darüber sprechen? Wenn es kommt, dann kommt es halt, dann kann ich es nicht mehr ändern.'

Doch er bestand immer wieder darauf, auch meine finanzielle Situation zu besprechen: ‚Von der Witwenrente und deiner eigenen, alles eingerechnet, wirst du gut leben können.' Man sprach überall in den Medien über Patientenverfügungen. Wir hatten unsere bereits geschrieben und bei unserem Hausarzt abgegeben.

Mit meiner Vernunft verstand ich schon alles. Meine Eltern und davor meine Großmutter waren auch verschwunden... Daher konnte ich es nicht leugnen. Aber ich glaubte immer noch nicht daran. Ich glaubte fest an eine andere Realität, die nicht besonders glänzend war (so realistisch war ich schon), aber trotzdem noch schön und lebenswert. Wir würden noch einige Jahre zusammen verbringen wie so viele ältere Ehepaare, die überall zu sehen sind. Er würde weiterhin in seinem Rollstuhl sitzen und ich mit meiner Gehbehinderung an meinem Rollator nur kurze Wege laufen können.

Wir würden bis zuletzt in unserer Wohnung bleiben, zusammen viel Musik hören, uns über ein gut gekochtes Essen freuen, unser Rentnerdasein genießen, zusammen lange im Bett schlafen und unser gespartes Geld in gemeinsame Projekte investieren, vielleicht sogar kleine Reisen unter Betreuung machen. Ich lehnte es ab, zu sehr an den Tod zu denken, teilweise aus einer abergläubischen Angst heraus. Wenn ich ihn akzeptiere, dann kommt er sofort. Ehrlich, ich war so wahnsinnig, dass ich daran glaubte, in meiner Übermacht den Tod ein wenig anhalten zu können, wenigstens zu verschieben.

Womöglich habe ich einen schwerwiegenden Fehler begangen: Ich hätte meinen Mann früher loslassen und ihm einen schöneren Tod ermöglichen sollen. Aber das mit dem schönen Tod ist nur eine Sache aus Romanen oder von besonders religiösen Menschen und psychologisch gut geschulten Weisen, die sich mit tröstlichen Bildern beruhigen.

Er litt immer, auch wenn ich ihm nach Anleitung des Arztes Morphium gab. Da konnte man nicht von ‚harmonievollen, wertvollen letzten Tagen' reden, an denen man schöne Gespräche führt und sich toll in großem Einklang und souveräner Mitteilsamkeit voneinander verabschiedet.

Er wollte zuhause sterben, aber zuhause fühlte er sich nicht mehr wohl. Er halluzinierte und sagte mehrmals: ‚Das ist nicht unser Zuhause. Wo sind wir eigentlich?' Und im Krankenhaus starb er allein in der Nacht, während ich in meiner Naivität noch hoffte, ihn am nächsten Tag wieder zu besuchen und ihn nach ein paar Tagen erneut in dem Krankenwagen nach Hause begleiten zu können, wie schon so oft in den letzten Monaten."

„Sie sollen sich keine Selbstvorwürfe mehr machen", sagt Frau Witgenstein. „Das ist typisch für die meisten Hinterbliebenen."

„Ja. Wie merkwürdig, dass unsere psychischen Reaktionen überall fast gleich sind, nicht wahr?"

„Und viele der Hinterbliebenen wollen nicht loslassen, so wie Sie. Das Alleinsterben ist nicht so schlimm. Einige Patienten suchen sich gerade den Augenblick heraus, in dem die Angehörigen kurz den Raum verlassen, um endlich ohne Zwang und ohne den Druck der Trauernden sterben zu können."

„Es stimmt, was Sie sagen. Ich bin eigensüchtig und denke nur daran, wie ich ihn vermisse, aber nicht genau an seine Perspektive... dass er keine lebensverlängernden Maßnahmen mehr wollte und sich nur wünschte, mit dem Leiden aufzuhören. Meine Eigensucht und mein Unvermögen, das Wichtigste zu begreifen, sind haarsträubend."

„Hallo, übertreiben Sie jetzt nicht wieder, Nirwana."

„Ja, ich wünschte, ich wäre im Nirwana. Aber den Namen habe ich selbst erfunden. Es gibt auch die Eigensucht der Altruisten.

Als meine Ich-betonte Zeit der Jugend vorbei war, wurde ich immer anhänglicher und liebesbedürftiger; ich wurde immer weniger ehrgeizig für mich selbst. Mein großer und gleichzeitig bescheidener, sehr ernst gemeinter Traum war, dass ich im späteren Alter, im Ruhestand, meine Eltern und meinen Mann pflegen könnte. Aber auch dieser Traum hat sich nicht verwirklicht, genauso wenig wie meine schöne Hoffnung in meiner Jugend, wir könnten vielleicht eines Tages eine Tochter adoptieren. Jetzt stehe ich mit leeren Händen da, ohne Verantwortungen, nur für mich selbst zuständig."

„Viele würden Sie in der Hinsicht beneiden."

Agnes Witgenstein ist eine wichtige Person für mich. Auch wenn sie mich manchmal enttäuscht, denn sie ist so optimistisch, positiv und leichtlebig, oder tut wenigstens so, um mir Mut zu geben. Manchmal habe ich den Eindruck, dass sie mich nur teilweise versteht und über meinem Schmerz hinweggeht, was auch logisch ist. Sie kann unmöglich bei jedem Patienten vor Mitleid sterben; damit würde sie gegen sich selbst arbeiten und den anderen dabei gar nicht helfen können.

Ich stelle mir die Rolle einer Psychotherapeutin als sehr schwierig vor. Sie hat mich schon davor gewarnt, mich zu sehr mit ihr anzufreunden: „Ich darf keine Freundschaft mit den Patienten schließen, wissen Sie, auch keinen privaten Kontakt außerhalb der Sprechstunden. Egal, wie sympathisch Sie mir sind. Es steht in unseren Unterlagen als strengstens verboten. Ich könnte meine Approbation deswegen verlieren."

Das machte mich stutzig an dem Tag, als sie es sagte. Es bedrückte und kränkte mich, auch wenn es nichts Persönliches gegen mich war. Ich hätte ihr meine Meinung glatt ins Gesicht geworfen: „Ich brauche aber gerade eine

Freundin, keine Fremde, der ich mein Innenleben offenbaren soll und die dann auf Distanz geht und mit mir keinen Spaziergang machen will".

In meiner oft wiederkehrenden Angriffslust gegen die Gesellschaft berührten meine Gedanken anschließend die Nationalitätsfrage und ich glaube, ich sagte es auch laut: „In der USA darf man auch einen Counselor unter den Freunden haben, genauso wie die Lehrer, die ebenfalls Freundschaft mit den Schülern schließen und eine schöne Party für sie vorbereiten können."

Die Deutschen sind zu gehemmt und regelhaft in ihren Berufsbeziehungen. Die beiden Ebenen, die berufliche und die Persönliche bleiben für immer getrennt. Wie dumm eigentlich! Hätten wir uns in einem Frauenliteraturkreis kennen gelernt oder in einem Sportverein, dann hätten wir Freundinnen werden können. Aber jetzt kann sie nie über ihre Psychotherapeutinnen-Rolle hinausgehen, egal wie nahe wir einander kommen. Wie eintönig und trocken. Deshalb wollte ich nie eine Psychotherapeutin aufsuchen.

Ich dachte an eine amerikanische Autorin, die lange Jahre einen Briefwechsel mit ihrem Psychoanalytiker führte, die einige Perioden sogar mit ihm und seiner Frau zusammen gelebt hatte. Es war eine richtige Freundschaft, nicht nur Sprechstundenarbeit.

Ich mag keine Maschinen, obwohl sie sehr professionell und heilungstüchtig sein können. Doch was ich mag oder nicht mag, steht nicht zur Debatte. Ich bin krank und ich muss geheilt werden. Alle Mittel sind gut dafür. Auch ich bin wie eine Maschine und muss einfach funktionieren.

Aber Agnes gefällt mir als Mensch; ich finde sie erfrischend, anziehend, und hätte sie ach so gern als Freundin gehabt. Ihre Intelligenz, Aufgeschlossenheit gegenüber den unterschied-lichsten Problemen und Tabus, vor allem ihre psychische Ausgeglichenheit machen sie in meinen Augen liebenswert. Sie scheint keine schlechte Kindheit gehabt zu haben, sie hat keinen Schock, keine Traumata erlitten wie ich, keine

Frustrationen, Schwierigkeiten in der Liebe oder unbefriedigte Muttersehnsucht, weil sie keine Kinder hat.

Sie liebt ihre Eltern, ihren Partner, ihre Arbeit und hat keinen Groll gegen die Gesellschaft wie ich es habe. Sie ist psychisch so gesund! Ich bewundere das. Natürlich, sie ist Psychologin, kennt die Techniken. Doch nicht all die Psychologen sind so frisch und spontan, fröhlich angepasst wie sie.

Es ist klar, dass ich die Patientin bin und nicht sie, und ich darf ihr keine Fragen stellen, ob sie irgendwelche Gesundheitsprobleme hat, Minderwertigkeitskomplexe, oder etwas ähnliches. Aber ich bin sicher, dass sie sie nicht hat. Zumindest jetzt noch ist sie stark und jung, selbstbewusst, und wird vor dem Scheitern bewahrt. Sie hat die richtige Einstellung, Gleichgültigkeit gegenüber dem Bösen und Gemeinen.

Sie erzählt mir keine intimen Erlebnisse, klar... Sonst hätten wir die Rollen vertauscht. Aber sie sagte mir einmal folgendes: „Wenn die Leute meinen Beruf nicht schätzen und gegen die Psychologen schimpfen, weil diese angeblich ‚auch verrückt' sind, fühle ich mich nicht gekränkt, sondern denke: ‚Das ist nicht mein Problem, sondern ihres.'"

Sie rät mir immer wieder es ihr gleich zu tun. Aber mir scheint es aussichtslos. Na ja, dafür bin ich krank, ganz offensichtlich rettungslos krank.

Ehrlich gesagt, ich bezweifle, dass sie mich zum Schluss allein durch ihr so lockeres, sprudelndes und freundliches Gespräch heilen kann. Freundlich, aber doch ohne Freundschaft... Ist das nicht ein Paradoxon? Zu jemandem freundlich sein, bedeutet auf Deutsch viel weniger als „mit jemandem angefreundet sein". Ein Ladenbesitzer ist zu seinen Kunden freundlich, und so ist es auch eine Psychotherapeutin zu ihrer Patientin. Aber bitte nur in der Praxis, innerhalb eines bestimmten Rahmens; wir können nicht zusammen schwimmen gehen.

In den letzten Wochen fühlte ich mich so elend allein. Die Fahrt zu ihr in die Praxis jeden Dienstag war meine einzige Abwechslung, abgesehen von meinen Arbeitsanweisungen und kurzen Gesprächen mit Sibylle Herzog und Marisa. Zwei Monate davor hatte sich mein Leben noch ereignisreich gestaltet mit meinen abschließenden Aufgaben und meiner Abschiedsfeier in der Firma, direkt danach die lange Reise nach Südafrika zu meiner Nichte Alexandra und ihrem Mann.

Doch jetzt war alles wie eine riesige Wüste ohne Highlights, nur mit Durst, Erschöpfung und anstatt der zu erwartenden Hitze eine alarmierende Kälte, die meine Knochen häufig zum Erfrieren brachte. Dann musste ich dringend sehr heiß baden oder stundenlang auf meiner Wärmedecke im Bett - leblos wie eine Tote - liegen.

Heute habe ich ein Tabu gebrochen und fühle mich wohler dabei. Ich schreibe über Agnes und unsere Beziehung. Ich hatte bisher über alles in meinem Leben Tagebuch geführt. Nur über sie als Patientin wagte ich nicht zu schreiben. Es schien mir wie ein Sakrileg. Nur sie hatte in ihre geheimnisvollen Unterlagen einiges über mich geschrieben; Unterlagen, die ich nie zu lesen bekam und ich hätte sie gerne gefragt, wie sie meinen seelischen Zustand bei den Kollegen und der Krankenkasse geschildert hatte, um meine psychologische Behandlung zu beantragen, das heißt, zu rechtfertigen.

Doch ich wollte mich nicht zu sehr einmischen. Sie verstand die bürokratischen Formalitäten und die Redewendungen, die sie dafür benutzen sollte, besser als ich. Ich hatte Vertrauen zu ihr; sie wollte mich nicht einsperren, sondern mich nur beraten und mir helfen.

Trotzdem habe ich auch das Recht über sie zu schreiben, und so tue ich es mit einem Gefühl von Befreiung und interessiertem Nachdenken. Das soll meiner Heilung nicht hinderlich sein, sondern im Gegenteil. Es gibt mir mehr Klarheit über mich selbst, und das war immer gut für mich.

Ich erfinde ein Gespräch, das in der Tat nie zwischen uns stattgefunden hat. Ein sehr ehrliches Gespräch ohne Tabus.

„Beinahe hätte ich mich in Sie verliebt, wissen Sie das? Gerade in dieser Zeit, in der ich mehr als je eine Freundin brauchte und keinen Mann mehr, weil meiner schon verstorben ist und ich an keinen neuen denken könnte."

„Ich sehe nicht ein, warum Sie nicht einen neuen Mann bekommen sollten. Es gibt viele Witwen oder geschiedene Frauen, die zum Schluss sehr erfolgreich eine zweite oder dritte Beziehung eingehen. Oder sind Sie vielleicht lesbisch?"

„Ich war es nie. Aber jetzt könnte ich womöglich eine Lesbe werden, wenn eine Frau mich besonders unterstützen und mir eine große Liebe zeigen würde. Sie hätten keine schlechte Meinung von mir, wenn ich so etwas wäre, nicht wahr?"

„Natürlich nicht. Sie könnten ohne Weiteres im Internet annoncieren, einen Briefwechsel beginnen, wenn Sie an die Sache etwas vorsichtig und mit Sensibilität heran gehen wollen, oder Sie könnten direkt zu einem Frauentreffen erscheinen und sich eine der Damen aussuchen. Es ist Ihr eigenes Leben, und Sie sollen dafür kämpfen. Jetzt da Sie sich nicht mehr für die Angehörigen aufopfern müssen, können Sie lernen, ein neues Leben zu beginnen und es zu genießen."

„Ach, ich kenne ja schon alle Ihre Aussagen und Argumente! Nein, ich habe mich nicht in Sie verliebt. Ich finde Sie zu oberflächlich. Doch ich weiß, dass Sie es nicht gänzlich sind, denn Sie haben viele schwierige und traurige Fälle von Patienten gesehen, die zu Ihnen kommen, die endlos erzählen, Ihnen Dunkles anvertrauen und das ganze Gift ihrer krankhaften Psyche verstreuen. Sie sagten, sie betreuen sogar bald sterbende Patienten, die nur ein paar Monate zu leben haben und deren Therapie unfehlbar mit dem Tod enden wird."

„Ja. Und ich habe auch arbeitslose Jugendliche, die mit ihrer Situation nicht klar kommen, Alkoholsüchtige, noch dazu Ausländer, die unter Schock die Heimat verlassen mussten, die neu angekommen sind und hier noch keinen einzigen Freund besitzen."

„All diese Probleme gehen an Ihnen nicht spurlos vorbei, ich weiß. Sie hören allen geduldig zu und wollen helfen. Ich bewundere Sie für Ihren Beruf, für all diese extremen

Erlebnisse, die Sie schonungslos und zwangsweise durchmachen müssen wie auch die Ärzte, Sanitäter, Leichenbestatter usw. Und was ist zum Beispiel, wenn einer Ihrer Patienten plötzlich durchdreht und aggressiv, gewalttätig gegenüber Ihnen wird? Haben Sie so etwas noch nicht erlebt?"

„Nein. Bisher ist es mir noch nicht passiert. Ich habe alles unter Kontrolle, sozusagen."

„Doch Sie wissen, dass das Risiko besteht. Der Mensch ist unvoraussehbar und es gibt besonders hart geprüfte, labile und traumatisierte Naturen. Einer Ihrer zahmen Patienten könnte sich plötzlich durch ein von Ihnen falsch gesprochenes Wort gereizt fühlen und sich gegen Sie wenden, Sie anschreien, sogar schlagen wollen. Würden Sie dann die Polizei oder eine psychiatrische Klinik verständigen?"

„Ich müsste schon, wie alle Menschen, wenn das Reden nicht mehr hilft."

„Haben Sie besondere Schutzmittel als Psychologin, zum Beispiel einen Alarmknopf, wie es ihn bei anderen Berufen gibt?"

"Nein, ich vertraue meinen Patienten vollkommen."

„Aber ich wollte über Ihre Oberflächlichkeit sprechen. Trotz der Tiefe Ihres verantwortungsvollen Handelns haben Sie Filtermethoden entwickelt, damit Ihre eigene Psyche nicht vom Schmutz und der Trauer der anderen durchdrungen wird. Logisch ist es, lebenserhaltend und klug.

Aber Sie sind eines echten Mitgefühls nicht fähig, sie bleiben immer auf einer überlegenen Ebene des Beobachtens und Vergleichens stehen. Ihre Professionalität gibt nur arme Krümel von Verständnis, und obwohl ich manchmal fühle, dass ich mich daran satt essen sollte, weil das meine Einzige Nahrung im Moment ist und meine einzige Überlebensmöglichkeit, erlebe ich gleichzeitig, dass es zu wenig ist, dass ich bei so einer geizigen und knapp bemessenen Kost ewig verhungern muss.

Hin und wieder habe ich das Gefühl, als würden wir uns näher kommen und Sie würden unwillkürlich und allmählich sogar

Freundschaft für mich empfinden. So war es in der vorletzten Sitzung, als Sie mich - vielleicht durch meinen heftigen Zusammenbruch in Tränen und meine uferlose Hilflosigkeit bewegt - zum Abschied umarmt haben, fast wie eine gute Mutter und Schwester im Leiden.

Trotz meines harten Bemühens um Emanzipation und Selbständigkeit bin ich nicht viel mehr als ein liebesbedürftiges Kind, das Umarmungen braucht und Angst vor der Einsamkeit hat."

„Doch in der letzten Sitzung fühlten Sie sich nicht mehr so gut verstanden, meinen Sie das?"

„Ja. Der Eindruck Ihrer Oberflächlichkeit hat sich mir wieder bestätigt. Ich komme auf meine alte unausgesprochene Beschuldigung zurück, dass Sie vieles vertuschen und nicht sehen wollen. Wir reden und reden über meine Zukunftspläne, die ich immer maschinell hervorzaubere, um Ihre Zustimmung und Einbilligung zu finden.

Wir reden munter und frivol wie zwei Plaudertanten in einem Café in Erwartung ihrer bestellten Tees, Milchgetränke oder belgischer Waffeln. ‚Ich werde am Montag einen Yogakurs beginnen; ich habe mich bereits angemeldet.' ‚Oh, ja, das ist prima! Es wird Ihnen gut tun, ganz sicher. Und je mehr Sachen Sie versuchen, desto besser. Weniger wichtig sind die Ergebnisse, ob Sie weniger oder mehr Erfolg mit dem haben, was Sie versuchen. Wichtig ist hauptsächlich, dass Sie Initiativen ergreifen und aktiv bleiben. Dass Sie den starken Willen zeigen, immer etwas zu tun, das ist ein sehr gutes Zeichen.'

Aber ich bin ergebnisorientiert und sage es Ihnen immer wieder, ohne dass Sie es verstehen. Wenn etwas nicht klappt, dann bin ich entmutigt und lustlos für andere Unternehmungen. Das ist der Punkt, in dem unsere Meinungen schon zu divergieren beginnen; Sie haben die neutrale Perspektive des Psychologen, der alles ins Positive dreht, Ermutigungen ausspricht: ‚Ja, immer weiter, immer weiter...'

Meine so persönlich empfundene Niederlage bei jedem Versagen, das Sie so gut relativieren und verharmlosen können, mein nervenaufreibender und immer neue Kräfte verausgabender Kampf ist für Sie nicht so wichtig, nur dass mein Vermögen, weiter zu kämpfen, bei mir noch nicht erloschen ist. Wenn man diese Theorie vertritt, dann könnte man sagen, dass ich im Prinzip schon geheilt bin und dass ich Sie nicht mehr brauche.

Doch wenn ich sage, dass es vielleicht schon genug Stunden gewesen seien, weil ich sowieso schon zurecht käme, dann behaupten Sie, dass ich Sie noch brauche; ich sei noch nicht ganz gesund, und Sie versuchen, mich zu stabilisieren.

Das ist der zweite Punkt, der uns unfehlbar auseinander dividiert: Inwieweit bin ich noch krank und auf Therapie angewiesen, wenn Sie auf der anderen Seite behaupten, dass meine Pläne großartig und meine Entscheidungen alle richtig seien? Ich spüre dort eine wachsende Unklarheit, die mich irritiert.

Entschuldigen Sie meinen Mangel an Vertrauen, aber ich denke... Womöglich wollen Sie Ihr Pensum an Stunden erfüllen, und Sie werden mich nicht für geheilt erklären, bis die vorgeschriebenen 50 Stunden abgelaufen sind. Sie müssen sich auch auf die ‚Krankheit' Ihrer Patienten verlassen können, sonst hätten Sie kein Weiterkommen in Ihrer Praxis."

„Sie haben mich gesucht, Nirwana, nicht ich Sie. Es gibt Wartelisten, und viele müssen lange Zeit auf einen Platz warten."

„Ja, ich bin auf der einen Seite dankbar. So habe ich wenigstens das Glück, Sie aus der Nähe kennen gelernt zu haben und über Sie zu schreiben. Sonst wären meine Hände ganz paralysiert. Doch all diese Punkte, die ich Ihnen nicht direkt an den Kopf werfen kann, ohne Sie zu beleidigen, bleiben die Stolpersteine in unserer Beziehung. Dass Sie mich immer im Unklaren über meinen Zustand lassen, wahrscheinlich aus praktischen Gründen, und dann Ihre Oberflächlichkeit, wie gesagt, dass Sie nur die neutrale, halbherzige Perspektive eines Nicht-Betroffenen einnehmen.

Sie sind stark, unerschütterlich, unbeteiligt und in Ihrem tiefsten Kern trotz mancher Sympathiebekundungen der Psyche der Patienten gegenüber gleichgültig. In der letzten Sitzung habe ich es deutlich gespürt. Sie empfinden und beurteilen ganz anders als ich. Sie vertuschen einfach, was unangenehm und grausam zu betrachten ist. Sie wollten nur ungern über den Auslöser meiner Krise sprechen, diese sechs Monate, als mein Mann so krank und wir beide der Unmenschlichkeit von Krankenhäusern, Ärzten, Schwestern und vielem anderen ausgeliefert waren."

„Ich wollte nicht, dass Sie sich über diese schlechten Erinnerungen zu sehr aufregen. Die alte Psychoanalyse war zwar dafür, das Unbewusste nicht zu verdrängen, Konfrontation nicht zu vermeiden und die Schichten der eigenen Konflikte und Neurosen eher zu vertiefen. Aber die moderne Wissenschaft ist einer anderen Meinung. Nicht immer bringt die Beschreibung des Schmerzhaften eine Erleichterung oder Annäherung zur Heilung. Das Gehirn leidet noch mehr, je öfters man es herausfordert, erlebt das Gewesene jedes Mal als real, und deshalb dürfen wir es nicht übertreiben.

Wir müssen schon Ablenkungen verschaffen, damit das Gedächtnis an den erlittenen Schmerz nicht die Oberhand gewinnt. Durch das Sprechen darüber fühlen Sie vielleicht eine kurzfristige Erleichterung, aber diese ist nicht von Dauer und der Schmerz intensiviert sich eher. Doch nicht jeder reagiert gleich, wie ich Ihnen schon gesagt habe. Wir probieren es einfach aus, und Sie erzählen mir dann, ob die Woche nach dem Gespräch für Sie besser oder schlimmer gewesen ist."

„Ja, und wir haben es ausprobiert. Ich habe viel gesprochen und geweint. Vielleicht war es auch verkehrt, denn am Ende bleibt mir nur die Wut und die Trauer, und außerdem die Überzeugung, dass Sie mich nicht verstehen, dass Sie sich nicht in meine Lage versetzen können und meine Argumente oder emotionale Ausbrüche für falsch halten. Viel gewonnen habe ich nicht. Doch ich hatte so ein Bedürfnis, über meinen

Mann zu sprechen, dass er nicht so schnell vergessen wird, dass ich mich nicht immer über meine Pläne äußern muss, die mir im Grunde meistens wie Kindereien vorkommen, ohne Ernst und Bestand.

Damals, mein ganzes Leben lang, hatte ich eine gewisse Konsequenz und Festigkeit in meinen Träumen und Absichten. Aber jetzt ist alles schwankend. Ich erkenne mich selbst nicht; alles kann verschoben, annulliert und dann mit etwas anderem ersetzt werden. Diese Beliebigkeit entsetzt mich, da es für mich keine Prioritäten und Vorlieben mehr gibt. Einmal denke ich, ich werde zu Freunden nach Moskau fliegen, dann zu einer amerikanischen Universität in Colorado, und dann, dass ich wie eine Einsiedlerin in einem Kloster in meiner Wohnung bleiben werde.

Das ist nicht normal. Ich finde meine Pläne zu wechselhaft und unseriös. Und das mit dem Yoga, ich glaube nicht, dass ich es lange durchhalten werde. Das Spirituelle fesselt mich noch weniger als das Körperliche. Vielleicht könnte mich das Körperliche noch ein wenig überraschen und aufrütteln, da ich bisher so wenig davon gehabt habe. Sexualität wäre vielleicht das einzige, was mich noch zum Leben erwecken könnte."

„Wir könnten nächstes Mal über Sexualität sprechen, wenn Sie möchten."

„Ich weiß, ich bestelle mir das Gesprächsthema und Sie folgen mir. Sie sind so kundenfreundlich. Aber das letzte Gespräch hat bei mir einen bitteren Beigeschmack hinterlassen."

„Warum?"

„Weil Sie immer die Ärzte oder alle, die nicht gut zu uns waren, verteidigen, rechtfertigen. Es hat bei mir ein Gefühl von Schwäche, Verlassenheit und sogar Wut ausgelöst."

„Wut! Das ist interessant. Erzählen Sie. Wut gegen die Ärzte? Gegen mich?"

„Ja, auch gegen Sie, denn Sie behaupten, alle hätten wahrscheinlich die besten Absichten gehabt und mein Mann sei am Ende ein medizinisch schwieriger Fall mit seinen mehrfachen Behinderungen gewesen, weshalb alle überfordert waren. Das verletzt mich als Betroffene. Ich fühle mich nicht mehr verstanden."

„Oh, das tut mir leid, das wollte ich nicht! Ich wollte Sie nur ein wenig dazu führen, dass Sie auch die anderen Perspektiven sehen."

„Und was würde mir das nutzen? Im Allgemeinen tendiere ich schon dazu, mich in die Lage anderer Menschen zu versetzen; deshalb schreibe ich Geschichten über sie. Nur in diesem einen, meinem empfindlichsten Punkt, kann ich nicht nachgeben. Sorry, ich bin die Betroffene in dem Fall."

„Ja. Ich verstehe Sie sehr gut, glauben Sie mir. Ich bin auch absolut gegen dieses unmenschliche Verhalten der Gesellschaft, das Sie schildern, und ich rechtfertige es keineswegs. Sie sind nicht die einzige, die so etwas erlebt. Auch eine junge Mutter, eine Patientin, erzählte mir neulich verzweifelt, dass ihr Kind an einem Ostersonntag starb, als sie erschrocken umsonst versuchte, einen Arzt oder zumindest jemanden vom Schwesterpersonal ausfindig zu machen.

Das Krankenhaus war wie leer geräumt, nur mit Patienten, die natürlich auch nicht wussten, was man da tun könnte. In der Notfallstation meldete sich niemand telefonisch. Anscheinend hatten alle frei oder wenig Lust sich zu rühren. Als sie endlich einen Pförtner fand, reagierte dieser auch nicht richtig. Er sagte, die Oberschwester würde bald zum Schichtwechsel erscheinen. Man müsste einfach warten. Und dafür ist man in einem Krankenhaus, um keine Hilfe zu bekommen!

Die Mutter wiederholte ständig in Tränen zu mir, dass ihr Kind bestimmt noch leben würde, wenn jemand da gewesen wäre, der die notwendigen Pflegemaßnahmen veranlasst hätte. Aber so ist es: Wir müssen in dieser grausamen Welt zurechtkommen. Es ist eine Realität, mit der wir uns abfinden müssen, wie zum Beispiel auch die Realität, dass wir alle sterblich sind und nicht ewig hier bleiben werden, oder dass wir trotz unserer großen Liebe einem Angehörigen bei seinem Leiden und seinem Tod nicht viel helfen können. Doch das heißt nicht, dass ich damit einverstanden wäre. Ich wünsche mir auch, wir hätten eine viel bessere Welt."

„Sie sind mir wieder sympathisch, Agnes. Sehen Sie, wie inkonsequent ich bin? Das war keine Eigenschaft von mir bisher, aber seit dem Tod meines Mannes bin ich verwirrt, instabil. Ich kann jemanden für meinen Feind halten und mich dann in der nächsten Minute mit dieser Person vertragen. So war es auch mit Ihnen, Im Grunde war es nur eine leichte, fast zärtliche Wut gegen Sie, und da ich Ihnen diese Wut direkt gestehen kann, weil das Vertrauen überwiegt, ist sie schon verflogen.

Außerdem wollte ich immer, dass wir Freundinnen werden. Wenn meine Therapie zu Ende geht, dann dürfen wir das, nicht wahr? Dann können wir beide zusammen Kaffee trinken gehen. Das ist auch ein Ziel für meine Heilung.“

„Na ja, solange Sie mich nicht heiraten wollen...“

„Sie sind dem gegenüber teilweise abgeneigt, nicht wahr? Ich merke es schon. Meine Freundschaft widerstrebt Ihnen. Haben Sie Angst davor?“

„Nicht direkt Angst. Doch im Moment kann ich mich nur als Ihre Therapeutin fühlen. Wir haben sehr strenge Verordnungen und zu viele private Emotionen von meiner Seite wären nicht gut für das Gleichgewicht unserer Beziehung.“

„Sie vertuschen wieder die entsetzliche Wahrheit mit Milderungsumständen. Im Grunde sind Sie nur in Sorge, dass ich Ihnen zur Last fallen könnte und dass ich über die Zeit hinaus Ihre Therapie als private Hilfe beanspruchen könnte. Es ist naheliegend: Gerade in diesem Augenblick, wenn ich besonders gefährdet und hilfsbedürftig bin, halten sich die meisten Menschen fern von mir. Als Witwe, Rentnerin, verzweifelt auf der Suche nach einer Aufgabe und nach Menschen, die sie lieben könnten, noch dazu als behinderte und deprimierte Dame, bin ich potentiell wie ein Vampir.

Deshalb sind die Kontakte in letzter Zeit bei mir so flüchtig. Keiner will sich kompromittieren, keiner lässt sich gern das Blut aussaugen. In der ersten Zeit nach der Beerdigung hatte man noch mildes Verständnis und Mitleid mit mir. Aber dann allmählich kam die Vorsicht als erste Regel der Selbsterhaltung.

Die Nachbarn lassen sich nicht blicken, die ehemaligen Arbeitskollegen rufen kaum an, sogar meine Nichte in Südafrika hält sich mir gegenüber etwas reserviert, damit ich nicht auf die Idee käme, mit ihr und ihrem Mann zu leben; auch Dietrich, mein Stiefsohn, der in diesem letzten Jahr gut gewesen ist und weniger gleichgültig als sonst, aber der sich natürlich auch nicht festlegen will und kaum erscheint.

Alle wollen vor allem ihre Freiheit behalten, und sogar mit mir Kaffee trinken zu gehen könnte den Anfang einer Kette von Verpflichtungen bedeuten. Auch für Sie, Agnes... Seien Sie ehrlich. Sie möchten es nicht so gern?"

„Bei mir hat es weniger mit Verpflichtungen zu tun als mit der Freiheit der Perspektive. Ich will nicht befangen sein. Zum Beispiel würde ich einen Menschen, den ich privat schon kenne, als Nachbarin oder Verwandte, nicht gern als Therapeutin behandeln. Zu viel Nähe kann die Sicht trüben. Deshalb bin ich nur für die ganz fremden Menschen da.

Wenn ich einen Fall übernehme, möchte ich vom Anfang bis zum Ende sachlich bleiben und mir etwas Distanz bewahren. Wenn ich zu involviert wäre, könnte ich Ihnen wirklich nicht helfen. Das ist mein eigenes Empfinden. Außerdem wird die Klausel der Befangenheit bei uns sehr streng gehalten, und ich möchte nicht dagegen verstoßen."

„Ich verstehe. Wenn ich eine Freundschaft so bitter nötig habe (und das ist es, was ich im Moment am stärksten brauche), dann soll ich ins Internet zu Facebook gehen, statt diese gerade bei meiner freundlichen Psychotherapeutin zu suchen."

„Na ja, bei Facebook hätten Sie Freunde zu Tausenden. Da sind keine Zahlengrenzen und keine Vorschriften. Zwischen uns beiden ist es schon komplizierter, wie Sie wissen. Doch in Zukunft... Warum nicht? Ich würde es nicht ausschließen."

„Aber ich brauche es jetzt, in diesem Augenblick. Dass alle Barrieren zwischen uns abgebaut werden, dass ich Sie duzen, Ihren Arm anfassen und Sie gastfreundlich zu mir nach Hause einladen darf, wo Sie meine ganzen Witwengegenstände, die von ihm sprechen, sehen werden.

Bitte, kommen Sie mich heute Abend nach der Sprechstunde besuchen. Warum würden Sie mich in der Zukunft akzeptieren, aber jetzt noch nicht? Bloß weil ich von meiner Trauerkrankheit noch nicht geheilt bin? Ich bin die gleiche Person. Wieso spielt die Zeit so eine große Rolle? Gönnen Sie Ihre Freundschaft nur den völlig Gesunden, die alles glänzend überstanden haben?

Einige Patienten verlieben sich in ihre Psychotherapeuten; so habe ich mich auch in Sie verliebt, glaube ich, nicht in lesbischer Hinsicht, denn ich fühlte mich nie von lesbischen Spielen angezogen, aber doch menschlich, weil Sie mir einfach wohl tun und die einzige sind, die mich fragt, wie es mir psychisch geht.

Doch ich brauche Ihre Zuneigung, nicht Ihre geübte und unbeteiligte Professionalität, und ich benötige sie jetzt, sonst sterbe ich. Ich weiß, dass ich Sie nicht damit erpressen kann. Seitdem Gottwald starb, kann ich das Wort ‚Sterben' nicht ohne Weiteres benutzen. Nur alle anderen sterben, ich dagegen... muss überleben."

In unserem imaginären Gespräch, das nicht stattgefunden hat, legt Agnes ihre Hand auf meine Schulter und versucht mich zu beruhigen: „Seien Sie nicht so verzweifelt. Ich merke schon, dass Sie eine Art Freundschaftsbesessenheit haben. In Ihrer Jugend konnten Sie keine richtige, volle Freundschaft mit Männern oder Frauen ausleben, und deshalb sehnen Sie sich jetzt so stark danach."

„Ja. Ich hatte ja nur ein paar interessante, aber flüchtige Kontakte mit einigen Frauen. Als junges Mädchen sehnte ich mich übermäßig nach fremden Menschen. Mein Bedürfnis überstieg den normalen Durchschnitt, glaube ich. Ich hätte mich in das Auto eines völlig Fremden eingeschlichen, nur um zu wissen, was er (oder sie) machte.

Ich war so neugierig und von der Gesellschaft in all ihren Formen fasziniert! Aber ich konnte nur mit meiner Familie und mit keinen anderen Menschen zusammenleben. Dann kam meine Ehe, und dann brauchte ich keinen anderen Menschen, nur meinen Mann.

Auch wenn unsere Beziehung nicht vollkommen war, entschädigte er mich auf einmal für all die Missklänge, meine unerfüllten Träume und fehlgeschlagenen Versuche mit dem Rest der Gesellschaft zurecht zu kommen."

„Und jetzt suchen Sie verkrampft nach einem Ersatz. Im Grunde ist das ein gutes Zeichen, weil es bedeutet, dass Sie noch am Leben hängen."

„Meine Liebe zu den anderen Menschen, ihre Anziehungskraft auf mich, ist manchmal so übertrieben, dass sie mich fast tötet. Oh, ich darf das Wort nicht mehr benutzen, seitdem mein Mann starb!

Als junges Mädchen besuchte ich manchmal Lesungen von Autoren, deren Literatur ich besonders liebte, und ich übergab ihnen schnell meine Zeilen voller Bewunderung sowie meine anfänglichen Gedichte.

Gelegentlich machte ich schlechte Erfahrungen damit. Einige waren einfach höflich, nur darauf bedacht, ihre Bücher zu verkaufen und oberflächlich nett zu sein; sie bedankten sich und kümmerten sich nicht mehr um mich, sodass ich keine Antwort mehr von ihnen bekam. Aber einige, zwei von ihnen, reagierten sogar abweisend, fast beleidigt, weil ich die Gelegenheit einer Lesung ausgenutzt hatte, um ihnen meine Gedichte zeigen zu wollen.

Neulich, noch vor zwei Wochen, habe ich die gleiche Dummheit begangen wie damals, als ich mit 20 oder 30 Jahren noch voller Hoffnungen war. Ich ging zur Lesung einer sehr bekannten Schriftstellerin, und diese reagierte entsetzt und durch die vielen Menschen überfordert, die mit ihr sprechen wollten. Zitternd lehnte sie meine Gabe ab, als hätte ich versucht, ein brennendes Streichholz in ihre Hand zu pressen: ‚Bitte, nicht jetzt!'

Sie hätte mich beinahe mit meinem Brief und meinen Büchern stehen lassen. Am Ende aber nahm sie diese widerwillig mit und verschwand wortlos. Mehr als ein Sieg war es ein Verlust für mich zu sehen, dass ich den ersehnten Kontakt endlich hergestellt hatte, aber mit wie wenig Begeisterung und Freude von ihrer Seite aus... Meine ursprüngliche Freude erfror.

Ich bin so müde, immer das Gleiche zu beobachten, diese Trennungslinie zwischen den Menschen zu sehen, zwischen den sehr Berühmten und den Unbekannten, den Psychotherapeuten und ihren Patienten, den Lehrern und ihren Schülern...

Trotzdem bleibe ich der Fan dieser berühmten Autorin, ich verstehe ihren Stress zum Teil, ihre Nervosität, und ich liebe sie weiter trotz der Enttäuschung. Gewöhnlich, wenn ich einen Menschen liebe, dann bleibt es immer so, egal wie problematisch und unmöglich diese Liebe ist."

„Ja. Sie rechtfertigen und verzeihen leicht, wenn Sie jemanden lieben. Das fällt mir bei Ihnen auf. Sie arrangieren sich mit allen möglichen Fehlern und gehen jeden Kompromiss ein."

„Das ist so, weil ich nie eine perfekte Beziehung gekannt habe. Ich durfte nie Bedingungen stellen und nur das annehmen, was mir gegeben wurde. Sonst wäre ich von keinem einzigen Menschen geliebt worden. Und es sind schon recht wenige, die das getan haben."

„Sie sprechen immer wieder die Theorie der Nachgiebigkeit an, aber Sie könnten auch Forderungen stellen und so stark und selbstbewusst sein, dass Sie selbst die Regeln der Liebe aufstellen, das heißt, nur die Liebe akzeptieren, die Ihren Erwartungen und Bedürfnissen entspricht."

„Da sehe ich schon unseren Altersunterschied, Agnes. Mit 60 Jahren kann ich noch weniger Bedingungen stellen als zuvor. Ich kann nur das geltende, unausweichliche Recht meiner Einsamkeit beanspruchen. Ja, dann kommt die ganz extreme, gegenteilige Reaktion bei mir hervor: Wenn die Menschen mich enttäuschen und mich nicht lieben, dann will ich mit der Gesellschaft nichts zu tun haben; dann will ich eine Einsiedlerin sein und mich nur auf mich selbst konzentrieren."

„Aber wenn diese Autorin, die Sie verehren, Ihre Freundin würde, und ich auch Ihre Freundin..."

„Ach, dann würde ich sofort meine Einsamkeit verlassen und zu Ihnen kommen. Ich würde singen, lächeln, mich verjüngen, trotz meiner Gehbehinderung endlos tanzen, noch einmal leben können."

„Sie verklären den Wert meiner Freundschaft, liebe Nirwana. Aber ich weiß, was Sie meinen. Sie brauchen positive, ermunternde Erfahrungen, die Ihnen als Ersatz dienen für all die Menschen, die Sie verloren haben. Jetzt ist es noch zu früh, aber mit der Zeit werden Sie diesen Ersatz finden, auch wenn es Ihnen unmöglich scheint."

„Es scheint mir nicht unmöglich, Sie sehen es ja... Nur dass alle Menschen sich sträuben, meine Gewohnheiten mit neuen zu ersetzen und mir eine gewisse Liebe und Lebensaufgaben zu geben. Aus dem Grund bleibt mir nur die Aufgabe der Selbstbeobachtung, Betrachtung der Natur und der mich umkreisenden Gegenstände, des Alleinseins und vielleicht auch der Liebe Gottes zu mir.

Am Sonntag sagte ein Prediger in der Kirche, dass Gott uns liebt. Das ist ein ganz neuer Gedanke, den ich noch nie richtig begriffen habe: Wenn Gott mich liebt, der Schöpfer, der alles über mich weiß, dann benötige ich kaum die Menschen dafür. Dann könnte ich ganz gut allein mit Gottes Liebe leben; ich müsste sie nur spüren können.

Das Spirituelle, das Unsichtbare, befreit mich teilweise, erweckt aber auch meine Angst: Werde ich nicht ganz verrückt werden, wenn ich nur an Geister denke, an Gott als den Höhepunkt des Übernatürlichen und an die vielen Menschen, die mich so viele Jahre begleitet haben und die jetzt nicht mehr leben?

Religiöse Menschen werden weniger für verrückt erklärt als diejenigen, die Geister sehen und mit ihren Toten sprechen. An Gott darf man noch denken... Aber auch nicht so intim und körperlich wie ich ihn sehe, Gott als Frühstücksbegleiter, wenn keiner mehr am Tisch sitzt... als Ansprechpartner in der Stille, Gott als Buchbewohner, als Schlafbegleiter, wenn der müde Fernseher die ganze Nacht gelaufen ist und plötzlich verstummt.

Ich befürchte, ich würde beide Ebenen vermischen und ganz verrückt werden. Doch religiös möchte ich schon sein. Ich sehe darin meinen einzigen Ausweg. Wenn ich die Liebe Gottes zu mir als Trost wie eine Pflanze wachsen sehen könnte! Was meinen Sie, wäre das meine Lösung? Dann wäre ich von allen übrigen Äußerlichkeiten unabhängig."

„Warten wir mal ab. Man kann beides haben, Gott und die Menschen. Es wird Ihnen keine Entscheidung abverlangt."

„Sie lassen mir immer so behutsam und wohlweislich ein Hintertürchen auf, damit ich, wenn es nicht klappen sollte, nicht in Depressionen verfalle."

Über Sexualität haben wir eigentlich nie ausführlich gesprochen. Auch da war sie nicht tiefgründig genug. Sie schien es für mich als nicht so wichtig zu empfinden, wahrscheinlich aufgrund meines Alters, weil eine Frau mit 62 es nicht mehr so nötig hat. Nur am Anfang hatte sie es einmal angedeutet, dass ich vielleicht einen Partner über das Internet finden könnte, aber dann, als sie sah, dass ich eine Einzelgängernatur war und immer Probleme mit der Gesellschaft hatte, riet sie mir einfach zur Selbstbefriedigung für meine restlichen Jahre. „Es gibt viele Frauen, die das tun und sich ganz wohl dabei fühlen. Da gibt es keine Hindernisse und sie benötigen keinen anderen Menschen."

„Das mag ich aber nicht, ich finde keine Freude an meinem eigenen Körper ohne die Liebe zu einem anderen. Ich würde mich schon gern in einen Mann verlieben, der mich von meiner Einsamkeit heilen könnte."

„Das wäre doch wieder riskant. In Ihrem extremen Selbstopferungstrieb würden Sie wieder zu sehr von einem Mann abhängig sein und nur für ihn leben wollen statt für sich selbst."

„Und was ist so schlecht daran? Als ich damals für Gottwald lebte, war ich viel glücklicher und zufriedener als jetzt."

Habe ich es ihr gesagt? Oder nur daran gedacht? Es ist schon manchmal schwer, zwischen tatsächlich geführten oder nur imaginierten Gesprächen zu unterscheiden.

Meine Einschätzung der Realität ist seit Gottwalds Tod sowieso mühsam und nur teilweise nach Einsicht aller nicht zu widersprechenden Bescheinigungen und Zeugenaufnahmen von mir akzeptiert worden. Ich akzeptiere die faktische Aussage, dass er nicht mehr lebt, aber mein Gehirn geht in die umgekehrte Richtung. Ich halte es immer noch für einen Albtraum.

Mit meinen Gedanken hatte ich damals hin und wieder dem Ereignis vorgegriffen: „Irgendwann werde ich in der Wohnung ganz allein ohne ihn sein müssen". Und jetzt, da es eingetroffen ist, glaube ich nicht ganz daran.

Ist das meine eigentliche Krankheit, dass die Trennungslinie zwischen Realität und Nicht-Realität für mich nicht mehr gilt? Und die Folgen meiner Krankheit sind die Instabilität und Ziellosigkeit und diese Zweiteilung meiner Persönlichkeit in zwei Menschen; dem alles rational Verstehenden und in logischen Stufungen Sortierenden und dem einer vergangenen Zeit zugewandten Zuschauer, der nicht mehr vorwärtsbewegt werden kann und alle anderen Teile des Films streichen will. Ob Frau Witgenstein mir dabei überhaupt helfen kann?

Die Schicksalsgenossinnen

Ich schreibe mir einige Stichworte auf, zuerst unsystematisch und in großer Unordnung:
- Martha Strauß und ich
- Die jungen und die alten Witwen
- Die inoffiziellen Witwen
- Die Witwen und das Internet
- Treue über den Tod hinaus - oder subtiler Verrat
- Die Gedenkstunde für angesehene Männer und ihre Witwen
- Die spirituellen Witwen
- Indien, Indien...
- Die Witwen, die leichter und schneller als andere zu einer neuen Existenz finden

Wenn wir heiraten - gleichgültig ob kirchlich oder nur dem Gesetz nach - haben wir die Phantasie, bis ans Lebensende mit dem Partner zusammen zu sein. Wir schmieden Pläne, ob wir Kinder bekommen, wo und wie wir leben wollen und vielleicht auch schon, wie unser Alter einmal aussehen soll.
Unsere Vorstellungen schließen den Verlust des Partners oder einen anderen schweren Schicksalsschlag nicht mit ein. Das ist auch gut so, sonst würden wir vor lauter Sorgen unser Leben nicht genießen können.
Doch trifft uns dann ein Schicksalsschlag wie der Tod unseres Partners, sind wir völlig unvorbereitet. Wir fallen in ein Loch, aus dem wir scheinbar nie mehr entrinnen können. Dieses Loch ist meist um so tiefer, je jünger wir sind, wenn wir Witwe oder Witwer werden... Unsere Trauerreaktion wird verstärkt
- wenn wir durch den Tod unseres Partners in finanzielle Nöte geraten
- unsere Kinder noch klein sind
- der Tod plötzlich durch einen Unfall eintritt
- wir sehr viele gemeinsame Pläne mit dem Partner hatten
- die Beziehung zum Partner sehr eng war.
Dr. Doris Wolf, *Trauerbewältigung für junge Witwen, jung verwitwete Mütter*

Eine junge Witwe bin ich nicht, ich leide nicht unter finanzieller Not und habe auch keine Kleinkinder. Trotzdem kann der Schmerz bei älteren Witwen meiner Meinung nach ebenfalls unbeschreiblich groß sein. Es ist kein Geburtsgebrechen, wie zum Beispiel blind, taubstumm, gelähmt oder geistig behindert zur Welt kommen.

Man kann nicht von Geburt an Witwe sein; man muss sich erst daran gewöhnen, und ich denke, je jünger man ist, desto entschiedener ist die Kraft, um schwierige, ungewohnte Prozesse zu überwinden. Außerdem steuert der jüngere Mensch mehr zum Leben hin als der schon vom Alter Gezeichnete, der sich eher dem Ruf des Jenseits ergibt. Aber ich kann natürlich nur mein eigenes Erlebnis als Muster nehmen.

Ich erinnere mich manchmal an Martha Strauß mit ihren 46 Jahren und auch an die anderen drei Witwen, die ich in der Trauergruppe kennen lernte. Nur dreimal war ich damals zur Trauergruppe gegangen, fand aber später, dass mein Fall zu intensiv und kompliziert sei, dass ich eine personalisierte Behandlung brauchte, private Gespräche mit einer Psychotherapeutin.

Doch die Witwen blieben in meinem Gedächtnis, und da ich die Geister meiner Toten nicht sehen konnte, da ich nicht ganz verrückt wurde, sah ich wenigstens phantastische Visionen über das universelle Überleben der Witwen mit der endlosen Empathie einer Künstlerin. Es gibt so viele Witwen in der Stadt und in der ganzen Welt, Witwen wie ich und ganz andere als mich.

Ich grüble darüber nach, und mit einem kalten, beinahe morbiden Forschungsdrang vertiefe ich mich in die Betrachtung der vielfältigen Varianten dieser Konstellation. Womöglich mache ich schon Fortschritte zu einer „dritten Phase der Neuorientierung" nach Doris Wolf. „So langsam sehen wir Land. Wir können uns wieder alleine beschäftigen, das Verharren in der Vergangenheit nimmt nicht mehr den ganzen Tag ein und die Verzweiflung nimmt ab."

Ich habe bereits ein Tabu gebrochen, über Agnes geschrieben. Jetzt werde ich über die Witwen im Allgemeinen schreiben. Und vielleicht nicht nur schreiben. Ich würde gerne die Porträts der verschiedenen Frauen malen, ein Flötenlied über sie komponieren, einen Film über sie drehen, über die Witwen in der Stadt, in der ich lebe, und in anderen fernen Ländern meiner Phantasie, über ihre Bedürfnisse und Kämpfe, ihr kleinliches oder grandioses Dasein, nachdem der Partner unter der Erde liegt.

Martha Strauß spricht:
Was soll ich den Kindern sagen, wenn sie nach ihrem Vater fragen? Ich habe vier davon, und jeder will eine andere Geschichte hören. Sie wollten immer verschiedene Märchen, nicht das gleiche, keine Wiederholungen. Ich kann unmöglich mit ihnen über den Tod sprechen. Sie sind zu klein, würden es nicht begreifen... Es ist auch zu hart. Am liebsten würde ich flüchten. Die Kinder bei meinen Eltern unterbringen und irgendwo im Ausland, ganz weit weg, als Sekretärin oder Stewardess anfangen.
Aber ich kann die Kinder jetzt nicht im Stich lassen, gerade wenn ihr Papa nicht mehr da ist. Meine Eltern würden die richtigen Antworten auch nicht kennen, sie wären überwältigt und würden sich falsch verhalten. Sie würden mich verfluchen, weil sie nicht mehr die Jüngsten sind, um so eine Last zu tragen, und auch Edmund aus dem Grab würde mich mit bösen Augen anschauen und mich beschuldigen, eine schlechte Mutter zu sein.
Ich hätte so ein schlechtes Gewissen meine vier Engel und meine Eltern zu verlassen! Andererseits, wenn ich bleibe, bin ich allen gefährlichen Strömungen ausgesetzt; die Eltern werden uns alle beeinflussen wollen, mich auch wie ein kleines Kind behandeln und vor allem versuchen, dass ich meinen Mann vergesse. Ich will auf keinen Fall wieder mit ihnen zusammenleben und dass sie alles für mich entscheiden. Doch sie fühlen sich über meine Sturheit

gekränkt, dass ich den Umzug ablehne und die teure Miete der ehelichen Wohnung für die Kinder und mich noch bezahle. Ich bin für immer erpressbar, für immer zerbrechlich und verletzbar. Ich habe auch ein schlechtes Gewissen Edmund gegenüber, weil ich ihn damals nicht zur Geburtstagsparty meiner Schwägerin begleitete. Wäre ich mitgefahren, wäre er vielleicht jetzt noch am Leben; wir hätten da übernachtet, er hätte sich nicht so beeilen müssen, nach Hause zu kommen, und der Autounfall wäre nicht passiert. Meine Schwägerin fühlt sich auch mitschuldig.

„Hätte ich ihn bloß nicht zu meinem Geburtstag eingeladen! Er hatte doch nicht einmal zu viel getrunken. Er war wahrscheinlich nur zerstreut und zu sehr in Eile, zu euch zurück zu kommen."

Ich muss mir etwas Tröstliches für die Kinder einfallen lassen.

„Euer Papa ist verreist, aber er kommt bald wieder."

„Wann? Und warum hat er uns nicht mitgenommen."

Sie bohren immer weiter, sie hören mit ihren hartnäckigen Fragen nie auf.

„Es war gegen seinen Willen. Er wurde entführt."

„Dann müssen wir die Polizei anrufen, wir müssen ihn retten. Werden sie ihn nicht töten?"

„Nein, nein. Er wird sich schon befreien können. Er ist sehr klug."

„Aber wir müssen etwas tun. Wir schreiben an ihn und die Entführer, wir bezahlen das Lösegeld, wir..."

„Nein, wir warten lieber. Bald gibt er ein Lebenszeichen von sich."

Alles ist verkehrt und nicht überzeugend genug. Ich weiß, dass sie mir nicht glauben. Sie werden bestimmt die Lehrer, Schulkameraden und ihre Großeltern fragen, und jeder gibt eine andere Version von sich, und das ist gerade das, was sie wollen, sich mit vielen Mysterien quälen. Außerdem habe ich ein Problem: Morgen ist die Beerdigung, und ich muss ihnen sagen, dass sie sich von ihm verabschieden sollen. Eine Beerdigung ist nicht gut für Kinder, doch man kann sie auch nicht ganz vor ihnen verheimlichen. Soll ich vielleicht eine harmlose Geschichte erfinden, wo alles nur halb angedeutet ist?

Ich erfinde folgende Lügen: „Er macht Urlaub im Himmel. Er konnte uns nicht mitnehmen, weil er seine Ruhe braucht und ein wenig krank ist. Aber er kommt ja wieder."

Keine gute Idee. Es muss sowieso für die Kinder unverständlich bleiben, was diese merkwürdigen Rituale wie Glocken, Musik, Predigt und weinende Gesichter mit dem Urlaub des Vaters zu tun haben könnten. Und was tragen diese Fremden in schwarzen Anzügen für eine Kiste zu diesem düsteren Garten mit vielen Gräbern?

Ich bringe es einfach nicht fertig, den Kindern als anschaulichsten Vergleich ein totes Tier zu zeigen und zu sagen: „Euer Papa ist auch so... wie eine tote Fliege auf der Fensterbank."

Nein, es wäre zu grausam. Lieber bin ich eine verrückte Schauspielerin und erzähle ihnen ein Märchen: „Der Papa hat sich für kurze Zeit in einen Löwen verwandelt, der im Wald lebt. Aber er frisst keine Kinder, sondern streichelt sie im Vorbeigehen und singt die schönsten Schlaflieder."

Und auch ich gebe Martha eine Antwort in meinen Gedanken:
Ja, Den Kindern den Tod erklären zu müssen, dieses Leiden hast du mir voraus. Das ist mir erspart geblieben. Ich brauche es nicht. Ich habe meine Ruhe und brauche den Tod nur mir selbst zu erklären.

Martha:
Mein anderes, grauenvolles Problem ist mein Körper. Sex ist nichts Beschämendes oder Niedriges, wenn man den Partner liebt, und ich liebte Edmund so sehr, vom Anfang bis zum Ende, fest, intensiv und leidenschaftlich, diese 15 Jahre, in denen wir zusammen gewesen sind. Jeder Beischlaf, jede erotische Nacht, die wir zusammen verbrachten, war ein großes Fest für mich... und ich ging von einem Orgasmus zum nächsten.

Wir waren beide so heißblütig, jung und verliebt, besonders in den ersten fünf Jahren, vor der Geburt der Kinder. Aber auch später, als wir Hugo, Daphne und die kleinen Zwillinge bekamen.

Meine Schwangerschaften waren sehr sinnlich, zuwendungsbedürftig und auch dann, gerade dann, konnten wir nicht auf die Liebe verzichten. Es war besonders positiv an unserer Beziehung, dass wir trotz der familiären Verantwortungen nie unserer Liebesspiele überdrüssig wurden. Wir konnten immer neue erfinden und uns gegenseitig die schönsten Genüsse verschaffen.

Aber jetzt... wie wird es sein? Werde ich mich als Frau nicht mehr entdecken können? Muss ich meinen Körper gänzlich vergessen?

In den ersten Monaten nach seinem Tod war ich wie betäubt. Aber jetzt, da der Frühling wieder kommt, macht meine Enthalsamkeit mir Angst. Und wenn ich noch über 30 Jahre weiter leben muss, werde ich dann immer ohne Kontakte mit Männern vor mich hin vegetieren und zur Selbstbefriedigung greifen müssen? Das Bett alleine, ohne seine Wärme und Vitalität, erschreckt mich.

Noch kann ich in den ersten Jahren bei den Zwillingen schlafen und an ihrer lieben Gesellschaft Trost finden, aber bald wird jede ein Bett für sich haben wollen. Alle vier werden ihr eigenes Leben führen wollen, und dann ist es mit meinem Trost vorbei. All diese ganzen etablierten Rollen beunruhigen mich. Jetzt bin ich die Hilfesuchende, die schwache, asexuelle Witwe, wie eine verkehrte Jungfrau, die sich an Erinnerungen satt essen soll.

Damals hatte ich mich von meinen Eltern unabhängig gemacht und jetzt kommt meine Abhängigkeit wieder, weil ich ihre Hilfen bei den Kindern benötige. Ich sehe Konflikte meiner Jugend wieder aufflammen, aber jetzt ohne Zukunftsträume, nur Familie, doch ohne Partner, und der Ursprung von allen jungen und fröhlichen neuentstandenen Familien ist doch der lang ersehnte Partner.

Fast 31 Jahre musste ich ohne Edmund leben, bis ich ihn fand. Wir starteten das großartige Projekt der Vereinigung unserer Kräfte; es war mein gemeinsames Projekt mit ihm, das ich jetzt aber zwangsweise allein und gelegentlich mit den Eltern bis zum Abgrund meiner Fähigkeiten weiter durchführen muss. Die Familie mildert meinen Verlust, aber macht ihn auch klarer und unveränderlicher. In meinen intimen Augenblicken bleibe ich, was ich bin, jemand, der bestohlen wurde, dem einige der schönsten Dinge im Leben viel zu früh weggenommen wurde.

Ich sehe die Vergeblichkeit meiner Liebe und Sehnsucht zu einem Toten, der nie zurückkehren kann. Ich beneide die Frauen fast, die nie so schöne Stunden wie ich erlebt haben, die eine schlechte Ehe geführt haben und sich kaum an schöne Züge des Partners erinnern können. Das gibt ihnen Kraft für die Zukunft, um sich umso schneller von der Vergangenheit zu befreien.

Gerade geschiedene oder vom Partner getrennt lebende Frauen, die durch harte Enttäuschungen gingen, haben viel bessere Voraussetzungen für ihre weitere Existenz als ich. Sie glauben sich auch unglücklich. Aber im Grunde hat sich ihr Selbstbewusstsein durch Streit und Bitterkeit verstärkt, während ich...

Ich versinke in die ewige Schwäche meiner Situation nach meinem kurzen und beinahe vollkommenen Glück mit Edmund, dem ich nichts vorzuwerfen habe, gegen den ich nichts vorbringen kann, um mich an ihm wegen irgendwelcher Missetaten zu rächen. Zu viel Liebe ist schlecht. Sie bringt mich um alle Waffen, sie zerstört meine Energie und jede Form von Mut.

Er hatte natürlich auch seine Fehler wie jeder Mensch. Er war zu schnell in allem und oberflächlich; er war nicht besonders kinderliebend; er wurde sehr ungeduldig und giftig, wenn ich unpünktlich war oder wenn ich etwas nicht schnell genug verstand; er kritisierte zu oft seine Freunde und rauchte zu viel.

Ich wünschte, ich könnte mehr an seine Fehler denken, und weniger an die schöne Art, wie er aus Spaß meine Stimme und meine Sprache imitierte, wie er mich zärtlich streichelte und meinen Körper wie eine Sonne wärmen und bis zur Explosion lebendig machen konnte. Ja, ich muss an seine Fehler denken, um besser zu überleben.

Er belog manchmal die Leute und verblendete sie mit seinem angeblichen Erfolg. Er war ein richtiger Geschäftsmann, mit wenig Spiritualität und keiner Religion. Er las keine Bücher, war ein Sportmensch, ohne Gesprächsthemen abgesehen von Wirtschaft, Investitionen und der Zurschaustellung seiner eigenen Leistungen. Er vertuschte seine finanziellen Probleme, aber öfters borgte er sich Gelder von seiner Familie, was mich irritierte.

Die Kinder störten ihn mit ihrem Spielen und Toben, besonders die Zwillinge, mit denen er eindeutig nicht gerechnet hatte und die er für eine unverzeihliche Übertreibung von meiner Seite hielt. Trotzdem... er war nicht schlecht zu ihnen, er meckerte nur. Und er trank nicht und ging nicht mit Frauen aus.

Ach, er fehlt mir sehr, wenn ich ihn bloß wieder haben könnte! Wenn er weiter gelebt hätte, hätte ich ihn vielleicht ein bisschen ändern können. Das war immer mein geheimer Wunsch, obwohl es wahrscheinlich zu überheblich von mir klingt, denn, wer weiß, ob ich besser bin als er? Aber so kleine Anstöße zu einer weiteren Vervollständigung seiner positiven Seiten...

Ich hätte ihm allmählich Bücher zum Lesen gegeben und wir hätten über Gott gesprochen. Jetzt, so wie es ist, bei diesem frühen, unerwarteten Tod, ist er sozusagen gottlos gestorben. Ich empfinde das als eine große Lücke, ich habe mein Ziel verpasst, ihn für die Ewigkeit besser und reifer zu machen. Jetzt sagt mir sein Geist nichts, und wir haben kein Verständigungsmittel mehr. Nur meinen Körper hat er verstanden. Und es war schon viel, mein Körper braucht ihn jetzt wie Medizin und schreit nach ihm.

Ich durchlaufe viele vermischte Phasen von Gefühlen, die mir keine Ruhe lassen. Zuerst glaubte ich gar nicht daran, dass er tot ist. Unfälle sind so etwas heimtückisch Ungeplantes! Sie zerstören auf einmal den natürlichen Tagesablauf. Auch der Anfang einer Krankheit ist wie ein Unfall, eine Nachricht über Krebs zum Beispiel. Sie stürmt herein und sperrt, blockiert alle Türen des Gehirns, aber nachher kann man auch Krankheiten in die Agenda des Alltags einbauen, genauso wie Unfälle, die keinen tödlichen Ausgang haben. Doch wenn sie so schnell mit dem Tod enden, dann glaubt man nie ganz daran, dass man die Nachricht richtig vernommen hat.

Heute, nach 18 Monaten, drei Wochen und zwei Tagen zweifle ich noch daran. Mein Gehirn ist falsch einprogrammiert und das ist das immer wiederkehrende Ergebnis meines Traumas, dass ich es immer noch nicht akzeptiere.

Nach meinem alten Muster, zu dem ich unbedingt zurückkommen will, hätten wir jetzt Wochenende. Edmund würde die Kinder um Ruhe bitten: „Seid vernünftig und macht keinen Krach. Mami und ich wollen etwas besprechen."

Die Kinder würden draußen spielen, und wir würden unser Schlafzimmer, den Tempel der Liebe, abschließen und uns darin wie Rauschgiftsüchtige in Freude verlieren. Dann würden wir Pläne über unseren nächsten Urlaub machen und über eine Tagesmutter, die wir stundenweise engagieren wollen, damit ich dreimal wöchentlich in seiner Firma in der Buchhaltung arbeiten kann.

So hatten wir es so oft gemacht... Und jetzt, jetzt ist das Muster ganz anders. Die Wochenenden sind einsam. Die Kinder spielen jetzt zuhause, weil sie nicht mehr stören. Meine Eltern kommen, aber meistens gehen wir zu ihnen essen, um Edmunds leeren Platz an unserem Tisch nicht sehen zu müssen. Ich arbeite nicht mehr, gehe selten raus und brauche keine Tagesmutter mehr.

Edmunds Firma ist nicht mehr seine Firma, sondern nur die seines Bruders. Ich spreche kaum über die Zukunft. Nur für die Kinder muss es noch eine Zukunft geben, ihre Schulen, ihre Ferien und Kameraden; für mich aber keine mehr. Ich habe die falsche Platte aufgelegt. Diese ist nicht meine Platte. Und sowieso werden jetzt nur CDs gespielt und alle Platten weggeworfen; sie haben keinen Wert mehr. Oder nur einen historischen Wert als äußerst seltene Gegenstände.

Nach ein paar Jahren wird Edmund nur eine historische Figur sein, leblos und aus der Distanz betrachtet, wie auch unsere Fotos und Kameraaufnahmen, die unsere wichtigsten Ereignisse zusammen bezeugen: Unsere Hochzeit, die Taufen der Kinder, sogar die letzten Aufnahmen seines Lebens, als er vor seinem Unfall noch den Geburtstag der Schwester feierte.

Manchmal ist es mehr Wut als Unglaube, was ich empfinde, weil er mich allein gelassen hat. An meiner Stelle hätte er sich leichter getröstet. Er war kein Träumer oder Philosoph. Nach einiger Zeit der Trauer hätte er die Kinder ins Internat oder zur Familie geschickt und er hätte eine neue Frau gefunden.

Werde ich dasselbe tun? Ich bin nicht so stolz auf meine Sensibilität und Treue. Wofür ist eine Treue gut, die er weder merken noch schätzen kann? Und sind tatsächlich meine Mutterrolle und die Rolle der dankbaren Tochter die einzigen, die mir noch verbleiben? Ist eine Zukunft als Frau nicht mehr möglich?

Mein Festhalten an den alten Mustern wird immer lächerlicher, je offensichtlicher die Zeit vergeht. Jetzt sind es schon drei Jahre und fünf Monate. Übermorgen werde ich 50, aber ich feire das Datum nicht. Jede Feier scheint mir aufgesetzt, ironisch beleidigend und leer, seitdem er uns verlassen hat. Abgesehen von Weihnachten und Neujahr gibt es drei Tage im Kalender, die ich gerne streichen würde, weil sie mich so traurig und weich stimmen, als würde ich in kleine Stücke zerreißen; es sind sein Geburtstag, unser Hochzeitstag und der Tag davor im August, als wir uns entschlossen, unsere Zukunft zusammen zu verbringen.

Von dem vierten Tag, dem seines Verschwindens, will ich gar nicht mehr reden. Er vergiftet mich und treibt mich in die Spitze der Trauer. Und jedes Jahr geschieht es am selben Tag in mitleidloser Unveränderlichkeit, sodass ich nicht vergessen und flüchten kann.

Sollte ich mein 85-Jähriges erreichen, dann müsste ich dasselbe Datum, den traurigen Zyklus der jährlichen sechs Tage unserer Verbindung und dann deren Unterbrechung 39 Mal erleben, über ein halbes Jahr insgesamt von ungeheuren Schmerzen.

Ich versuche besonders meinen Hochzeitstag zu ignorieren; ich verhalte mich passiv und trocken, als hätte ich nie geheiratet, wie eine Buddhistin, über jede Leidenschaft erhaben und von Durst, Hunger oder körperlichen Verlangen jeglicher Art befreit. Doch auch die schönen Erinnerungen machen den Verlust noch bewusster. Deshalb flüchte ich vor gewissen Zeitangaben wie vor tollwütigen Hunden.

In der von mir absichtlich verschwommen gehaltenen Tafel meiner Erinnerungen gibt es manchmal Blitze von unerwarteter Schärfe. Wie war es am ersten Tag, als wir in die Wohnung einzogen? Was sagte er am Tag, an dem Daphne geboren wurde? Und am Tag, als Hugo so krank wurde? Und am Tag, als er über den eigenen Tod (im Greisenalter, wie er dachte) reflektierte, weil jemand in der Firma gestorben war? Und als wir zusammen noch ohne Kinder einen tollen Urlaub in der Karibik machten?

Ich kann mich nicht an schönen Erinnerungen erfreuen, wie andere Menschen es können. Ich habe davon gehört. In der Trauergruppe wird gesagt, dass Edmund bald mein innerer Begleiter sein wird und dass ich eine Zuflucht, eine Art Glück, in den Erinnerungen finden werde. Aber ich bin nicht davon überzeugt.

Ich konnte mich nie für die Vergangenheit erwärmen; meine Neigung galt der Gegenwart und ihren Reizen, und jetzt, da die Gegenwart so sinnlos ist... Ich zittere vor Angst und Kälte. Noch bin ich keiner Demenz verfallen und ich weiß, dass heute der 23. April ist. Nichts ist gegen dieses Datum einzuwenden, da ist in meiner Vergangenheit noch nichts Dramatisches passiert.

Aber was mache ich mit dieser leeren Gegenwart ohne Freude? Ja, ich weiß, meine Freuden sind die Kinder, die Eltern und meine Gesundheit, dass ich keine Schmerzen habe und noch jung bin, dass ich schuldenfrei und sorgenlos von meiner Witwenrente leben kann. Im Grunde sollte ich noch dankbar sein. Alles, was wir machen, tun wir, um nicht den Verstand zu verlieren. Wir werden zu heldenhaften Christen oder Buddhisten, wir klammern uns verzweifelt an das Positive, sonst müssten wir zum Psychiater gehen und Medikamente nehmen.

Jetzt, fast drei Jahre nach Edmunds Tod, bin ich wenigstens in der Lage, ein paar Erneuerungen in mein Leben einzuführen. Ich arbeite wieder halbtags, um nicht immer in der Wohnung zu hängen. Die Kinder sind schon alle in der Schule, und so brauchen die Eltern nicht so viel zu helfen, nur dienstags, wenn ich zu den Chorproben gehe, oder an einem Wochenende, wenn ich jemanden treffe.

Ich singe in einem Chor. Zum Glück ist es ein gemischter Chor und ich sehe hin und wieder ein paar Männer. Auf der Arbeit ist das nicht der Fall, denn ich arbeite im Textilgeschäft einer Freundin, in dem nur Frauen, ausnahmsweise mal mit männlicher Begleitung, unsere Kundinnen sind. Aber ob ich einige Männer erblicke oder nicht ändert nichts an meinem tatsächlichen Sachverhalt, dass ich sie nur flüchtig während der Proben und Auftritte sehe und dass eine weitere Beziehung nur unter sehr erschwerten Umständen stattfinden könnte.

Einmal, bei einem starken Regen, begleitete mich Clemenz Schöfer, ein Bekannter vom Chor, mit seinem Auto nach Hause. Aber da waren meine Eltern und die Kinder dabei, die auf mich warteten. Meine Mutter, die sehr gesprächig ist, bombardierte unseren Besuch mit vielen Fragen und Kommentaren über Musik und den Gottesdienst. Ich fühlte mich wie eine Minderjährige unter Beobachtung und am Ende sprachen wir alle nur von dem armen, verunglückten Edmund. Es war wenigstens ein Thema, das mir erlaubte, erwachsen zu sein. Aber gleichzeitig fühlte ich mich unwohl, wie umklammert und gefangen genommen, und ich schämte mich dessen, meinen lieben, verstorbenen Ehemann für so ein dummes Gespräch missbraucht zu haben.

Manchmal ist mir das Bild der nachdenklichen, trauenden Witwe, das ich mir selbst aufgebaut habe und das die anderen mechanisch von mir erwarten, schon zu viel... Ich würde mich gerne davon lösen und mir eine andere Identität einverleiben. Aber welche?

Die Freundinnen sind da flexibler als meine müden Eltern und raten mir immer häufiger, wenn schon nicht eine zweite Ehe, dann doch wenigstens eine Partnerschaft einzugehen.

„Du bist noch zu jung, um allein zu sein", animieren sie mich. „Es gibt so viele wie dich, die danach noch Erfahrungen mit anderen haben, denn mit Edmund geht es leider nicht mehr. Und es bedeutet nicht, ihm untreu zu sein. Solange er lebte, warst du ihm treu. Aber jetzt ist er in einer anderen Welt."

Sie reden ausgiebig von dieser „anderen Welt", als wenn sie viel davon wüssten, dass die Geister im Jenseits ohne Leiden und mit enormem Verständnis das Fremdgehen der überlebenden Ehefrauen akzeptieren. Ich bin mir da nicht so sicher. Ich habe meine Bedenken. Wie kann man genau ermessen, was die Geister fühlen, wenn sie tatsächlich irgendwo weiter existieren?

Sie raten mir das Übliche heutzutage, ins Internet zu gehen und einen Austausch zwecks Verabredung mit einem oder mehreren zu beginnen.

Am Ende tue ich es. Hauptsächlich aus Neugier, um zu sehen, was für Männer sich mir vorstellen werden und in welchem Café oder Restaurant wir uns treffen werden. Ich bin schon so lange nicht im Restaurant gewesen! Und wenn ja, dann nur mit den Eltern und den Kindern, aber nicht mehr als Frau, die sich als solche betrachtet fühlt, die Wein oder Champagner trinkt, lebhafte Fragen stellt und locker lächelt, um auf das andere Geschlecht einen angenehmen Eindruck zu machen.

So werde ich auch ein anderes Gesprächsthema mit Freundinnen und Kolleginnen haben, nicht nur den Tod. Ich merke schon, dass ich als trostlose Witwe nicht mehr verstanden werde. In den ersten Monaten war ich es ein wenig, und mir droht die totale, soziale Ausgrenzung, wenn ich mein Klagelied nicht etwas unterdrücke. Auch um der Kinder willen darf ich nicht so viel weinen und an den Papa denken. Sie fragen auch nicht mehr so viel nach ihm und scheinen sich damit abgefunden zu haben, dass er nicht wieder kommen wird.

„Es ist zwar schade", sagt Hugo, unser Großer, „aber es gibt so viele andere Menschen um uns herum, die uns lieb haben." Wenn ich nur an den Tod denke, nehme ich ihnen systematisch viel von der Lebensfreude weg, und das will ich nicht. Was am Anfang noch das Natürliche, das Richtige war, wäre jetzt ein pathologisches Verhalten, so sagt die Gesellschaft in ihrer Unnachgiebigkeit und in ihrer sehr launenhaften und oberflächlichen Beurteilung der menschlichen Reaktionen.

Wir sind, Gott sei Dank, nicht in Indien. Die Witwen müssen weiterleben. Und wir haben das Glück, wie Hugo sagt, dass wir noch auf so viele Menschen der Familie und in der Umgebung rechnen können. Anders wird es sein, wenn mir auch die Eltern sterben und die Kinder ihre Wege ohne mich gehen werden. Also kommen noch viel schlimmere Zeiten auf mich zu. Ich muss lernen, mich an meiner jetzigen Zeit ein bisschen zu erfreuen.

Ja, ich brauche frivolere Gesprächsstoffe und einen Mann für bestimmte, wohldosierte Anlässe, sporadische Treffen in der Öffentlichkeit zum Abendessen mit oder ohne Tanz, um ins Theater oder Konzert zu gehen und bei schönem Wetter im Park zu sitzen. An das Sexuelle denke ich weniger. Ich kann es mir kaum mit einem anderen Mann vorstellen.

Aber auch die erste Phase der Vorbereitung, in der wir uns erst schreiben und Fotos austauschen werden, vor unserem ersten, hypothetischen Termin, den man ohne weiteres immer noch absagen kann, scheint mir verlockend und unterhaltsam. Ich bin halt modern, ein Produkt unserer Zeit, und ich komme mit der virtuellen Kommunikation ganz gut zurecht.

Ich verlängere bewusst diese Phase der Vorbereitung und nehme mir viel Zeit, damit mir diese Beschäftigung nicht zu schnell ausgeht. Aber die Männer, die mir schreiben, sind nicht besonders phantasiereich, und auch meine Mails sind lahm und wenig sagend. Da die Herren sich ungefähr schon in meinem Alter befinden, zeigen sie wenig Geduld mit einem Briefwechsel und wollen mich unbedingt bald treffen. Ich zögere immer den Augenblick hinaus, habe große Angst vor dem persönlichen Kontakt.

Ich schreibe jeweils nur an einen. Wenigstens eine gewisse Treue und Beständigkeit! Bis derjenige mir ein Ultimatum setzt, entweder Treffen oder Schluss machen und nicht mehr schreiben. Bei den ersten zwei habe ich es so gehalten, keine Mails mehr, da sie so fordernd waren und so wenig Verständnis für meine Bedürfnisse zeigten. Beim dritten, Wilhelm, kam es doch zu einem Treffen, weil er mein platonisches Grübeln und Ertasten über vier Monate lang noch respektiert hatte. Beim fünften und sechsten kam es auch zu mehreren Begegnungen, aber diese waren nicht aus dem Internet sondern Freunde der italienischen Verwandten meiner Chefin.

Im Großen und Ganzen ist alles nicht das Richtige. Ich habe immer so ein Gefühl vom Scheitern im Voraus, von Enge und Unterdrückung. Es sind minderwertige Erfahrungen ohne Tiefe, nur um die Zeit totzuschlagen. Doch hin und wieder kann ich lächeln und den Anschein erwecken, als würde ich mich amüsieren. Es hat schon etwas für sich, nicht immer allein gehen zu müssen, mir ein schönes Kleid zu kaufen und von einem schmeichelnden Mann in ein gutes Restaurant ausgeführt zu werden.

Doch manchmal bin ich wie paralysiert, ich habe ein Gefühl, als würde mich Edmund aus der Ferne fragen: „Wieso magst du diesen Idioten? Warum gehst du mit ihm aus? Hast du mich so schnell vergessen?"

Vielleicht ist es sogar schwieriger einem Toten fremdzugehen, als einem Lebenden, weil der Lebende uns möglicherweise geärgert hat, und aus Rache kann man vieles tun. Aber so einen Armen, der gegen seinen und unseren Willen verschwinden musste, der sich nicht wehren kann, und nie seinen Platz im Friedhof oder im Himmel verlassen darf, um zu uns zu kommen und mit uns zu sprechen, wie kann man die Kraft finden, ihn zu betrügen?

Deshalb gibt es viele Witwen, die unfähig sind, noch eine Liebesbeziehung zu beginnen. Doch es gibt auch Hunderte von jungen Witwen, die zum zweiten Mal heiraten, oder andere, die mit einem Mann zusammenleben, um die Witwenrente nicht zu verlieren. Ich glaube, ich gehöre zu dieser zweiten Gruppe. Ich könnte eine zweite Hochzeit nicht ertragen, aber ich brauche doch einen wohltuenden männlichen Kontakt. Mein Körper braucht ihn.

Ich denke immer, dass es sich nur um sporadische Rendezvous handeln wird. Auch wenn die Wohnung dem Papier nach jetzt nur mir und den Kindern gehört, könnte ich unmöglich einen anderen Mann in unserer Wohnung schlafen lassen und sogar im damaligen Schlafzimmer die neue Liebe genießen.

Meine Skrupel sind so groß, dass ich mich frage, ob ich es je realisieren werde. Wenn überhaupt, dann muss es in einem Hotel geschehen oder im Haus meines Liebhabers, in dem mich nichts an Edmund erinnern kann.

Ich mache mir diesen festen Vorsatz. Sollte der Freund der Verwandten meiner Chefin mich irgendwann küssen wollen, dann werde ich ihm sagen: „Ja, vielleicht... im Kino, im Café oder bei dir. Aber nie bei mir. Die Kinder könnten uns sehen oder meine Eltern oder noch jemand...“ und ich würde hauptsächlich an Edmund denken.

Noch ein halbes Jahr vergeht, und mit den zwei Freunden ist es nichts geworden. Es gab nur ein paar interessante Gespräche und Musikabende bei ihrer Band. Aber keiner hat den ersten Schritt gewagt; ich auch nicht. Sie sind mir etwas zu jung, zehn Jahre jünger als ich, und ich misstraue ihnen auch ein wenig, weil sie sich gegenseitig kennen. Sie könnten miteinander über mich sprechen, der Gedanke allein bringt mich zum Erfrieren.

Am Ende verzichte ich auf ihre Musik, die mir zu laut und modern war, und nehme wieder Zuflucht in der Anonymität des Internets. Zum Schluss entscheide ich mich für Christian, einen Yoga- und Meditationsmeister, der fünf Jahre jünger ist als ich. Er will auch nicht heiraten und wünscht sich nur sporadische Stunden mit einer Frau bei sich oder in einem indischen Heim, in dem er arbeitet; manchmal auch in einer Pension, wenn wir einen Ausflug ins Gebirge oder zu seiner Lieblingstante Daniela machen.

Wenn unsere Körper es brauchen, dann rufen wir uns an. Er braucht es sehr oft und ruft fast jeden Tag an; ich auch, besonders nach der langen Enthaltsamkeit. Es ist ein gegenseitiges, immer ansteigendes Bedürfnis nach Kontakt. Sein spirituell geprägtes Wesen und seine Meditationen halten ihn nicht davon ab, genauso wie der Tod Edmunds mich nicht mehr davon abhalten kann, noch körperlich lebendig zu sein. Wenn wir zusammen sind, vergesse ich alles über den Tod.

Ich bin sexuell sehr in ihn verliebt, auch als Mensch mag ich ihn sehr; er beruhigt mich, beseitigt meine Ängste und Alltagsspannungen. Wir planen kurze Reisen zusammen, im Urlaub, wenn ich die Kleinen eine Woche bei meinen Eltern lassen kann oder wenn sie selber verreisen.

Ich lebe jetzt etwas zufriedener und mache mich mit Tai Chi und vielen Entspannungstechniken vertraut. Aber immer, wenn ich in die Wohnung komme, muss ich an Edmund denken. Jedes Möbelstück erinnert mich an ihn, das Geschirr in der Küche, sein Seifenspender im Bad und vor allem die Kinder... Ich wollte es auch so, mich ständig daran erinnern, dass er gelebt hat.

Ich dachte damals, solange ich in der Wohnung bleibe, gibt es noch Verbindungspunkte zwischen uns und ich habe den Anschluss an ihn nicht ganz verloren. In meinen automatisierten Witwenträumen habe ich mir eingebildet, dass Edmund sich darüber freut, dass keine fremden Einwohner in unserem Zuhause sind und dass er uns noch alle zusammen sehen kann. Doch jetzt nach den Jahren und nach dieser intimen Beziehung, die ich begonnen habe...

Ich empfinde es allmählich anders. Natürlich bleiben die zwei Bereiche noch getrennt. Der Neue war noch nie in der Wohnung, und somit haben wir Edmunds Andenken respektiert. Aber mein Kopf ist jetzt mit vielen Sachen beschäftigt, die Edmund ganz fremd sein würden, wenn er sie beobachten könnte. Ich verfremde, ohne es zu beabsichtigen, seine Wohnung und mache aus ihr eine ganz andere, die er als seine eigene nicht wiedererkannt hätte.

Schon unser Ehebett musste nach seinem Tod aus Platzgründen verschwinden, genauso wie seine vielen Anzüge und Hemden im Kleiderschrank. Ich schlafe seitdem in einem kleinen, unbequemen Jungfrauenbett. Dann kamen noch andere Veränderungen: Mehrere Stühle und Klappbetten, für Kinder aus der Nachbarschaft, die unsere besuchen, ein neuer Fernseher, eine Kaffeemaschine, Drucker-, Kopier- und Faxgerät.

Ich hätte gerne Edmund bei jeder neuen Anschaffung gefragt: „Bist du damit einverstanden? Habe ich das Richtige gefunden?" Damals, als er lebte, hatte er alles gekauft. Und jetzt kann er nicht mehr kaufen und ich kann ihm keine Fragen stellen, wie er es lieber hätte.

Alles ist beliebig verändert, und vielleicht hätte Edmund es lieber, wenn ich nicht mehr hier wohnen würde. In der Badewanne, in unserer Badewanne, denke ich beim Baden an Christian. Edmunds Schreibtisch ist jetzt Hugos, für seine Schuldaufgaben und Computerspiele. Einige seiner persönlichen Gegenstände wie seine Uhr und seinen Trauring habe ich noch; aber andere wie sein Rassierapparat und sein Funkgerät sind im Keller. Jetzt essen wir nicht mehr in der Küche, sondern in der großen Diele, wofür ich auch einen großen Tisch kaufen musste. Und unser gemeinsames Bett, in dem Edmund und ich viele Jahre so schön geschlafen haben, ist jetzt total weg wie seine physische Gestalt, die mich nicht mehr umarmen kann. In der Teillücke zwischen unseren Betten, in der wir damals schliefen, sind jetzt ein Fernseher und ein Radio auf einer Ablage, damit ich mich nicht so allein fühle.

„Oh, Edmund! Es ist so schwer einem Toten Gutes zu tun! Habe ich dir durch meine Mühen hier zu bleiben, die Wohnung eher weggenommen, anstatt sie dir zu erhalten? Ich bin deine

Erbin und somit auch deine unwürdige Diebin, die dich öfters vergisst oder sich manchmal aus Pflichtgründen an dich erinnert und dich dann mit Tränen in unerwarteter Heftigkeit durch unsere damaligen Räume zu begleiten versucht.

Kannst du das Ticken unserer alten Uhr im Wohnzimmer jetzt noch hören? Damals, als wir heirateten, war sie in meinem Arbeitszimmer. Aber sie spricht immer noch die zwei Silben deines Namens beim Ticken aus, oder zumindest scheint es mir so: Ed-mund, Ed-mund! Freut es dich, wenn ich mich an dich erinnere? Oder macht es dich besonders traurig, weil wir sowieso nicht zusammen sein können? Wenn ich so sehr um dich weine, ist es für dich schwer und es verhindert deinen Frieden, deinen Schlaf wie bei Grimms Märchen über das Kind, über die Tränen der untröstlichen Mutter und das nasse Totenhemdchen? Hättest du eine völlige Loslösung von mir lieber?"

Im Moment geht es noch, dass ich hin und wieder auf meine Art mit Edmund kommuniziere. Doch mache ich mir manchmal Sorgen um die Zukunft, dass ich vielleicht mit der Zeit nicht mehr imstande sein werde, das Gleichgewicht zwischen diesen zwei großen Lieben meines Lebens zu behalten. Es ermüdet mich so sehr immer eine möglichst gleichmäßige Einteilung zwischen ihnen zu finden!

Wenn meine Abhängigkeit von Christian tatsächlich immer weiter wächst, dann muss ich ihn immer mehr in mein Leben einbeziehen, noch mehr Stunden mit ihm verbringen, ihm meine Eltern und die Kinder vorstellen. Dann müsste er in meine Wohnung einziehen oder ich müsste meine hier endgültig verlassen und eine neue mit ihm zusammen finden, denn seine jetzige wäre zu klein für uns beide. Die Kinder in ihren neuen Beziehungen werden mich immer weniger brauchen und dafür Christian umso mehr.

Oder irre ich mich über meinen genauen Wert in seinem Leben? Ist unsere eher eine sexuelle Abhängigkeit und mehr als Freizeitgestaltung denn für den ganzen Tagesablauf gedacht? Trotz aller meiner Zweifel... mein Körper braucht ihn, und ich könnte ohne ihn nicht leben.

Die inoffiziellen Witwen

Wenn Martha Strauß irgendwann wieder das Pech hätte, ihren Partner, ihren zweiten Partner, zu verlieren, dann wäre sie zum zweiten Mal eine Witwe, obwohl keine im traditionellen Sinne, da sie nie miteinander verheiratet waren. Neulich las ich etwas über die Prozentzahlen der Witwen: „In Deutschland leben 300 000 Witwen und Witwer unter 49 Jahren und noch einmal ungefähr 250 000, die unverheiratet liiert waren." Das heißt, offiziell haben sie keinen Witwenstatus, aber dem Gefühl nach sind sie genauso vom Tod eines geliebten Partners betroffen, für den sie genauso intensiv trauern, auch wenn die Gesellschaft diese Verbindung nicht als solche anerkennt.

Ihre Lage muss noch schlimmer sein, denn sie können nicht einmal mit dem Mitgefühl der anderen rechnen; sie bilden wie eine niedrige Kaste der Witwen, die keine volle Berechtigung zum Handeln in entscheidenden Augenblicken bekommen, die auf Schritt und Tritt Einschränkungen vor der „richtigen" Familie und dem Gesetz unterliegen. Bei einer Beerdigung wird die Anteilnahme den Kindern und der Ehefrau zugesprochen und nur in Ausnahmefällen der Lebensgefährtin, wenn die Ehefrau nicht mehr da ist. In ein paar Jahren wird es womöglich anders gehandhabt, aber noch haben die alten Regelungen ihre Geltung.

Ich denke da besonders an Florian Lenz. Er war auch bei weitem kein klassischer Witwer in der Gruppe, auch wenn keiner darüber sprach. Er weinte ständig, nicht weniger als wir Frauen, um seinen toten Liebhaber, Edgar, den er nicht wiedersehen würde.

Und dann denke ich an eine Freundin meiner Schwester, Elvira Castro, in Bilbao, die ihren Lebensgefährten ganz plötzlich auch bei einem Unfall verlor. Sie waren 19 Jahre zusammen und ganz glücklich miteinander gewesen. Wahrscheinlich hätten sie bald nach seiner Scheidung geheiratet, aber er hatte sich nie wirklich darum gekümmert ihre Lage juristisch oder sonst irgendwie zu regeln, weil er sich jung und stark fühlte und nie an den Tod gedacht hatte oder denken wollte; so versäumte er es ebenfalls ein Testament zu ihren Gunsten zu machen.

Das Ergebnis war, dass sie am Ende nicht nur den seelischen Schmerz sondern die materielle Not erleiden musste, denn sie besaß nicht einmal die Wohnung, die sie miteinander geteilt hatten. Alles gehörte ihm, die zwei Häuser, das Auto und der Schmuckladen; alles ging auf seine Tochter über. Die Tochter fühlte sich sehr unbequem über diese Ungerechtigkeit und auch seine ganzen Geschwister, weil sie alle sehr mit Elvira befreundet waren. Sie wollten, dass sie wenigstens die Wohnung behielt. Doch Elvira wollte lieber zu ihrer Mutter und zu ihrem früheren Beruf als Grundschullehrerin zurückkehren.

Ich kann mir auf jeden Fall ausmalen, wie sie sich fühlte, aus so einer langjährigen Beziehung so leer rauszukommen, als hätte sie nie existiert, nicht einmal mit den wenigstens tröstenden Gemeinsamkeiten des Eigentums zusammen: „Das sind unsere Tassen, unsere Bücher, unser Zuhause, unser Wagen."

Natürlich konnte sie alles mitnehmen, das sie haben wollte, keiner hätte es ihr verboten, denn es waren ja nur Gesetze auf dem Papier. Aber sie war immerhin auf die Großzügigkeit der Tochter und der Verwandten angewiesen. Und einmal sie ins Elternhaus zurückgekehrt war, würde sie öfters mit den Vorwürfen ihrer Mutter zu kämpfen haben, die ihr vorhalten würde, warum sie nicht klüger gehandelt und mehr an sich selbst gedacht hatte? Die Mutter würde erbittert kommentieren: „Du hast nichts von dieser Beziehung gehabt. 19 Jahre deines Lebens verloren! Arthur, der Arme... Er ist tot, und wir sind auch traurig darüber. Aber er hätte mehr Rücksicht auf dich nehmen sollen. Er hat dich total vergessen."

Sie würde ihn hartnäckig verteidigen und sich selbst gleich mit: „Wer hätte an den Tod gedacht? Es war kein Mangel an Liebe."

Innerlich würde sie sehr darunter leiden, dass bei ihrer Familie die ihm gebührende Hochachtung fehlt und mit keinen schönen Gedanken an ihn erinnert wird. Sie würde auch im Geheimen leiden, weil sie letztes Endes doch so wenig von ihm bekommen hat, keine Hochzeit, kein Kind, kein Erbe...

Seine Tochter ist genau so unschuldig wie sie und sie haben sich immer gut verstanden, aber jetzt würde Elvira wahrscheinlich eifersüchtig auf sie sein, weil sie über alles entscheiden dürfte, was den Vater betraf und nicht sie: Letzte Augenblicke des Patienten im Krankenhaus, Beerdigungsart, Unterschrift im Testament. Nur seine intimsten Gegenstände, seine Wäsche im Kleiderschrank, wurden Elvira gänzlich überlassen. Aber was sollte sie damit machen? Sie konnte nur die ganzen Männeranzüge weggeben und verschwinden.

Nein, sie ist nicht zu beneiden. Da ist meine Lage viel besser. Ich kann mit meiner Trauer hausieren gehen und alle haben etwas Geduld für mich. Ich vertrete auch die Mehrheit der Witwen, den Durchschnitt nach soziologischen Erkenntnissen, wie ich in einem Artikel im Netz gelesen habe:

„10 Prozent der Deutschen sind verwitwet, davon sind 85 Prozent Frauen, davon wieder 85 Prozent über 60 Jahre alt. Eine Frau wird durchschnittlich mit 68 Jahren Witwe. Die meisten haben ein mittleres oder höheres Einkommen, ihre Wohnverhältnisse sind gut oder ausreichend, nur ein Fünftel bezeichnet sich als einsam, obwohl nach wissenschaftlichen Kriterien ein Drittel wenig Kontakte pflegt."

Und was für ein Leben erwartet mich, genauso wie bei Martha oder Elvira, auch wenn sie jünger als ich sind?

„Witwen bleiben Witwen, die meisten für immer, viele endlos lange. Im Gegensatz zu Witwern: Die sind nicht nur eine marginale Gruppe, weil Männer oft deutlich älter sind als ihre Ehefrauen und zugleich eine niedrigere Lebenserwartung haben. Witwer wollen auch möglichst schnell neu heiraten. Frauen dagegen bleiben im Durchschnitt über 14 bis 15 Jahre allein."

Wir, diese sechs Millionen Frauen, die wir sind, werden nicht besonders gründlich untersucht, höchstens mal die lustigen Witwen als Gegensatz zu den Witwenverbrennungen in Indien. Doch im Allgemeinen besagt der Artikel: „Wenn der

Mann tot ist, dann gehört die Frau auch schon ein bisschen zum Schattenreich."[1]

Auf jeden Fall wiederholt die Mehrheit von uns in allen Witwenforen wie eine Art Fazit oder Gesamterkenntnis, dass man sich nach einiger Zeit der Trauer erholen und wieder Lust am Leben gewinnen könne, aber das Leben „wird nie wieder sein, wie es gewesen ist, denn ein Teil von uns selbst fehlt".

Ja, wir haben gewissermaßen die Perspektive des Toten angenommen, wie ich dachte. Natürlich hängt alles von der Beziehung zu dem Verstorbenen ab. Es gibt bestimmt auch Witwen, die sich freuen und befreit fühlen, wenn der lästige Partner nicht mehr da ist. Aber diese gehen nicht zu den Foren, um nach Rat und Hilfe zu suchen, sondern fühlen sich wohl dabei, was sie aber nicht sehr laut sagen oder je nachdem doch in ihrem Bekanntenkreis sehr laut und schreiend verkünden.

Die Gedenkstunde

Ich denke jetzt an die zwei entgegengesetzten Witwen, die ich kannte, Hanna Krause und Ellen Merk, die eine so stolz auf ihren Mann, den Professor, dessen Werk sie glorreich und voller Stärke fortsetzen will; die andere so verwirrt, entkräftet und entsetzt über Alzheimer und die letzten furchtbaren Stunden, die sie durchgemacht hatte.

Eine einflussreiche Kulturjournalistin organisierte eine Gedenkstunde für die beiden im selben Monat Oktober von uns gegangenen Menschen, denn der spätere Alzheimerpatient war vor seiner Krankheit auch sehr intelligent gewesen, ein berühmter, glänzender Physiker und Reiseschriftsteller. Nur seine Frau war schon immer ziemlich bescheiden und schüchtern gewesen und hatte sehr wenig vom Werk ihres Mannes gelesen oder verstanden.

---

[1] http://www.zeit.de/2002/03/200203_witwen_xml

Die erste dagegen, die Frau des Professors, ist besonders wach, eitel und von sich selbst überzeugt. Sie ist mit großem Stolz mit ihrer zugesprochenen Rolle als Verwalterin des Erbes ihres Mannes in Einklang, und sie fühlt sich dieser Aufgabe vollkommen gewachsen. Sie ist eine Witwe mit Würde, engagiert, lebhaft und energisch, während die andere sich vor allem unbeholfen, unsicher und durch das erlittene Trauma sogar stellenweise wie Gehirn beschädigt verhält. Sie wirkt wie jemand in der Schwebe, unschön lamentierend in ihrem nur halb artikulierten Schmerz gleich dem eines zutiefst getroffenen Tieres ohne Sprache.

Die beiden Witwen sitzen in der ersten Reihe, sie werden sehr respektvoll und feierlich angesprochen und bekommen von allen Seiten die Hommage an ihre Männer zu hören. Der große Universitätshörsaal ist voll von Bewunderern, denn auf einer wissenschaftlichen Ebene kann man nicht von Fans sprechen. Die Journalistin hat es verstanden, ein sehr vielfältiges Programm anzubieten, das in der presse und im Rundfunk auf große Resonanz gestoßen ist.

Ich bin auch unter den Zuschauern; da ich damals ein Mitglied der Trauergruppe war, bin ich mit eingeladen worden. Ich sitze mehr in der Nähe von Frau Merk, die mir sowieso durch ihre Einfachheit und Authentizität viel sympathischer als die arrogante Frau Krause vorkommt.

Ich beobachte erneut ihre Verletzlichkeit und Schwäche und leide mit ihr mit. Vielleicht wäre es besser für sie gewesen, wenn eine solche Zeremonie nicht stattgefunden hätte. Bei den ständigen Erwähnungen ihres Mannes scheint sie keinen freudigen Stolz zu empfinden. War er vielleicht ganz anders, als er jetzt dargestellt wird und ist sie erstaunt über die Lügen oder zumindest frappierenden Abweichungen vom Original? Oder ist sie lediglich perplex und überwältigt, weil von ihrem Mann nie so viel und in so vielen lobenden, positiven Farben gesprochen wurde und sie es kaum ertragen kann, so plötzlich aus ihrer Anonymität herausgerissen zu werden?

Auf jeden Fall genießt sie diesen posthumen Akt der Reverenz und Verlebendigung ihres Mannes in der Öffentlichkeit viel weniger als die Witwe Krause, die wiederholt strahlt, das Publikum sowie die teilnehmenden Redner anlächelt, sich feierlich bedankt und hin und wieder kluge, wohl strukturierte Kommentare zwischen den Beiträgen einstreut.

Während der ganzen Zeit bringt es Frau Merk nicht einmal zu einem flüsternden „Dankeschön für die Veranstaltung"; bis zum Schluss bleibt sie stumm, unfähig irgendetwas auszusprechen. Ihre Stimme fehlt mir, keine Äußerung über die Qualitäten ihres Mannes, als hätte sie gar nichts mit ihm zu tun gehabt.

Sie ist aber nicht gleichgültig, unbeteiligt. Es geschieht nicht aus Mangel an Gefühl, sondern im Gegenteil; sie erscheint gebrochen, gekrümmt und leidend wie in einer Trance der wortlosen Intensität. Vielleicht hätten die Veranstalter sie mehr mit einbeziehen sollen, sie befragen und ansprechen. Aber aus Diskretionsgründen hat man ihn, seine Fotos, seine Arbeiten, die Worte des Verlegers und Kollegen über ihn und seine Autobiographie, genauso wie die Werke des Professors Krause in den Vordergrund gerückt.

Mehr als die private Existenz ist hier das offizielle Leben der beiden Wissenschaftler wichtig. Nur dass Frau Krause es gut einfädelt, sich im offiziellen Rahmen als ständige Mitarbeiterin ihres verstorbenen Gatten auch einen Platz zu machen. Somit werden die zwei Gegensätze der hinterbliebenen Witwen berühmter Männer ganz offensichtlich - Passivität, Ambivalenz und Schüchternheit bei der einen, fiebernde Aktivität und Begeisterung bei der anderen. Inwieweit Professor Krause mit der Mitarbeit seiner Frau zufrieden war, während er lebte, lässt sich schwer sagen, und inwiefern Herr Merk darunter gelitten hatte, dass seine Frau so wenig Interesse und Involviertheit für seine Studien gezeigt hatte, auch nicht.

Vielleicht prahlte die eine zu sehr und mischte sich zu sehr in das Werk ihres Mannes ein, der dadurch irritiert, verärgert wurde und immer um seine Autonomie kämpfen musste. Aber es war bestimmt auch etwas traurig für Herrn Merk, dass seine Frau so abgeschnitten, abseits von seinen Bestrebungen und intellektuellen Plänen stand, dass sie gar nichts davon zu erzählen wusste.

Eine der Veranstalterinnen, die mich von anderen Tagungen flüchtig kennt und die sich daran erinnert, dass auch ich Witwe bin, fragt mich plötzlich: „Wie war es mit Ihrem Mann? Es ist schon zwei Jahre her. Wurde auch eine Gedenkstunde für ihn organisiert?"

„Nein. Er war kein Wissenschaftler und kein Schriftsteller."

„Aber seine Arbeitskollegen zum Beispiel, haben sie sich versammelt und ichm gedacht?"

„Ach nein! Die Arbeitskollegen vergaßen ihn sehr schnell, einmal er Rentner wurde."

Die Fragen berühren mich peinlich, denn sie zeigen wieder die großen Unterschiede zwischen den Menschen, einige werden ständig erinnert und an anderen wird vorbeigegangen, als hätten sie nie existiert, und nur am Tag der Beerdigung strengen sich die Fremden etwas an. Ich möchte mich verstecken und nicht mehr sprechen. Andererseits will ich auch nicht in diesem feierlichen Augenblick unehrlich sein und billiges Theater spielen, indem ich behaupten würde: „Mein Mann war auch sehr bekannt und beliebt." Am Ende sage ich mit Trauer, aber auch mit einer gewissen Eitelkeit: „Ich bin diejenige, die einzige... Ich halte täglich eine Gedenkstunde für ihn ab."

Ich bin fast stolz darauf, dass die Gesellschaft seine Verdienste kaum anerkannt hat. Natürlich würde ich es genießen, wenn man Gutes von ihm sagen würde, und doch...

Unser Schicksal als Außenseiter hatte uns immer sehr intensiv miteinander verbunden. Mein lieber Mann, wir hören nur den Ritualen und Laudationen für die anderen Menschen zu. Ich werde wahrscheinlich auch keine Gedenkstunde bekommen, wenn es so weit ist.

Hanna Krause sagt in ihrer unerschöpflichen Euphorie und Selbstgefälligkeit: „Das Tractatus philosophicus meines Mannes habe ich selbst im Computer geschrieben. Deshalb kann ich so gut auswendig daraus zitieren. Seine Handschrift war so schwierig, dass alle Sekretärinnen verzweifelten und immer um meine Hilfe baten. Doch sind Teilhilfen oft komplizierter als das Ganze von Anfang an zu übernehmen. Aus dem Grund tat ich es schon seit Jahren und war glücklich über diese Verpflichtungen, die ich mir selbst auferlegte.

Wir hatten so eine perfekte Symbiose, Rainer und ich, dass ich all seine Gedanken und Formulierungen einfach erraten konnte. Wir besprachen auch alles in Ruhe. Das Intellektuelle war immer im Mittelpunkt unseres Lebens, sowieso. Etwas Schöneres kann ich mir nicht vorstellen, als an den Wochenenden mit ihm zuhause und mit seinem Werk beschäftigt zu sein. Korrekturen und weitere Gedanken erfüllten unsere Stunden in einem vollkommenen Frieden.

Ich bin froh, dass ich so viel Zeit für ihn hatte. Die Hausarbeit wurde, Gott sei Dank, von den Bediensteten erledigt und Kinder hatten wir keine, was ich auch nicht bereue. Seine Bücher sind meine Kinder. Ja, es ist meine Freude, verstehen Sie das?

Ich trug auch alles, was er geschrieben hat, in der Öffentlichkeit vor, weil er selbst keine Lust dazu hatte und keine so schöne Stimme besaß, wie er sagte. Es war wahrscheinlich seine Art, mir seine Liebe zu erklären: Er wollte mich immer, bei jeder Reise, jedem Vortrag im Ausland und jeder Preisverleihung, an seiner Seite haben."

Alle nicken beeindruckt. Ein Mann sagt: „Wir sind Ihnen sehr dankbar. Sie haben zweifelsohne einen enormen, sehr beträchtlichen Beitrag zu seinem großartigen Werk geleistet."

Eine Frau, die federführende Kulturjournalistin, sagt herausfordernd und kategorisch: „Er war auch ein Feminist. Er hat immer wieder betont, wie wichtig Ihre Hilfe für ihn war. Ohne Sie hätte er nicht einmal die Hälfte von alledem zustande gebracht, was seinen wohlverdienten Ruhm ausmacht."

„Ja, ich habe mich sehr bemüht. Aber er war das Genie und ich nur ein ausführendes Organ für die praktischen Anlässe. Da er mir meistens die Arbeit des Vorlesens überließ, sind leider sehr wenige Aufzeichnungen von seiner Stimme geblieben. Doch ich habe noch einige, die ich sorgfältig aufbewahrt habe. Im Laufe der Jahre ist es zu einer ausgiebigen Sammlung geworden, denn ich ermutigte ihn dazu, seine Texte zuhause aufzuzeichnen, gerade für die Zeit, in der er nicht mehr da ist.

Ich werde diese zusammen mit einigen Schriften, die noch unveröffentlicht sind, bald posthum erscheinen lassen. Darin sehe ich meine zukünftige Arbeit, eine nicht leicht zu bewältigende Aufgabe, die mir aber viel Trost gibt, denn ich weiß, dass es für Rainer auch eine große Freude bedeutet."

Die Königin beendet so ihre Rede. Alle bewundern ihre Majestät, Energie und Besonnenheit. Es tut mir leid, aber ich mag sie nicht, obwohl es vielleicht stimmt, dass sie eine sehr gute Ehe mit dem Genie geführt und dass die beiden sich ausgezeichnet ergänzt haben.

Sie wäre eine sehr gute Literaturagentin geworden, denke ich ironisch; sie kennt sich in den Marketinggesetzen des geistigen Eigentums aus. Seine Stimme hat nach seinem Tod riesig an Wert gewonnen und wird wahrscheinlich sehr teuer verkauft werden.

Ellen Merk denkt in der Stille - oder ich denke, dass sie denkt: „Sie haben recht, wenn sie alle sagen, dass Paulus vielen geholfen hat. Er war ein Altruist. Aber er war so komisch in den letzten Jahren, manchmal unerträglich; er hat so taktlose Witze erzählt und sich mit den meisten Menschen gezankt.

Und er hatte keine sehr hohe Meinung von mir. Er hielt mich für lernunfähig, deshalb gab er mir keine Informationen über unsere Finanzen. Jetzt muss ich allein zurecht kommen, mit den ganzen Papieren. Doch ich darf das alles nicht in seiner Hommagestunde sagen, ich darf ihn nicht in der Öffentlichkeit verraten, es würde keinen guten Eindruck machen.

Und vielleicht stimmt es tatsächlich, was sie alle so ernsthaft herumtrommeln und herumhämmern, dass er trotz allem ein großer Künstler war. Mit der Zeit werde ich ihm vielleicht näher kommen, werde ihn besser verstehen. Schon jetzt geschieht es, dass ich seine politischen Ideen und Prinzipien, die mich bisher kalt gelassen haben, verteidige, zum Beispiel seine Liebe zu seiner Heimat Italien, sein Judentum gegen die Nazis und all seine antidiskriminierenden Tendenzen, für die er immer gekämpft hat, für die Homosexuellen, die Tiere, die Leprakranken und all die Sozialschwachen.

Jetzt, da er nicht mehr da ist, übernehme ich stellenweise seine Stimme und verteidige ihn, was ich damals nie gemacht hätte, weil er so eine starke Persönlichkeit hatte, um sich selbst zu genügen und alles ohne mich zu regeln."

Die spirituellen Witwen

Die dritte, Stefanie Müller, gehört zu dieser Sorte. Sie liest voller Ruhe und Zuversicht das Buch von Alexa Krieler „Ich gehe mit den Engeln über die Schwelle des Jenseits" wie andere die Bibel lesen. Es gibt auch einige davon. Ich lernte Frau Ursula Glaser auf dem Friedhof kennen, auf dem sie mit ihrer Tochter in dem alten Haus wohnt, das sie mit ihrem Mann, dem nun verstorbenen Steinmetz, geteilt hatte. Es ist der passende, geeignete Rahmen für sie, und sie nimmt ihn mit Natürlichkeit und Leichtigkeit, ohne Gräuel.

Sie sieht jeden Tag sein Grab, pflegt es durch alle Jahreszeiten hindurch und küsst seine Blumen. Sie setzt die Arbeit ihres Mannes in der naheliegenden Steinmetzwerkstatt fort, die sie schon damals mit ihm zusammen erledigt hatte. Man kann schon sagen, dass der Friedhof ihr ganzes Leben bedeutet, irdische und himmlische Heimat, Kontinuität, Geist und Körper in einem: Ihr Geldverdienst durch die Bestellungen der Kunden von neuen Grabsteinen und die Nähe ihres Mannes.

„Ich vergesse ihn nicht. Er ist immer bei mir. Vor dem Fenster sehe ich ihn und all die anderen Toten, und ich seufze tief. Als er vor acht Jahren - noch in voller Jugend - starb, konnte ich zusammen mit meinen Mitarbeitern sehr schöne Buchstaben für unseren Namen finden. Sehen Sie die Inschrift, so wunderbar leuchtend und sanft. Ich bin meine beste Auftraggeberin. Auch mit dem Material bin ich sehr zufrieden. So einen schönen Marmor finden Sie auch nirgendwo. Aber natürlich ist der Körper nicht alles, bei weitem nicht, nur eine nebensächliche Ergänzung."

Doch kann ich es gut verstehen, dass dieser Kreis von Bildern sich dem Glauben an das ewige Leben unmittelbar anschließt, genauso wie das Verhalten leichtlebiger Mädchen verstärkt und ermutigt wird durch einen bordellähnlichen Rahmen mit vielen Beispielen von Frauen derselben Sorte.

Nur für die Tochter muss es sehr schwer sein so zu leben, denke ich manchmal. Ich würde gerne eine Geschichte über diese mir unbekannte Tochter schreiben. Sie gehört nicht in unsere Gruppe der Witwen, aber sie teilt unser Schicksal umso härter, sie, noch so jung, unverheiratet, zurückgezogen auf diesem Friedhof, mit einer mystisch gewordenen, melancholischen Mutter und immer den Tod vor Augen.

Aber vielleicht kommen die beiden Frauen sehr gut miteinander aus. Sie lieben sich und trösten sich gegenseitig, und wenn die Tochter irgendwann heiratet, dann werden sie schon irgendwo anders hinziehen, an einen fröhlicheren Ort für die bald kommenden Enkelkinder.

Oder irre ich mich da? Bleibt die Witwe vielleicht bei ihrem Mann? Seine körperliche Nähe scheint ihr eine besondere Kraft zu geben. Ja, und ich bin neidisch auf sie, weil sie so oft mit ihrem Mann zu sprechen scheint.

Auch ich versuche manchmal mit Gottwald zu sprechen und erzähle ihm über die ganzen Witwen, denen ich begegne.

„Wo bist du, Gottwald? Hörst du mir zu? Einmal hatte ich einen entsetzlichen Albtraum, als ich voraussah, dass ich bald gezwungen sein würde, ganz ohne dich zu leben. Es war wie ein Terrorfilm, der Gott sei Dank nur kurze Zeit anhielt.

Es war nicht nur, dass du mich allein gelassen hattest, sondern dass ich von Feinden umkreist wurde, die mir alles wegnehmen wollten, dein Erbe, unser Zuhause... Jemand machte unsere Schubladen auf, entwendete unsere Schätze und entmündigte mich, als wäre ich ein hilfloses Kind.

Jetzt ist diese Vorstellung... teilweise Wirklichkeit geworden. Du versteckst dich hinter all den Möbeln unserer Wohnung, hinter der Heizung oder ich weiß nicht wo... und ich kann dich nicht mehr finden. Es ist kein schönes Spiel der Kindheit, sondern eine grausame Unmöglichkeit der Verständigung und des Gesprächs mit einem Menschen, der bisher mir so viel Liebe und Wärme gegeben hat.

Wenn du mir manchmal sagtest, du würdest wahrscheinlich früher sterben als ich, wollte ich nie richtig daran glauben. Ich schob den Gedanken vor mir her und fühlte nur die unbegrenzt feste Realität deiner Präsenz, die Unwiderruflichkeit unseres Zusammenlebens und die unumstößliche Macht unserer Gewohnheiten. Mit Naivität sagte ich zu mir, dass diese unsere intime Einheit nie zu brechen sein würde.

Warum kann ich mich nicht endlich mit dem Tod versöhnen? Ich habe den Tod nie verstanden und kann mich nicht damit abfinden. Mit meinem eigenen könnte ich es vielleicht jetzt, weil ich so wenig vom Leben erwarte, aber nicht mit deinem und dem der anderen Familienmitglieder.

Das Ironische ist, dass ich vielleicht in ein paar Jahren wieder zu leben anfangen werde und dass gerade dann die Sterbestunde ganz unerwartet und ungewollt, mit dem Schmerz der Überraschung mir entgegeneilen wird. Der Tod ist unfassbar und ungerecht - wie immer.

Es scheint mir auch ungerecht, dass einige Menschen eine viel bessere Beziehung zum Jenseits haben als ich. Sie behaupten, sie wären trotz des Todes dem Partner innerlich genauso verbunden; sie hätten ihn gar nicht verloren.

Diese Frau, die auf dem Friedhof lebt, deren Mann Steinmetz war, zum Beispiel... Sie behauptet, sie spürt seine Nähe überall ununterbrochen, und er sei immer in ihrem Herzen.

Ich dagegen, ich habe dich verloren und suche umsonst nach deiner Stimme, nach deinen Worten."

Auch Agnes sagte gestern etwas zu mir, das mich zu hartem Nachdenken brachte: „Sprechen Sie mit ihm. Auch wenn er gestorben ist, ist er immer noch bei Ihnen in Ihren Erinnerungen."

„Aber er antwortet nicht, ich kann ihn nicht mehr erreichen, er ist spurlos verschwunden."

„Nein, nein. Er lebt noch in Ihnen. Sie wissen genau, wie er auf bestimmte Situationen reagieren würde. Sie können spontan seine Antworten rekonstruieren, die er in einem gewissen Kontext geben würde, weil Sie ihn so gut kannten. So sagen alle Frauen, dass sie den Verstorbenen als den inneren Begleiter bei sich behalten. Somit sind sie auch teilweise von der Einsamkeit befreit."

„Ich fühle mich minderwertig und befremdet. Wieso können die anderen Frauen eine Kommunikation mit dem Partner nach dem Grab herstellen und ich nicht? Ich, die ich dich so sehr liebe und alles darum geben würde, eine Geisteserscheinung zu sehen und mit deinem Geist zu reden!

Ich soll in die völlige Einsamkeit geworfen werden, während die anderen...! Warum? Warum versteckt sich dein Geist immer, wenn ich versuche, ihn zu beschwören, damit wir uns irgendwo wieder treffen? Nicht einmal in meinen Träumen kann ich dich sehen. Mangel an Liebe ist es nicht, und die Verbindung zwischen uns war schon unvergleichlich tief, solange du noch lebtest."

Sehr betroffen fragte ich gestern mit einem unglücklichen Schluchzen meine Psychotherapeutin: „Warum haben andere Frauen das Privileg, ihre Toten zu behalten, und ich nicht? Warum fühle ich mich so leer und mir bleibt kaum noch etwas von ihm?"

Sie versucht zu erklären: „Vielleicht gab es bestimmte, unausgesprochene Verletzungen in ihrer Ehe, die sie sich bewusst nicht eingestehen wollen. Aus dem Grund sperren sie sich dem Kontakt mit ihrem Mann, auch wenn Sie ihn sich auf der anderen Seite so sehr wünschen."

„Nein, die Verletzungen, wenn es überhaupt welche gab, waren gering im Vergleich mit der wahren Liebe und Sehnsucht, die ich für ihn empfinde. Seitdem er weg ist, habe ich keinerlei Freude erlebt. Wenn es tatsächlich Verletzungen gegeben hätte, dann wäre ich fast erleichtert, dass er nicht mehr kommt."

„Die Psyche eines Menschen ist kompliziert, das kann man nicht so einfach voraussetzen."

„Bin ich denn so unversöhnlich? Nicht nur mit dem Tod, sondern auch mit dir? Dass ich dir im Unterbewusstsein etwas nachtrage? Nein, im Grunde war ich glücklich, als du lebtest, ich liebte dich intensiv und wusste dich gerne an meiner Seite trotz der Krankheiten und Probleme. Wenn ich könnte, würde ich dich aus dem Totenreich zurückholen und unsere beider Auferstehung feiern.

Ja, wir die Witwen... Ich kenne so viele Witwen! Es gibt sie zu Hunderten, besonders in letzter Zeit, seitdem ich auch eine davon bin. Ich spreche fremde Frauen an und es stellt sich heraus, dass sie auch Witwen sind und meine Lage sehr gut verstehen können.

Die Witwe eines Politikers sagt mit ihrer verrauchten Stimme: „Ja, ich vermisse ihn. Besonders abends, eine Zigarette mit ihm rauchen, ein Glas Wein mit ihm trinken."

Eine Taxifahrerin, die auch verwitwet ist, flüstert in der Nacht kläglich: „Ja, es ist hart, wenn der Partner nicht mehr da ist." Glaube mir, Gottwald, sogar der Motor ihres Autos scheint zu stöhnen und zu weinen.

Wir sprechen miteinander und weinen manchmal zusammen, wir, die Witwen. Unsere ist eine ziemlich künstliche Beziehung, denn... würdet ihr plötzlich zurückkommen, dann würden wir uns sofort trennen und wir wären keine Witwen mehr."

Ich traf eine andere, die ihren Mann vor 13 Jahren verloren hat: „Die ersten zwei Jahre waren die schrecklichsten. Ich war wie eine Maschine, funktionierte, aber hatte keine Freude am Leben. Ich war wie tot."

„Ja, in diesem Zustand bin ich jetzt."

„Und dann im zweiten Jahr, ganz plötzlich, bekam ich etwas von der Natur mit, den Wind, die Blumen, den Fluss..."

Vielleicht kann mir auch so etwas passieren, obwohl unsere Umstände ganz verschieden sind. Sie war nur 13 Jahre mit ihrem Mann zusammen, während ich schon 37 Jahre mit Gottwald gelebt habe, und sie war vorher schon mit einem anderen Mann verheiratet, mit dem sie Kinder hatte, während ich nur in ihm die große Liebe gefunden habe.

Auch Connie Palmen, die in ihrem „Logbuch" so bewegend die Trauer um ihren zweiten Mann beschrieben hat, war nur elf Jahre mit ihm zusammen. Aber was heißt „nur"? Leidet man weniger je kürzer man mit einem Menschen zusammen ist?

Beim Tod von Hans Mirlo war sie etwas jünger als ich, 55 Jahre, und sie unterstreicht mit besonderer Offenheit den Schmerz des körperlichen Verlustes: „Er ist der einzige, der meinen Körper beruhigen könnte, und er ist tot. Trauer ist Verliebtheit ohne Erlösung. […] In der Literatur über Trauer werden zwei Elemente unterschätzt, die Scham und das sexuelle Verlangen."

Je länger man mit einem Partner lebt, desto weniger wichtig ist vielleicht die Sexualität. Die Scham, die sie beschreibt, ist mir sehr gut bekannt, sie ist an sich die aller Überlebenden. Die Hinterbliebenen schämen sich, „weil sie sich selbst ohne den anderen für einen Niemand halten, für wertlos."

Ich vergleiche automatisch ihre Situationen mit meiner eigenen. Die Witwe, die auf dem Friedhof lebt, tröstet sich mit den Erinnerungen an ihren Mann und besteht auf eine unsichtbare und unsterbliche Verbindung mit ihm. Die andere, die nach dem zweiten Jahr der Trauer plötzlich aufblühte, genießt die Natur noch, schreibt Gedichte, hat viele Freunde und Reiseziele. Eine andere, meine Mutter zum Beispiel, lebte nach dem Tod ihres Mannes nur für ihre Töchter.

Und eine andere, eine Kirchengängerin von schwacher Gesundheit, gestand mir mit einem demütigen Lächeln, dass sie trotz Rheuma und des hohen Blutdrucks noch eine „Beziehung" angefangen habe.

Sie sagt: „Es ist aber nicht das Richtige. Es sind nur sporadische Begegnungen, um weniger einsam zu sein. Doch wir leben nicht zusammen."

Jetzt bin ich eine der Witwen. Wir sind alle etwas verbittert und schauen nostalgisch auf die Zeit zurück, als unsere Männer noch am Leben waren.

„Du warst für mich die Ecke der Geborgenheit, mein Nirwana, mein ruhiger Schlaf und der Ausgleich für Ungerechtigkeiten, die mir oft zustoßen. Ich glaube kaum dass eine ‚sporadische

Beziehung' den Weg zu mir, zu der düsteren Witwe findet. Aber sollte es irgendwann vorkommen, dann würden wir sehr leise sein und aus der Wohnung gehen, damit du nicht leidest. Denn ich liebe dich auch nach deinem Tod noch mehr als mich selbst. Ich wüsste nur gerne, wo du dich versteckt hast und warum die anderen Frauen ihre Männer ansprechen können, als wären sie da.., und ich nicht.

Die spirituelle Witwe, die beneide ich am aller stärksten, glaube ich. Ach, wenn ich die Sicherheit haben könnte, dass es dir gut geht und dass wir uns irgendwann wieder treffen werden!"

Indien, Indien...

Ich bekomme eine Gänsehaut, wenn ich an die Witwen in Indien denke und Folgendes über sie lese:

„Sogar der Schatten einer Witwe gilt in Indien als unheilvoll. Nach dem Tod ihres Mannes werden viele Frauen von der Familie verstoßen und von der Gesellschaft ausgeschlossen. [...]

Witwen aus Vrindavan tanzen und singen während der Durga Puja Feier in Kolkata in Indien. [...] Für die meisten von ihnen ist es das erste Fest seit Jahren oder gar Jahrzehnten. Denn traditionell ist es den Witwen untersagt zu feiern. Sie sollen abgeschieden leben und ihren Schatten von anderen Menschen fernhalten. Mit der Teilnahme am Fest brechen die Frauen ein seit Jahrhunderten währendes Tabu. [...]

Die Hilfsorganisation Sulabh kämpft gegen das Stigma und brachte 50 Witwen, die ansonsten in der mehr als 1000 Kilometer entfernten Tempelstadt Vrindavan leben, zurück in ihre alte Heimat. In Kolkata feiern sie derzeit mit Millionen anderen das wichtigste Fest des Jahres. [...] ,Wir hoffen, dass wir eine soziale Revolution auslösen können, damit die Witwen ihren rechtmäßigen Platz in der Gesellschaft erhalten', sagt Sulabh-Gründer Bindeshwar Pathak. [...]

Im Film ,Wasser' der indischen Regisseurin Deepa Mehta erklärt der liberale Held Narayan die zugrundeliegenden ökonomischen Faktoren für den Ausschluss der Witwen aus den Familien: ‚Ein Mund weniger zu stopfen. Vier Saris gespart. Ein Bett und eine Ecke mehr zur Verfügung im Haus.'"[2]

Oh, nein, ich würde nicht gerne dort leben unter diesem doppelten Schicksalsschlag: Verlust des Mannes und dann Verfehmung, Isolation. Viele von uns leben auch isoliert und einsam, aber wenigstens ist es unsere eigene Wahl, nicht weil die Familien sich aus finanziellen und abergläubischen Gründen von uns lossagen und uns als eine Last empfinden. Gott sei Dank sind die meisten von uns, durch eigene Berufstätigkeit oder Witwenrente von Verwandten unabhängig, und wir leben nicht von Almosen, gettoisiert, in den Ashrams wie die anderen in Indien.

„Zahlreiche verwitwete Frauen, hauptsächlich aus Westbengalen, wohnen in der Tempelstadt Vrindavan. Dort soll der hinduistische Gott Krishna aufgewachsen sein. Mittlerweile leben tausende Frauen in der für viele Hindus heiligen Stadt in Ashrams, klosterähnlichen Zentren, wo sie auf sich selbst gestellt sind. Jeden morgen stehen die Frauen gegen 4 Uhr auf und singen für 5 Rupien (6 Cent) drei Stunden lang Mantras in den Tempeln. Manchmal erhalten sie Almosen wie Reis oder Kleidung. Und wenn sie sterben und niemand für ihre letzten Riten bezahlen kann, werden sie nachts von Straßenkehrern zerstückelt, in Jutesäcke gepackt und in den Fluss Yamuna geworfen. [...]

Die rund 20 Frauen, die in einem stickigen Schlafsaal liegen, tragen nur weiß. Denn Farben und weltliche Freude wie etwa Süßigkeiten werden Witwen oft vorenthalten."

Das wäre schlimm für mich. Nicht einmal Süßigkeiten, um mir das Leben ein wenig zu erleichtern. Kein Fest, nicht einmal den Geburtstag eines Angehörigen, denn alle würden sich auf

---

[2] http://www.faz.net/aktuell/gesellschaft/menschen/indien-verstossene-witwen-brechen-ein-tabu-12611884.html

Distanz halten, fast wie bei einem Lepra-Kranken in vergangenen Jahrhunderten. Vielleicht waren deshalb viele Frauen im Hinblick auf so ein elendes Leben gar nicht abgeneigt, ihren Männern in den Tod zu folgen.

„Gespräch mit Lalita Adhikari, einer anderen Betroffenen. In Teilen Indiens heißt es, Frauen seien ‚ardhangini', der halbe Körper des Mannes. Stirbt dieser, sterben auch sie. Deswegen war es in manchen Gemeinschaften üblich, dass sich die Witwen bei der Einäscherung des Mannes mit in die Flammen stürzten. Die UN-Sonderberichterstatterin für Gewalt gegen Frauen, Rashida Manjoo, stellte bei ihrem Besuch in Indien in diesem Jahr fest, dass diese Praxis noch immer vereinzelt existiert."

Gewiss, ich habe auch manchmal empfunden, dass ich ein Teil von Gottwalds Körper war. Wenn er Schmerzen hatte, hatte ich sie auch, und wenn er aus irgendwelchen Gründen unzufrieden mit mir war, fühlte ich mich sehr traurig und nicht mehr lebensfähig.

Andererseits und als Gegenargument kann ich behaupten, dass ich schon viele Jahre am Leben war, bevor ich ihn kennen lernte, und jetzt lebe ich noch nach zwei Jahren seit seinem Verschwinden und ich weiß auch nicht für wie lange ich noch leben werde.

So gesehen ist diese romantische Vorstellung von dem gleichzeitigen Tod eines Paares falsch. Es geschieht nicht automatisch und nur durch eine Gewalttat kann es aufgezwungen werden. Diese Gewalt ist nur legitim, wenn die Betroffenen sich mit voller Überzeugung und in Freiheit dafür entscheiden.

Zum Beispiel gibt es einige Fälle von Schriftstellern und Schriftstellerinnen, die sich das Leben nahmen, weil sie ohne ihre Partner nicht weiter zu existieren vermochten: Alice Rühle-Gastel, George Sterling, Ferdinand von Saar, Samuel Laman Blanchard, Rex Beach, Charles Williams, Adela Florence Nicolson, Jun Eto, Pablo de Rohka, François Haverschmidt, Richard Glazar, Sándor Márai, Veronica Micle.

Auch die vielen Witwen der Geschichte begangen Selbstmord, als sie vollbewusst und am lebenden Leib mit ihren Männern mitverbrannt wurden. Aber das war natürlich grauenvoll. Nicht einmal die Todesart durften sie sich aussuchen. Sie taten es nicht aus Liebe oder psychischer Abhängigkeit, sondern wegen sittlicher und gesellschaftlicher Zwänge.

Ach, mir würde es vor so einem Todesritual richtig übel. Ich fange schon an zu zittern, wenn ich daran denke. Viele Witwen zittern, habe ich bemerkt, wie ich selbst; viele weinen auch und sagen mit bebender Stimme: „Damals, als er lebte..." Sie, wir alle, zittern in gewisser Hinsicht, als hätten wir Parkinson und könnten unsere Bewegungen nur verzögert und mit Schwierigkeiten ausführen.

Ich erkenne in meinem eigenen Zittern ein kollektives Merkmal der Witwen. Ich zittere vor Angst, eine durch das Leben und den Tod verursachte Panik; ich zittere vor Schreck, Trauer und Überdruss, dass es so viele Ungerechtigkeiten auf der Welt gibt, gegen die man kaum etwas machen kann.

Die armen geopferten Witwen zitterten in den Flammen ohne Ausweg. Die anderen, die heutigen, zittern verschlossen in ihren Ashrams und ihrer Armut. Sie stehen um vier Uhr morgens auf, um ihre Mantras zu singen, und freuen sich (aber wieder mit einer zitternden Freude) über ein Tabu brechendes Fest, ein wenig zu tanzen, ein wenig leben zu dürfen.

Und ich zittere unkontrollierbar und verkrampft vor Sehnsucht und Nervosität angesichts dessen, was mich erwartet, Todesgefühle, Lebensgefühle.

Die Witwen, die leichter und schneller als andere zu einer neuen Existenz finden

Ich hörte von einem Fall, der mir schwer verständlich und nicht nachvollziehbar blieb, der aber auch einen Platz in meiner Sammlung einnahm und eine völlig andere Perspektive der Hoffnung und Offenheit vertrat.

Daphne Helmer war die Frau eines Polizisten und besaß eine Buchhandlung, die sich auf Kinderbücher spezialisiert hatte und die sie mit viel Freude und Engagement betreute. Ihren ersten Mann, den sie sehr geliebt hatte, verlor sie, als sie nur 29 Jahre alt war. Sie trauerte sehr um ihn, echt und intensiv, aber nur ungefähr im ersten halben Jahr. Danach ließ sie sich nicht mehr verbittern und heiratete zum zweiten Mal.

Sie war in das Leben im Allgemeinen verliebt, in ihre fröhliche und humorvolle Familie, ihre unzähligen Freunde überall und vor allem in ihre kleine, schöne Tochter Milena.

Sie hatte eine sehr gesunde, problemlose Kindheit gehabt, und auch in der Jugend brachten ihr das Studium und die Arbeit nur eine Quelle von schönen Erfahrungen. Sie liebte mit Begeisterung die Menschen, die Natur, den Sport, Spaziergänge, Musik...

Die ganze Zeit ihres Lebens hatte sie sich wie in einem Paradies gefühlt, vielleicht weil sie auch bescheiden in ihren Wünschen war wie auch die anderen, die mit ihr lebten. Auf jeden Fall war keiner in der Familie krank, keiner weinte und litt an Depressionen, keiner tat ihr physisch weh oder demütigte sie; alle waren um sie bemüht und halfen ihr, wenn sie es brauchte, auch die Freunde, die nie Krach mit ihr hatten und meistens ihre Meinungen teilten.

Sie kannten keine Armut, obwohl auch keinen Luxus, und sie fanden immer einen Grund, sich des Lebens zu freuen, besonders sie und ihre vier Geschwister. Die Freizeit war reizend und sinnvoll ausgefüllt, die Aufgaben machten Spaß.

Dann kamen die wunderbare Hochzeit und Milenas Geburt, alles großartige Ereignisse, die ihr noch mehr Kraft und Glauben an das Leben gaben. Und wegen eines Todesfalles, egal wie tief schmerzhaft er gewesen war, wollte und konnte sie nicht ihre ganze positive Einstellung zum Leben aufgeben.

Die Buchhandlung hatte sie behalten. Dieser Laden verkörperte den Anfang der Existenz wie sie selbst; er war immer voll von Spielzeugen, Musikdosen, Kinderfilmen Platten und Zeichnungen. Sie zeichnete selbst allerlei lustige Situationen und schrieb Märchen, die sie im Internet veröffentlichte. Sie begleitete die Kinder mit munterer Fröhlichkeit auf der Flöte oder dem Klavier. Sie wäre als Kindergärtnerin besonders geeignet gewesen. Manchmal sagte sie: „Ich wäre am besten Clown geworden, denn ich möchte so oft wie möglich Kinder zum lachen bringen."

Vielleicht wäre es auch eine Alternative für sie gewesen, als Bademeisterin in einem Kuretablissement zu arbeiten; dann hätte sie die Erleichterung der Menschen beim Baden ständig beobachten können.

Agnes würde mir dazu sagen: „Sie ist wirklich gesund, diese Frau, die noch das Leben genießt. Sie hat noch so viel Energievorrat in ihren Adern, dass der erste Schicksalsschlag sie nicht umwerfen kann. Sie hat so viel Schönes erlebt, dass es sie vor Depressionen schützt.

Sie trauerte auch um ihren Mann, den sie besonders geliebt hatte, wahrscheinlich mehr als sie je den zweiten lieben wird, aber sie trauert nicht so ewig, klaustrophobisch und ausweglos wie Sie."

Ja, das ist der große Unterschied. Sie war gesund und ich bin es nicht. In meinem Ante-Morbum-Stadium, wie man das nennt, hatten sich so viele traurige und mir widerstrebende Ereignisse gehäuft, dass ich schon vor Gottwalds Tod depressiv war. Sein Ableben verdüsterte noch das Bild. Aber im Grunde ist meine Krankheit nicht nur das Trauern, sondern dass ich an das Leben nicht mehr glaube und mich nicht mehr dessen freuen kann. Und jetzt durch den Verlust noch weniger.

Doch mein schweres Paket von negativen Erlebnissen hatte ich mir nicht so ausgesucht, ich war nicht direkt schuld daran, und die anderen Witwen auch nicht. Ich denke, dass die meisten Menschen sich eher in meiner Lage befinden und nur eine kleine Minderheit das Privileg hat, wie Daphne so spontan und unbeschwert glücklich zu leben. Die Neurotiker bilden die Mehrheit, und das Ante-Morbum-Stadium beginnt schon mit der Geburt.

Oder irre ich mich dort? Weil ich nie im Leben geraucht habe, heißt es nicht, dass die anderen nicht geraucht haben, als es eine weitverbreitete Mode war.

Daphne heiratete zum zweiten Mal, wie gesagt, und ich besuchte einmal ihren Kinderladen. Sie dachte, ich suchte etwas für meine Enkel. Ich hätte gerne so eine unkomplizierte und witzige Clown-Mutter gehabt. Sie versuchte und es gelang ihr tatsächlich, Freude an alle Menschen zu vermitteln, mit denen sie in Kontakt kam.

Zusammengefasst: Nicht alle Witwen zittern vor Angst und Kälte, wie fiebernde oder an Parkinson leidende Gestalten, geduckt und schwankend im dunklen Mantel der Einnsamkeit. Einige sind es nur vorübergehend. Auf der zweiten Hochzeit wird vielleicht weniger gefeiert, aber es wird trotzdem gefeiert.

Die Wiederauferstehung

Hallo, meine Lieben! Es gibt drei Möglichkeiten, euch ins Leben zurückzurufen. Natürlich gibt es auch noch eine vierte, die früher oder später kommen wird, dass ich selbst sterbe und euch dann in der anderen Welt wieder treffe. Doch auf dieser Welt, auf der wir zusammen Kaffee getrunken und über Menschen und Bücher gesprochen haben, sehe ich nur die drei Möglichkeiten.

1. Ihr seid gar nicht tot. Es war ein Albtraum, eine Einbildung, weil ich so oft von Todesfällen höre und so eine große Angst habe, euch zu verlieren. Der schöne Alltag nimmt seinen Lauf wie zuvor, als wenn nichts passiert wäre. Meine Eltern und meine Großmutter grüßen mich beim Aufstehen, jeder auf seine Art und mit ihren unverwechselbaren Stimmen, sobald ich mein Schlafzimmer verlasse:
„Hast du gut geschlafen?"
„Warum trägst du heute so einen winterlichen Schlafanzug? Ist es dir nicht zu warm?"
„Hast du heute etwas vor? Oder können wir zusammen etwas für deinen Bruder kaufen gehen?"
Gottwald ist in der Küche und bereitet das Frühstück vor. Auch er grüßt munter, als wäre in der Zwischenzeit nichts Schmerzhaftes geschehen, als wären wir nicht schon seit zwei Jahren voneinander getrennt gewesen, er in seinem Grab und ich in einem Meer der Verzweiflung. Aber ich wage es nicht, ihn daran zu erinnern; ich will mich auch nicht daran erinnern.
Er scheint es eilig mit dem Frühstück zu haben, denn er sagt etwas ungeduldig: „Beeilt euch. Der Kaffee wird kalt."
Aber alles klingt nicht so ganz überzeugend, mehr wie eine erfundene Situation als eine reale, denn die Oma war noch nie in unserer Küche gewesen, und auch die Eltern wohnten in einer anderen Wohnung und in einem anderen Land. Nur wenn sie uns besuchten, waren wir auf kurze Zeit zusammen, doch auch dann blieben sie in ihrer Pension und kamen nie zum Frühstück, eher gegen Mittag.

Es macht nichts, es braucht nicht alles stimmig zu sein. Ich bin so froh, sie wieder zu sehen, dass ich nur daran denken kann, mich in ihrer Nähe aufzuhalten und sie anzufassen, damit sie mir nicht wieder entschwinden. Ich laufe wie eine Verrückte von dem einen zu dem anderen, drücke und küsse sie mit jubilierendem Genuss.

Sie sind über meine plötzlichen Anfälle von Zärtlichkeit etwas überrascht und lachen, besonders meine Mutti, die sich über meine Umarmung uferlos freut: „Du bist wieder wie ein Kind, so liebesbedürftig und gutherzig."

Gottwald empfängt mich etwas verlegen in seinen Armen, aber er freut sich auch über meinen Kontakt, das kann ich spüren. Ob er sich auch im Unbewussten an unsere Trennung erinnern kann? Ich bin so außer Atem und gerührt, durch meine unbeschreibliche Freude des Wiedersehens fast erstickt... dass ich mich setzen muss und meine Kräfte wieder sammeln.

Wonach schmeckt die Wange meines Vaters? Nicht nach Jenseitsgärten, sondern nach dem mir bekannten Rasierwasser, das ich so mochte. Er und Gottwald sprechen jetzt über den Regen und den Schnee der letzten Tage. Es war doch gerechtfertigt, dass ich winterlich angezogen bin; bald wird wieder Weihnachten sein. Nur Vater war über meinen Schlafanzug erstaunt, vielleicht weil er in einem heißen Sommer vor 17 Jahren starb. Ob er sich noch daran erinnert? Hoffentlich nicht. Und ich auch kaum noch.

Ein paar Sekunden seiner Anwesenheit reichen schon, um die ganzen Jahre der Trennung unmittelbar zu tilgen. Die aufgezwungene Entfremdung und meine neuen Gewohnheiten scheinen nicht von Bedeutung; wir sind wieder automatisch das alte Bild: Vater und Tochter, voller Gemeinsamkeiten, Verständnis und Liebe.

Und die Großmutter ist schon so viele Jahre weg, dass ich es gar nicht mehr zählen kann. Aber sie hat sich gar nicht verändert. Genauso wie die anderen. Und sie erinnert sich auch an gar nichts, sonst hätte sie mehr Freude gezeigt, uns alle zu sehen und hätte sofort mit mir über das Totenreich reden wollen: „Du, ich war so lange im Totenreich und..." Und wir hätten beide zusammen geweint und ich hätte sie neugierig über weitere Einzelheiten befragt.

Ich möchte am liebsten ein Gespräch mit jedem einzelnen führen, nicht mit allen zusammen; das wäre mir zu viel und zu vermischt, denn jeder meiner Lieblinge hat eine besondere Note, eine Individualität, die unbedingt aufbewahrt werden soll. Doch wir werden nicht über das Totenreich, sondern über viele andere Themen sprechen.

Omi sagt resolut: „Keinen Kaffee, danke. Ich habe bei mir zuhause schon gefrühstückt."

Gottwald sagt: „Wir stellen dieses Jahr einen großen Weihnachtsbaum auf, da wir alle zusammen sind."

Ja, es war eindeutig ein Albtraum, keine Erinnerung, das mit dem Tod... Ich muss aber aufpassen, dass ich nicht für verrückt erklärt werde, denn wenn ich den Ärzten sage: „Nein, keiner in der Familie ist gestorben. Alle leben noch und ich habe sie heute Morgen noch gesehen", dann werden sie mir antworten, dass das Halluzinationen seien und dass ich an Amnesie leide, wenn ich plötzlich alle Todesfälle vergessen habe.

2. Wie bei Martha und Maria erweicht sich das Herz Jesu für mich in meinem großen Leid und er vollführt das Wunder der Wiederauferstehung meiner Toten. Er bringt mir alle vier zurück. Nein, vier wären bestimmt zu viele. Von einer kollektiven Wiederauferstehung habe ich in der Bibel noch nie gelesen.

Jesus sagt: „Ich kann Dir nur einen zum Leben erwecken, den allerletzten, der noch nicht so lange unter der Erde liegt. Und damit wird dir auch die schwierige Wahl erspart."

Gottwald sitzt in seinem Rollstuhl an meiner Seite und aus alter Gewohnheit schiebe ich ihn leicht zum Tisch, damit er seine Tasse Kaffee besser greifen kann. Ich küsse und drücke ihn voller Freude. Er sagt kräftig und hoffnungsvoll: „Ich bin wieder da. Wir vergessen die zwei Jahre, in denen ich nicht bei dir sein konnte."

„Oh, ja, das tue ich so gerne! Sie zählen nicht mehr. Wir streichen sie völlig und feiern deine Wiederauferstehung. Am besten reden wir gar nicht davon, dass ich eine Zeit lang als deine zitternde Witwe durch die Welt lief."

Ich bin unaussprechlich dankbar. Gottwald sieht zwar nicht besonders gesund aus, und er sitzt immer noch in seinem Rollstuhl wie in den letzten vier Jahren, aber sonst ist er vollkommen normal. Er riecht nicht nach Grabes Dunkelheit, der Todes- und Verwesungsprozess bei ihm ist gänzlich zurückgenommen worden. Ihm fehlen keine Knochen, seine Stimme ist die gleiche geblieben; er ist noch kein Geist, sondern behält die geliebte, gewohnte Form der Arme zum Umarmen, der Hände, der Stirn usw.

Ich würde bestimmt auch seinen Geist lieben können, aber das Leben zusammen wäre, praktisch gesehen, komplizierter gewesen, solange ich noch einen Körper habe und die Sprache der Geister nicht hören kann.

Ich stoße einen fröhlichen Seufzer aus, halte Gottwalds Hand in meiner und sage: „Jetzt müssen wir nur einen langen Papierkrieg erledigen. Jetzt müssen wir deinen Namen wieder unter die Lebenden bringen. Aber das machen wir schon mit Geduld, und es ist nicht so wichtig."

Ja, mir ist plötzlich eingefallen, dass das ganze Verfahren seines Verschwindens jetzt in umgekehrter Richtung erfolgen muss. Die feierlichen und immer verlangten Sterbeurkunden besitzen jetzt keine Gültigkeit mehr. Die werfen wir mit Freude in den Müll, zusammen mit den Bestattungsunterlagen, denn Gott sei Dank, ist mein Mann nicht mehr bestattet, sondern wieder bei mir zuhause.

Das Grab ist leer, wie Lazarus' Grab. Aber in Lazarus Fall gab es noch keine Sterbeurkunde, glaube ich, denn alles geschah viel schneller und vielleicht gab es damals keine behördlich registrierten Totenscheine wie jetzt.

„Gottwald, du musst dich wieder polizeilich anmelden, bei der Bibliothek und bei der Bank, damit du ein neues Konto hast und deine Rente wieder bekommst. Meine Witwenrente brauche ich von heute an nicht mehr und ich habe dich viel lieber lebendig. Du musst das Telefon, das Auto und die ganzen Versicherungen unter deinen Namen ummelden. Ich habe noch deinen alten Ausweis und deinen Reisepass behalten, aber ich weiß nicht, ob sie einen neuen von dir haben wollen."

„Meinst du, die werden es mir glauben, dass ich noch lebe?"

„Natürlich, alle, die dich kennen, können es bezeugen. Ich bin deine Hauptzeugin."

Es ist so großartig! Und wir werden unseren Hochzeitstag wieder feiern können, den 40. und vielleicht wieder in die Karibik reisen. So eine Wiederauferstehung hat vieles für sich, es ist der Höhepunkt der Schöpfung, und wir sind glücklich für jede Sekunde, die wir noch zusammen verbringen dürfen. Ich werde ihm nie Fragen über seine zwei Jahre im Jenseits stellen, nicht dass er psychologische Schäden davon tragen könnte, zwischen den zwei Welten zu leben. Wir werden alles vergessen...

Nach ein paar Wochen werden wir zu unserem alten Rhythmus zurückgefunden haben: Wir sehen zusammen fern, träumen zusammen, ich spüle und er kocht. Nur bei seinem zweiten Tod irgendwann wird er sich daran erinnern, dass er schon einmal... Hoffentlich sterbe ich früher als er zum zweiten Mal, denn es wäre schon zu hart für mich von Neuem anzufangen, und diesmal ohne das Wunder der Wiederauferstehung.

Nur die Ärzte werden es mir nicht glauben, wenn ich ihnen sage, dass mein Mann seit einem Samstagmorgen um 9:30 Uhr im Oktober wieder lebt, wieder bei mir im Rollstuhl sitzt und Kaffee trinkt.

Sie werden behaupten, dass es Halluzinationen seien; ich leide nicht an Amnesie, denn ich behalte alle Umstände des Todes im Gedächtnis, aber ich leide unter Wirklichkeitsverlust, denn ich verdrehe alles nach Belieben mit meinen Wunschvorstellungen und erschaffe mir eine Realität, die es gar nicht gibt. Gottwald sitzt nicht bei mir, überraschend mächtig und wiederauferstanden, trotz des Rollstuhls, sondern ich sitze ganz allein in dem Raum wie immer in diesen letzten zwei Jahren.

3. Die dritte Möglichkeit der Verlebendigung meiner Toten ist die Vergangenheit. In der ersten Variante hatte ich eine Situation erfunden, die sich entweder im Präsenz oder in der Zukunft abspielen könnte. Der Tod war auf jeden Fall nicht geschehen. In der zweiten war es schon passiert, aber der Tod wurde durch magische Hand rückgängig gemacht.

In der dritten frage ich nicht mehr, ob sie starben oder nicht. Für mich sind sie in der Erinnerung unsterblich. Ich gehe einfach zu bestimmten Zeiten zurück, in denen sie noch lebten, und erlebe sie wieder. Das ist die anerkannteste Form der Verehrung von Menschen, die nicht mehr unter uns sind. Und es gibt viele solche Nostalgiker, immer auf die Vergangenheit zurückblickende Naturen.

„Damals taten wir das und das zusammen... Wir gingen zu einem Konzert... Wir waren die sieben Begründer eines Vereins... Wir trafen uns immer zum Gottesdienst... Wir sprachen eine Fremdsprache... Wir schmückten den Weihnachtsbaum und kauften Sachen für die Kinder..."

Das hält sich noch im logischen Rahmen und keiner würde behaupten, dass ich verrückt geworden bin, bloß weil ich mich an meine Toten erinnere. Doch zu viel Erinnerung - mit Phantasie vermischt - kann auch einen visionären und für die Vernunft gefährlichen Charakter tragen. So geschieht es mit mir, mit meiner leidenschaftlichen Suche nach Nähe zu den Toten meiner Vergangenheit.

Ja, wenn die Gegenwart nicht mehr zählt und ich mich auf gewisse Augenblicke, gedanklich und emotional, fixiere, in denen sie noch mit mir lebten, dann vergesse ich, dass ich hier allein sitze und mein gegenwärtiges Leben nur ein Trugschluss ist. Es herrscht eine Art Blockade über meinem Jetzt und meiner Zukunft und nur die vergangene Zeit ist real.

Ich bin wie ein Koma-Patient, der nur potentiell lebt. Irgendwann könnte er wieder wach werden und leben, doch im

Moment noch nicht. Vielleicht ist dieser auch mit halbausgesprochenen, alten Bildern beschäftigt.

Aber ich habe einen Vorteil über dem Koma-Patienten, ich kann wenigstens versuchen, meine alten Bilder zu ordnen und zu selektieren, wenn ich merke, dass ich zu sehr leide. Zum Beispiel sagte Gottwald an seinem letzten Geburtstag zu mir: „Das ist kein Leben mehr, das ist nur ein Warten auf den Tod." Dieser Satz kommt mir immer wieder ins Gedächtnis, er verfolgt mich und ich kann ihn nicht loswerden, wie so viele andere schlechte Erinnerungen an das Krankenhaus, in dem er sich so unwohl fühlte und von Ärzten und Schwestern so unmenschlich behandelt wurde.

Doch ich kann das und das ablehnen, davon weg kommen und mir gezielt schöne Erinnerungen an mein Leben mit ihm heraus sortieren. Ich denke an meinen Promotionstag, als ich Dr. phil. wurde und Gottwald und ich zusammen auf unserer kleinen Feier fotografiert wurden; er war so stolz auf mich und freute sich riesig. Ich denke an unsere Pläne für den Urlaub in der Karibik, seine unbändige Vorfreude jedes Mal, wenn wir dahin fliegen konnten. Ich erinnere mich an unsere drei Wohnungen und unsere zwei Umzüge, bei denen wir alles, jeden einzelnen Haushaltsgegenstand mit so viel Begeisterung und Erneuerungsfreude zusammen geplant hatten.

Vor allem erinnere ich mich an die ersten Morgenstunden im Bett, in denen wir so friedlich und problemlos wie in einem Nirwana der Ruhe zusammenlagen. Das war das allerschönste, das tägliche Aufwachen an seiner Seite, wenn ich mich über seine Anwesenheit und den neuen Tag mit ihm freuen konnte.

Ich werde in meiner Erinnerung wieder die jetzt verlorenen Wege zu meiner Schule und zu meiner ersten Arbeitsstelle durchlaufen und meine Großmutter zuhause, die so klein war, spielerisch, als wäre sie ein Kind, mit meinen Armen vom Boden hochheben.

Doch auch die schönen Erinnerungen haben nicht die Wirkung mich zu trösten, wie andere Leute von sich behaupten. Es ist beinahe ein Skandal, aber auch von diesem Paradies bin ich vertrieben worden. Ich weine bei beiden, bei den guten und den schlechten Bildern, die mein Gedächtnis und mein Herz gespeichert haben. Außerdem bleibt man bei den Erinnerungen immer passiv, es ist ein fertiges Gemälde und man darf nichts mehr hinzufügen, nur reproduzieren. Ich gerate immer wieder in Versuchung, noch etwas Neues dazu zu erfinden und die Nähe des Gewesenen zu aktualisieren.

Und nicht nur das. Meine Erinnerungen sind ganz unzuverlässig. Mein Gedächtnis versagt, besonders seit dem Schock von Gottwalds Tod, und ich frage mich besorgt, ob ich nicht vielleicht einen Beginn von Alzheimer habe. Ich mache mir auch zum Vorwurf, dass ich oft zu verträumt und geistesabwesend bin. Viele Sachen gehen an mir vorbei, ohne dass ich ihnen die volle Aufmerksamkeit schenken würde; sie entgleiten mir leicht, und aus dem Grund sind sie mir nicht so klar in Erinnerung.

Gestern war der Tag der deutschen Einheit, der 3. Oktober 2014, und im Fernsehen brachten sie einen Film über zwei junge Familien, denen es nach vielen Gefahren und spannenden Momenten gelang, aus der DDR zu flüchten.

Plötzlich dachte ich an meinen Mann: „Das hätte dir gut gefallen. Das ist gerade der Film für dich. Hörst du mit? Bist du bei mir in diesem Augenblick?"

Und ich fragte mich auch, ob er den Film nicht vielleicht schon in der Vergangenheit gesehen hatte. Hatte er nicht schon vor Jahren Kommentare darüber gemacht, über diese Familien mit dem Ballon? Und war ich nicht selbst sogar dabei gewesen? Ich bereue jetzt meine unbewusste, innere Distanzierung damals, dass ich mich oft von ihm, seinen Filmen und seiner Welt, innerlich entfernte, um an meine eigenen Sachen zu denken.

Der Film über die DDR blieb mir damals fern und somit auch seine Kommentare, die ich jetzt, wo er tot ist, mit so viel leidenschaftlichem Interesse aus der Asche des Vergessens gerettet hätte. Zu dem Zeitpunkt dachte ich wahrscheinlich an Bücher, die ich schrieb oder las, an Ereignisse im Betrieb oder bei Bekannten... Wer weiß. Jetzt würde ich alles geben, um diesen Film voll und ganz mit ihm zu teilen, ganz dabei zu sein, um seine Reaktionen zu beobachten.

Aber der Wunsch ist umsonst und die Erinnerung nur halb da, verschwommen; Erinnerungen kann man nicht reparieren, und meine reichen ja nicht bis zu der totalen Wiederauferstehung eines Menschen. Damals schien mir alles so unbedeutend alltäglich, dass ich Gottwald nur die Hälfte meiner Gedanken gab. Damals war alles so sicher, so präsent greifbar, unnötig zu behalten, weil ich davon überzeugt war, dass er immer bei mir sein würde.

Und als die Ärzte mir sagten, dass er bald sterben würde, wollte ich schon mit aller Kraft alles behalten, aber meistens war diese die Zeit der schlechten Erinnerungen, die ich aufbewahren durfte. Irgendwie beherrsche ich nicht die Kunst der richtigen Dosierung und Geschwindigkeit. Alles ist mir zu schnell entschwunden.

Von den vielen Jahren, die wir zusammen verbrachten, habe ich viel verschwendet, sonst hätte ich eine viel klarere Erinnerung an ihn, und diese Präsenz der Erinnerung könnte ich mehr genießen, wie andere Menschen es tun. Auch bei den Eltern und der Großmutter habe ich viel Zeit verschwendet.

Warum habe ich an so vieles anderes gedacht, so weit weg von ihnen gelebt? Warum war ich nicht voll da, wenn die anderen da waren? Es ist genau so wie bei diesem Film, bei dem ich nicht genau weiß, ob ich da gewesen bin, ob wir ihn gesehen oder besprochen haben. Mir scheint, als müssten wir noch ein zweites Leben haben, besonders Gottwald und ich, um Lücken zu füllen, um alles zu Ende zu führen, was nur zur Hälfte da gewesen ist, um alles voll zu realisieren, was aus einer großartigen Liebe entstand, sich aber nicht gänzlich entwickeln konnte.

Gewiss, ich schaue immer mehr in die Zukunft als in die Vergangenheit. So unvernünftig bin ich. Jetzt möchte ich ein zweites Leben haben, um die Beziehung zu meinen Toten noch schöner und vollkommener zu machen, als sie schon war. Inwieweit war sie es? Warum blockiert mein Gehirn die Erinnerungen?

„Die Toten kehren (schon wieder) zurück." Vor ein paar Tagen sah ich einen anderen Film, der mich wieder an Gottwald und meine Wiederauferstehungswünsche denken ließ. Ich sah ihn zur Hälfte und kannte den genauen Zusammenhang nicht. Aber ich las nachträglich darüber im Internet, oder über ähnliche Filme, die, wie es scheint, „einer der heißesten Trends im internationalen Fernsehgeschäft" geworden sind, besonders in den USA. „Resurrection" beginnt mit einer beeindruckenden Szene: „Ein achtjähriger weißer Junge erwacht in einem Reisfeld und hat keine Ahnung, wie er dorthin gekommen ist. [...]
Da Jacob nicht spricht, ist der Name des Sportteams auf seinem T-Shirt der einzige Hinweis darauf, dass Arcadia seine Heimatstadt sein könnte. Dort angekommen, erkennt Jacob sofort sein Elternhaus. Konfrontiert mit der Frage, ob er einen etwa achtjährigen Sohn habe, fragt der Hausbesitzer, Henry Langston, ob Bellamy sich einen schlechten Scherz erlaube. Sein Sohn sei vor 32 Jahren ertrunken. Trotzdem erkennt Jacob den Rentner sofort als seinen Vater und auch Henrys Ehefrau Lucille traut ihren Augen nicht. [...]
Während Lucille schnell bereit ist, bedingungslos zu akzeptieren, dass ihr geliebter Junge ihr zurückgegeben wurde, ist Henry deutlich distanzierter. Und auch auf andere Einwohner der Kleinstadt hat die unerklärliche Rückkehr emotionale Auswirkungen. Unterdessen versucht Bellamy herauszufinden, was wirklich passiert ist. Und es dauert nicht lange, bis der zweite Tote wieder höchst lebendig vor der Tür steht."[3]

---

[3]   http://torrent-magazin.de/2014/04/15/die-toten-kehren-schon-wieder-zuruck-abcs-resurrection-besinnt-sich-auf-die-starken-des-network-tv/

Aber nein, meiner war ein anderer Film, die französische Fernsehserie „Les Revenants", die Wiedergänger, über ein junges Mädchen, Camille, das vor Jahren bei einem Busunglück starb. Sie befand sich plötzlich am Unfallort und später kehrten auch andere Verstorbene in das Leben zurück, unter ihnen auch ein Mann, der sich vor zehn Jahren umgebracht hatte. Die Frau, die ihn damals geliebt hatte, lebte jetzt in einer neuen Beziehung und wollte sich nicht mehr mit dem Toten befassen.

Meistens sind die Angehörigen gar nicht über die Rückkehr dieser Zombies der Vergangenheit erfreut. Diese Wiederauferstehung erscheint ihnen unheimlich, weil unerklärlich und unnatürlich; sie verfolgt und entsetzt sie. Wie oft überhaupt kann ein Mensch vom Jenseits zurückkehren? Und auch wenn auf einen Toten geschossen wird, kann man sicher vor ihm sein?

Auch Elemente des Terror- und Kriminalgenres nehmen ihren Platz in dem Plot. Aber natürlich, ich interessiere mich mehr für die surrealen, religiösen, übernatürlichen und psychologisch so reizvollen Bezüge einer solchen unglaublichen Situation. Wir haben mit Vernunft und vielen Tränen gelernt, dass die Toten, einmal sie weg sind, nie wieder erscheinen, und wir haben uns, wohl oder übel, daran gewöhnt. Es ist eine unumstößliche Wahrheit, die uns Verzweiflung aber auch eine gewisse Ernüchterung und Beruhigung verschafft. Wir wissen, dass die beiden Welten strengstens voneinander getrennt sind.

Aber was wäre, wenn plötzlich diese uns so logisch erscheinende Trennungslinie aufgehoben würde? Und wer ist diese magische Macht hinter dem Vorhang, die alles bestimmt? Wir sind nicht viel anders als Marionetten in der Hand Gottes, doch wir vergessen es meistens, weil wir so getrennt von der anderen Welt zu leben glauben. Das wäre nicht mehr der Fall, wenn wir tatsächlich gezwungen wären, immer wieder in das Leben zurück zu kehren; und unsere Angehörigen müssten uns auch so annehmen, wie wir sind, in unseren verschiedensten Formen. Dann befänden wir uns in einem religiösen Schience-Fiction-Schicksal, das darin bestehen würde, immerwährend den Befehlen und Gesetzen einer Gottheit außer uns zu gehorchen.

Trotz vielleicht einer gewissen Freude am Anfang, müssten sich die Wiederauferstandenen auch unwohl fühlen. Sie würden so etwas Ähnliches sagen wie: „Jetzt muss ich erscheinen, jetzt muss ich wieder gehen. Jetzt müssen die Meinigen mich empfangen, als wenn wir uns nur für ein paar Minuten verabschiedet hätten. Sie erkennen mich nicht, sie lieben mich nicht mehr; sie hatten gelernt ohne mich zu leben. Ich komme ungelegen, ich werfe ihre Zeitbegriffe und die neue Konstellation ihrer Beziehungen durcheinander. Sie wollen mich nicht mehr und ich auch nicht. Damals ja... Aber dann starb ich, und sie mussten viel leiden und sich nach Ersatzmechanismen umsehen.

Ich will auch nicht wieder der Tote sein, mich von Zeremonien einlullen lassen und dann verschwinden um dann eines Tages wieder zurückkehren zu müssen. Ich will wieder in die Ewigkeit, wo ich alles vergessen und mich verjüngen kann. Der Geist verjüngt, während der Körper nur altert, und der Körper ist mir jetzt lästig, ungewohnt."

Doch andererseits, wenn es immer möglich gewesen wäre, eine einfachere Rückkehr, eine Form der routinierten Wiederauferstehung, dann hätten wir es auch akzeptiert und sogar besser damit gelebt, ohne so viel Schmerz beim Abschied, da wir uns auf ein Wiedersehen irgendwann noch hier vorbereiten könnten. Es wäre warmherziger und natürlicher.

Das Grausame ist, dass der Mensch so wenig Einblick in das Ganze hat. Man wird willenlos geboren, man stirbt, man kommt wieder zurück; ein Teil des Gehirns ist weg; man erinnert sich nicht mehr an den Ort des Busunfalls wie die arme Camille... Aber nein, das ist ausgeschlossen. Mit hundertprozentiger Sicherheit wissen wir, dass die Toten nie wieder zurückkommen. Das war nur ein böses oder ein gutes Märchen.

Was mich betrifft, egal wie lang die Zeit ist, die verstreichen muss, ob fünf, zehn oder 20 Jahre, sogar kurz vor meinem Tod... würde ich ganz gerne Gottwald wiedersehen. Egal wie mein Leben sich verändert hat, ich glaube nicht, dass meine Freude weniger wäre und dass seine Gegenwart mir je lästig werden könnte.

„Bin ich nicht immer die erste gewesen, die nach alten Freunden gesucht und sich gefreut hat, beinahe tot geglaubte Kontakte aus fernen Zeiten, sogar aus der Kindheit, wieder aufleben zu lassen? Und warum sollte ich es nicht mit dir tun, der du mein wichtigster Kontakt von so vielen Jahren gewesen bist? Warum waren wir so lange voneinander getrennt? Das war ein sehr langer Urlaub... denn nur im Urlaub haben wir uns hin und wieder getrennt. Hoffentlich magst du mich noch, und die Entfremdung der ersten Minuten wird bald wieder verschwinden. Ich möchte so gerne eine Fortsetzung von all dem, was wir hatten, bevor du von mir gingst; unsere Gespräche am Frühstückstisch und dann nachmittags nach meiner Arbeit.

Aber jetzt arbeite ich nicht mehr, weißt du? Einiges hat sich in meinem Leben geändert, und auch darüber möchte ich so gerne mit dir reden, über meine neuesten Ereignisse und Gefühle. Am Tag meiner Abschiedsfeier im Betrieb habe ich dich so vermisst. Aber nicht nur dann, jeden Tag, jede Stunde. Wir hatten uns darüber unterhalten, wie furchtbar es für den Hinterbliebenen sein muss, ohne den Partner weiter zu leben. Gut, mir ist diese Rolle zugefallen. Ich trage es mit Würde, aber ohne Trost und Hoffnung.

Ich habe einige Reisen ins Ausland gemacht und Wochenendseminare besucht, aber alles hat mir nicht viel gebracht. Weihnachten fliehe ich immer von unserer Wohnung, vor der schönen deutschen Weihnacht, nach Spanien, um deine Abwesenheit weniger zu merken. Ich verfolge in den Nachrichten immer die deutsche Politik im Fernsehen, immer mit dem geheimen Wunsch, dir über alles zu berichten, wenn es dich noch interessiert.

Es ist schon komisch, dass ich so sehr auf dem Laufenden bin über die deutschen Nachrichten; ich, die ich deinetwegen aus der Fremde kam, während du es gar nicht mehr erlebst, deine beliebten deutschen Nachrichten, den Wetterbericht, die Lottozahlen, das Wort zum Sonntag, die deutsche und die europäische Hymne um Mitternacht, Monitor, Tatort. Ich habe manchmal das Gefühl, dass ich hauptsächlich in Deutschland bleibe, um das alles für dich zu sammeln, es an deiner Stelle festzuhalten und es dir irgendwann zu übertragen, wenn du mich danach fragst.

Weißt du, heute, am 18. und morgen, am 19. Oktober 2014, gibt es bundesweit Bahnstreiks. Aus dem Grund konnte ich nicht wie geplant zu meiner Wochenendtagung russischer Dichter fahren, und ich bin bei uns zuhause geblieben. Aber ohne dich... Das heißt, es ist kein richtiges Zuhause. Doch, jetzt ist es das wieder, da du wieder wie in den Filmen zurückgekehrt bist.

Weitere Neuigkeiten: Ich müsste zum Zahnarzt, und ich gehe gar nicht hin, genauso wie du in den letzten Jahren. Ich müsste mir eine neue Krone einsetzen lassen, aber bald sind meine anderen Kronen kaputt, und dann müsste ich mir sowieso eine ganze Prothese machen lassen. Ich habe mich an die Lücke im Mund gewöhnt. Etwas unbequem, wie das Ganze Leben ohne Dich.

Unsere Nichte hat zum ersten Mal einen Liebhaber. Die Ehe läuft nicht mehr so gut und sie gestand es mir in einer E-Mail.

Beeilen wir uns. Erzähl mir jetzt von dir. Oder darfst du es nicht? Oder hast du alles vergessen? Es ist überhaupt kein Problem. Wir tun so, als wenn du nie gestorben wärest. Ich bin so froh, dich wieder zu haben."

Trauerrituale, Rettungsrituale

Ich weiß nicht genau, ob einige Rituale mir vielleicht helfen könnten. Aus Verzweiflung, Automatismus und einfach, weil es so sein muss... habe ich bereits die meisten über mich ergehen lassen: Beerdigung, Jenseitskontakte, Trauergruppe, Psychotherapie, Gedenkveranstaltung, Witwengespräche überall, in der U-Bahn, in der Konditorei, beim Zahnarzt. „Gott habe ihn selig."

Manchmal schreibe ich Briefe an dich, wie eine Verrückte. Das ist kein festgesetztes, kollektives Ritual, sondern ein höchst individuelles, wie, wenn ich im Vorbeigehen deinen jetzt leeren Sessel leicht streichle, um dir eine gewisse Wärme zu geben, mein Gruß voller Sehnsucht, eine ständige Brücke zu dir.

Und es gibt andere Rituale, die ich mit einer gewissen Angst übergehe, denn sie könnten mein Leiden noch steigern. Ich vermeide zum Beispiel mein damaliges, Freude verkündendes „Guten Morgen" laut auszusprechen, jeden Tag, wenn ich mich im Bett links, in deine Richtung, umdrehe oder wenn ich das Wohnzimmer betrete, immer noch mit der geheimen Hoffnung, dich dort zu finden, da du zu meinem Erstaunen aus dem Schlafzimmer verschwunden bist.

Ich habe schon ein paar Mal erfahren, sollte ich laut aussprechen, was damals so leicht und selbstverständlich war, dass du mir keine Antwort geben würdest, und diese Qual, die Kontaktverweigerung deinerseits in der Form einer ausdruckslosen, fast misswilligenden Stille, als hätte ich etwas Unpassendes gesagt, versuche ich mir systematisch zu ersparen. Sowie auch die Qual, eine Schublade zu öffnen, von der ich weiß, dass die meisten deiner intimsten Gegenstände noch darin liegen, deine Armbanduhr, der Ehering, den du damals getragen hast, dein Reisepass für unsere gemeinsamen Reisen, der Schlüsselbund, den du jahrelang benutztest mit unserem Wohnungs- und Autoschlüssel...

Und es gibt eine weitere Schublade, die ich noch mehr als die andere fürchte. Es waren viele ungeordnete Sachen darin, alles vermischt, Kerzen, Glühbirnen, Batterien, alte Brillen,

Kabel, Knöpfe, und manchmal versuchte ich ein bisschen Ordnung darin zu schaffen, wenn du noch lebtest, meistens während deiner Krankenhausaufenthalte; ich verteilte alles in Tüten oder Schachteln zur besseren Übersicht, aber immer mit dem Gedanken, dass es nur eine vorläufige Einteilung von mir war; letzten Endes würdest du entscheiden, ob ich es richtig gemacht hatte oder nicht.

Nur ein paar alte Brillen warf ich weg, aber sonst respektierte ich deine chaotischen Ecken. Es gibt noch eine im Wohnzimmer unter der Stereoanlage mit so vielen Steckern und Elektroersatzteilchen, die ich nie habe bewältigen können. Und jetzt noch weniger. Ich halte mich davon fern. Gerade jetzt, wo ich die ganze Zeit der Welt hätte, alles in Ordnung zu bringen, habe ich keine Energie mehr; nur zum Weinen.

Mein Überleben verlangt mir zu viele Opfer ab, und ich bin nicht sicher, dass es sich überhaupt lohnt. Für wen leben? Für mich selbst. Agnes Witgenstein sagt: „Für Badegenüsse, sich Wohlfühlen im eigenen Körper, für ästhetische Genüsse wie das Zuhören eines Konzerts oder eines poetischen Werkes, Für angeborene Genüsse, die die Tiere mit uns teilen, Atmung, Sonnenschein, Natur, Bewegung, Freiheit... und eine immer fortschreitende Persönlichkeitsentwicklung." Aber ich glaube kaum, dass ich in diesen fast zweieinhalb Jahren seit deinem Tod etwas an Fortschritt erreicht hätte, nur Automatismus und sonst Bestätigung des Verlustes innen drin in den wenigen Augenblicken mit noch letzten Gefühlen.

Meine Glückfähigkeit und mein Gleichgewicht sind dahin. Außerdem habe ich zum ersten Mal Angst um meine Zukunft: Was können die kommenden Jahre mir noch bringen? Bürokratische Probleme, Anträge auf irgendeine Hilfe: Kur, Pflegedienst, Massagen... Computerprobleme, die mich fast versklaven und unsagbar beunruhigen. Wo sind meine ganzen Dateien geblieben?

Schwierigkeiten mit meinem Gehirn, das in letzter Zeit wie im Nebel vieles zu vergessen scheint und dann mit einem plötzlichen Ruck, mit einer ungeheuren Anstrengung wie eine zitternde Hand wieder einiges in die Oberfläche des

Bewusstseins transportiert. Was kommt noch? Störungen des Alltags wie zum Beispiel unvoraussehbare Reparaturen.

Vorgestern ist unser Heizkörper in meinem Arbeitszimmer ganz kaputt gegangen. Er ist schon sehr alt, und damals wolltest du ihn bereits erneuern lassen zusammen mit dem in der Küche, weißt du noch? Das Wasser tropfte und tropfte die ganze Nacht hindurch, ohne dass ich das merkte, und der ganze Teppichboden wurde nass, bis ich aufstand und als erstes mit meinen feucht gewordenen Pantoffeln die einsetzende, alarmierende Veränderung feststellte.

Jetzt ist es soweit. Ich werde drei Heizkörper in der Wohnung auswechseln lassen, wie du es schon vorhattest. Aber es macht keinen Spaß ohne dich. Und ein neues Sicherheitsschloss für unsere Wohnungstür machte keinen Spaß ohne dich, auch die neue Kaffeemaschine und der neue Schrank, die ich ohne dich kaufen musste, nicht. Was erwartet mich, das schön genannt werden könnte? Krankheiten, eventuelle Operationen, Todesnachrichten über Menschen, die ich mochte, mein eigenes, einsames Sterben irgendwann in meiner Wohnung oder noch wahrscheinlicher in einem Krankenhaus.

Jetzt ist es nur ein unangenehmer Zahnarzttermin, aber auch dafür habe ich keine Kräfte mehr. Seit einiger Zeit vor deinem Tod war ich nicht beim Zahnarzt. Es fiel mir immer schwer dahin zu gehen, doch damals war ich noch mutig und souverän, weil ich alles relativierte und an den Ausgleich, an die guten Augenblicke dachte. Jetzt dagegen komme ich ganz erledigt und frustriert vom Termin. Ich sehe mit Entsetzen dem Kommenden entgegen: Wurzelfüllung, Kieferoperation?

Zuhause angekommen, habe ich wieder eine meiner Weinattacken, denn ich vergleiche mich mit mir selbst damals, als ich noch an die Schönheit des Lebens glaubte, als ich dich noch hatte. Und werde ich mit den Jahren durch diesen Mangel an Liebe und Zärtlichkeit, der jetzt mein Los ist, nicht hysterisch bösartig oder ganz unfreundlich und trocken werden? Wirst du mich in 10 Jahren erkennen können, wenn du mich vom oben siehst?

Die strahlende, willkommene und offene Frau Husenberg verwandelt sich in eine düstere und humorlose Witwe. Wie kann man ohne Küsse, Umarmungen, Zeichen einer menschlichen Wärme, ohne Familie und Freunde leben, und dabei nicht alle Züge der Gastfreundlichkeit und des geselligen Umgangs verlieren? Werde ich wie ein Mr. Scrutch werden, der sich nur am Anblick seines Geldes erfreuen konnte? Nicht einmal das Geld erfreut mich zur Zeit.

Ich muss unbedingt mit Agnes Witgenstein über meine Zukunft sprechen. Vielleicht morgen bitte ich sie darum, denn bald ist meine Behandlung abgeschlossen, ohne dass ich irgendeinen Fortschritt in meiner Psyche verspüre. Ach, könnte ich bloß plötzlich ein Baby wie Silas Marner an meiner Tür finden, eine schöne neue Aufgabe! Oder eine gute Freundin bekommen! Oder wenigstens ein paar Mal die aufregende Erfahrung der Sexualität in meinem noch jungen Körper genießen!

Mein Gott, ich spreche mit dir darüber! Aber du bist nicht verletzt, hoffe ich. Du bist über all diese irdischen Dramen hinweg, und das würde nichts an unserer Liebe ändern.

Neulich hatten wir Allerheiligen und ich empfand das plötzliche Bedürfnis, dich auf dem Friedhof zu besuchen. Oft sage ich mir, dass es nicht notwendig sei, weil du schon bei mir in unserer Wohnung geblieben bist. Aber vielleicht mache ich es mir zu bequem damit. Du brauchst auch meinen Besuch am Grab wie die anderen Toten. Und so befolgte ich die alte Tradition und lief den Hunderten von Menschen hinterher, die am 1. November Blumen und Kerzen holen und den jährlichen Besuch in einem übervollen und schön geschmückten Friedhof abhalten.

Das Ritual war da, die Wiederbelebung und Beständigkeit der Erinnerung; die vielen Gedanken von Angehörigen und Freunden lagen in der Luft. Und alle taten dasselbe wie ich an jenem Tag. Das ist das Gute bei einem Ritual, man wird durch die anderen bestärkt und unterstützt, wie unter dem Schutz von großen Armen, die einen behüten und nicht in den Abgrund fallen lassen. Ich lese einiges über Trauerrituale und wie sie den Hinterbliebenen helfen können, noch mehr als

Psychotherapie oder chemische Präparate, die berühmten Antidepressiva des modernen Menschen. Vielleicht sollte ich eine Myroloja für dich verfassen und zusammen mit anderen Klageweibern deinen Namen laut ausrufen, mit dir in der Öffentlichkeit sprechen. Ich mache es jetzt hier wahrscheinlich zu leise, zu schweigsam und nur unter uns wie in einem intimen Monolog.

„Myroloja sind Gedichte, lange Grabeshymnen mit einem feststehenden Versmaß. Sie werden aus dem Stehgreif gesungen. Melodie und Text werden jeweils während des Trauerrituals neu erfunden. Das einzige was feststeht, ist die achtsilbige Versstruktur. Wir finden sie im Gebiet von Mesa Mani, im südlichsten Teil von Sparta." „Wenn der Trauerschmerz stark wird, schlagen sich die Trauernden auf die Brust, ziehen sie an ihren Haaren, reißen sich sogar die Haare aus. Sie steigern sich oft in laute, unartikulierte, herzzerreißende Klagerufe und schwenken mit den Händen das Kopftuch hin und her."[4]

Diese Mimik der Verzweiflung hat mir damals bei deiner Beerdigung vielleicht gefehlt. Es gab nur lautlose Tränen und einige anteilnehmende Worte. In meinem Klagegesang würde ich gleich der Tonbandaufnahme von Canacakis über eine verlorene Tante so etwas Ähnliches singen wie:

„Mein lieber, mein lieber Mann, guten Tag dir. Wie geht es? Was machst du? Möchtest du etwas? Lieber Gottwald, durch deinen Tod bist du geheilt. Dein Leiden haben wir nicht mehr. Liebling. Bist du nicht beunruhigt? Hast Du keine Sehnsucht nach uns? Und ich gehe nicht mehr zu Eurem Haus (von den anderen Toten). Mir fehlen deine Liebkosungen und die Liebe, die Fürsorge, die Ihr mir gabt. Wir vermissen dich sehr. Schicke uns deinen Segen... und so weiter."

---

[4] Aus: „Ich sehe deine Tränen, trauern, klagen, leben können" von Gorgos Canacakis.

Es sind sehr universelle Regeln darin. Die Toten begleiten die bald Sterbenden, und die Klagende bittet um Hilfe für die noch Lebenden. Aber, da du nicht besonders religiös warst, würde mir das nicht einfallen, auch von einer Kollektivität von Familie und Freunden warst du in deinem ganzen Leben nicht besonders verwöhnt. Deshalb würde ich einiges davon weglassen, aber doch meine Sehnsucht beschreiben und mit sehr starkem Ausdruck und einem ganzen Chor mitleidender Gestalten deine Abwesenheit beklagen.

Ich ging zu deinem Grab und zu dem meiner Eltern, das sich in unmittelbarer Nähe befindet. Mit mir kam Hussein, ein Krankenpfleger arabischer Herkunft, der dich damals im Krankenhaus gepflegt hatte. Dieser junge Mann hat eine besondere Beziehung zu den Toten, er besucht gerne Friedhöfe und spricht sehr natürlich und harmlos mit den Verstorbenen, als wären sie noch da, lebendig vor seiner Nase und nicht versunken, stumm und in den Gräbern unerreichbar. So sprach er auch mit dir und sagte: „Deine Frau ist sehr traurig. Es sieht nicht gut aus. Du musst etwas tun, damit sie ein bisschen Lebensfreude bekommt."

Und zu meinen Eltern sagte er so familiär und offen wie er immer ist: „Ich komme euch bald wieder besuchen. Ich wohne nicht sehr weit von euch weg."

Auch das ist ein Ritual, eine nächste Verabredung ankündigen und sich dann verabschieden. Manchmal hat mich sein Geplauder mit den Toten gestört, aber dieses Mal nicht. Es klang irgendwie beruhigend wie ein Kinderlied, oder wie wenn manche Leute laut beten und mit dem allerhöchsten Gott sehr einfach und direkt reden, als wäre er unser nächster Nachbar, der an unserem Küchentisch sitzt und mit uns frühstückt.

Er hat keine Furcht vor euch und scheint euch zu mögen, das tut mir gut. Aber selbstverständlich erleidet er keine Schmerzen der Sehnsucht wie ich. Er rennt wieder zum Leben hin und das bedeutet für ihn nur eine kurze Episode der Unterhaltung mit alten Freunden.

Früher oder später muss ich dein Grab verlassen, wie immer... und deshalb bleibt dies wie gewöhnlich eine Quelle der

Trauer. Ja, eine bessere Idee ist es zu denken, dass du immer in unserer Wohnung bei mir verweilst. Doch fühlte ich mich nach dem Besuch im Friedhof etwas wohler. Es ist, als wenn dein Körper auch manchmal eine gewisse Aufmerksamkeit von mir fordern würde, nicht nur der Geist. Daher wurden die ganzen Trauerrituale bestimmt für den Körper und den Geist zusammen entworfen, denn innerlich haben wir sie nicht ganz voneinander trennen können.

So, manchmal, wenn es schneit, wenn es regnet oder sehr kalt ist, wenn es friert, denke ich mit plötzlichem Schreck an dich auf dem Friedhof und dara,n wie kalt es dir da sein muss, während ich ohne dich in der warmen, gemütlichen Wohnung hocke, denn du erlebst draußen eine ganz andere Temperatur. Gewiss, ich hatte mein Ritual absolviert und aus dem Grund spürte ich eine wohltuende Erleichterung an jenem Tag.

Es duftete seltsamerweise nach grün, nach Blumen überall. Nicht nur draußen, auf dem Friedhof und den Straßen, sondern auch in der Wohnung, als wäre ein Garten darin aufgeblüht, als würdest du dich auf einmal nicht durch das Sehen oder das Gehör, sondern durch den so suggestiven Geruchsinn mit mir verständigen. Am Tag danach duftete es nicht mehr so. Doch das gute Erlebnis hat mir wenigstens drei Wochen Frieden verschafft, bis zur nächsten Auseinandersetzung mit mir selbst und meinem Schicksal.

Ich bin eigentlich sehr feige, denn ich gehe nie zum Friedhof, wenn es schneit oder friert, um die Kälte mit dir zu teilen oder dich davor zu retten. Ich bleibe passiv in der warmen, leeren Hütte, in der wir bis vor Kurzem noch zusammengelebt haben, und ich quäle mich immer mit dem Gedanken, dass ich dich nicht vor der Kälte und den bedrohlichen Stürmen der Natur retten kann, genauso wenig wie ich dich vor dem Tod retten konnte.

Auch wenn ich meinen noch warmen Körper auf die Kieselsteine und den grünen Mantel deines Grabes werfen würde... Es würde dir keine Energie mehr geben, und meine wäre ganz schnell, gefährlich schnell für mich, verbraucht.

Dann müsste ich unverzüglich weg und dich sowieso verlassen.

Die Rettungsrituale werden seltener als die Trauerrituale beschrieben. Aber ich weiß, dass ich, solange du noch lebtest, solchen Ritualen mit unerschütterlicher Hoffnung gefolgt bin. Jahrelang hatte ich das irreführende Gefühl, dass ich mit meinem Handeln etwas bewirken konnte, und deshalb wollte ich immer promt und sehr wach handeln, um keine Rettungsmöglichkeit zu verpassen.

Wenn eine Tür zuging, hielt ich mich immer darauf vorbereitet, nach anderen Lösungen zu suchen, und meine fieberhafte Unbesiegbarkeit, mein Kriegszustand, mit dem ich trotz Erschöpfung immer auf Herausforderungen reagieren wollte, war beinahe krankhaft.

Einmal ging es darum, einen neuen Arzt zu konsultieren: „Ja, wir machen es. Wir fahren dahin, egal wie weit das ist und wie teuer es wird. Wir wollen nichts unversucht lassen." Ein anderes Mal war es eine Reha, irgendwo in einer fremden Stadt. „Unbedingt probieren wir es. Vielleicht wirst du dadurch fit und es wird dir etwas bringen." Und ein anderes Mal war es ein Medikament: „Die Aufbauspritzen werden dir vielleicht mehr Kräfte geben. Du merktest einen kleinen Fortschritt, als wir vor einem Jahr damit anfingen" oder ein erneuter Krankenhausaufenthalt: „Sie haben etwas Neues vorgeschlagen: Herzschrittmacher, ständige Kontrolle deiner Insulinwerte."

Wir mussten immer etwas tun, und ich war für jede Form der Behandlung offen. „Ich suche nach einem neuen Pflegedienst, da der vorhergehende nicht kompetent genug war. Jetzt suche ich nach einem Friseur und sogar nach einem Zahnarzt, der zu uns nach Hause kommt. Wir vermeiden Krankenhäuser so viel wie wir nur können."

Aber die Rettungsmöglichkeiten wurden immer geringer, auch wenn ich selbst es in der Euphorie meines Kampfes kaum merkte. Bis zuletzt machte ich noch Pläne für die Wiederherstellung deiner Gesundheit oder Milderungen deines Leidens. Das Letzte war die Beinamputation und die Punktion deiner Wasserlunge am Tag vor deinem Tod, von der ich mir noch einige Erleichterung für dich erhofft hatte.

Jetzt sind schon alle Rettungsrituale erschöpft und es bleiben nur die Trauerzeremonien.

Ich denke manchmal, ich sollte mich vielleicht anderen Formen der Trauerbewältigung zuwenden, nicht mehr den verzweifelten Klageweibern Griechenlands oder Russlands, sondern den Verbrennungsritualen in Bali oder Indien. Diese Völker wissen besser als wir, dass der Körper radikal und mitleidslos für immer gehen muss und dass nur der Geist bleibt. Aber mir scheint es so grausam, dich verbrennen zu lassen! Und du wolltest immer ein Grab, eine Ecke der Erde, in der wenigstens etwas von dir weiterbesteht und wohin ich ab und zu mit Blumen und Gebet gehen könnte, wie an jenem 1. November, wenn die Alltäglichkeit unserer Wohnung mir nicht reichte.

Du bist im Grunde ein traditionell erzogener, westlicher Mensch, obwohl heutzutage sich viele immer mehr aus hygienischen und ökonomischen Gründen für eine Feuerbestattung entscheiden. Meine Mutter hatte sich auch dafür entschieden, sie war die erste in der Familie. Doch es wird wahrscheinlich eine Zeit kommen, in der die Menschen nicht mehr zwischen Beerdigung oder Einäscherung werden wählen dürfen. Noch sind Gräber erlaubt und ich habe mir schon unser gemeinsames, zukünftiges für eine Zahl von Jahren abgesichert.

Die Frage ist nur, wer wird unser Grab besuchen und pflegen, wenn ich auch verschwinde. Wir hinterlassen keine Nachkommenschaft, daher ist keiner dazu verpflichtet, um uns zu trauern. Na ja, ironischerweise habe ich das Privileg, noch da zu sein, um um dich zu trauern und dein Grab zu besuchen. Für mich ist das Grab nur wie eine kleine, kindisch konzipierte Verzögerung des Todes. Ich akzeptiere deinen Tod nur tropfenweise und verzichte nur schwer auf diesen verlorenen Körper, der lange Jahre mein ständiger Begleiter gewesen war.

Doch die Asche meiner Mutter ist auch wie ein verzögerter Tod, wenn ich an die kleine Urne denke, die sie umkreist. Ich brachte diese Urne auch nach Deutschland zum Grab des Vaters. Jetzt kann ich sie beide besuchen und dein Grab ist auch in unmittelbarer Nähe von ihnen. Ich habe es mir bequem gemacht mit dieser Nähe. Hier habe ich dich, den ich so liebe, und dann drehe ich mich um, und auf der anderen Seite sind die zwei lieben Menschen, die meine Geburt in der ewigen Kette der Geburten wie eine feierliche Rakete für Silvester in die Luft emporschnellen ließen.

Doch alles scheint so fragwürdig, ungeeignet und frivol angesichts des Todes! Ich besuche euch, ein komischer Satz! Was ist ein flüchtiger Besuch in Vergleich zu dem, was wir damals miteinander hatten, wo wir immer zusammen waren? Erdbestattung oder heilige Urne mit der Asche, alles sind Rituale zum Überleben und zur Milderung der Trauer für den Hinterbliebenen.

Lieber Gottwald, ich habe wieder eine große Angst, ganz unempfindlich zu werden, wie eine Maschine, dich und alle Verstorbenen immer mehr zu vergessen, und nur an meine Tasse Kaffee, meine Stiefel für den Regen, meine Handschuhe und mein gespartes Geld zu denken.

Agnes sagt, es sei gut so. Aber ich zweifle sehr daran; ich könnte mich fast dafür hassen, und Eigensucht scheint mir noch trotz Therapie ekelhaft, obwohl auch notwendig zur Weitergesundung einer Krise. Es ist sehr schwer für mich den Mittelweg zu finden, dich nicht ganz zu vergessen und trotzdem weitermachen und mich nur um mich selbst zu kümmern.

Auch mein Schreiben an dich ist ein Trauerritual und gleichzeitig ein Rettungsritual, um uns beide vor der Vergänglichkeit und Vergessenheit, vor dem Maschinellen zu retten. Manchmal werde ich ungeduldig, immer an das Thema Tod zu denken, an dich und an mich selbst, als ich noch keine Witwe war, das heißt, als ich noch nicht so heftig zitterte, vor Angst, Tränen, Fieber und Kälte. Wir Witwen sind wie zitternde Säulen, die sich kaum auf den Beinen halten können, deshalb gibt es diese so suggestive, fast unmerkliche Bewegung, wie das Zittern der Blätter im Wind. Bei uns sehen es die Leute kaum, dass wir zittern, aber wir tun es innerlich.

Wie gesagt, ich möchte manchmal aufhören, dir zu schreiben. Und jetzt da gerade Weihnachten und das neue Jahr kommen... vielleicht sollte ich mich tatsächlich von diesem besessenen Zustand befreien und versuchen mir eine ganz neue, fiktionale Geschichte über andere Menschen auszudenken. Doch dann habe ich wieder Angst, dich zu verraten.

Ich will dich eigentlich um jeden Preis wieder finden, anstatt dich gänzlich zu vertreiben. Deshalb werde ich nie einen Schlusspunkt in meinen Briefen an dich setzen, nicht im nächsten Jahr und auch nicht in den darauf folgenden Jahren. Ich kann nur nicht versprechen, dass ich so oft schreiben werde, weil meine Hände zittern, das Papier zittert, die Häuser beben, und ich könnte langsam den Verstand verlieren.

Gerade jetzt - nach abgeschlossener Therapie und nach zweieinhalbjahren der Einsamkeit ohne dich - erwartet man etwas Vernunft, Mut und Normalität von mir. Nein, nein, ich bleibe einigermaßen vernünftig, aber ich behalte dich trotzdem. Dich aus meiner Substanz zu eleminieren verursacht mir so viele Schmerzen, als würdest du zum zweiten Mal für mich sterben.

Ich verspreche, dir wieder zu schreiben, sobald ich nach dem kleinen Urlaub mit Verwandten wieder in unserer Wohnung bin. Am schönsten wäre es, wenn ich in der Zwischenzeit und auch später von dir träumen könnte. Warum erscheinst du mir nie in meinen Träumen? Vielleicht bin ich es, die es im Unbewussten nicht zulässt, weil du mir dann so lebendig würdest, dass ich das Wachwerden ohne dich nicht mehr ertragen könnte. Gewiss, alles sind Rituale, zum Grab gehen, nicht von dir träumen, nur aus der Distanz, aber voller Liebe an dich denken, deinen Sessel streicheln, immer über das Mysterium des Jenseits rätseln und mein inneres Zittern, das mich von den anderen Nicht-Witwen unterscheidet, dir Blumen bringen, wenn ich dich besuche, damit du mich beruhigst und wie in den alten Zeiten mir deine Stärke und Wärme gibst und eine heiße, wohltuende Brühe gegen das chronische Zittern meiner Witwenkrankheit.

Gedanken an den Abwesenden

Ich denke an Oskar, als Kind Hans Oskar genannt, mein lebendes Wörterbuch, von dem ich jedes neue Wort, dessen ich nicht ganz sicher war, erfragen konnte. Ich denke an ihn, der über 37 Jahre, von Ende 1974 bis Mitte 2012, mit mir sprach und der mir viel Liebe und noch eine Heimat gab, Deutschland, unsere Heimat.

Ruhende Steine

Wie geistig zurückgeblieben vor Trauer.
Kein Gedächtnis, keine Gedanken,
keine Sensibilität mehr.

Ich bin genau so tot wie er...
Ruhend, ohne Last und Zeitbegriff,
wie er auch ich weit weg...

Wie lange kann so ein Zustand dauern?
Ich bin Gott dankbar,
dass er noch anhält.

30. Juli 2012

Am Anfang leben die meisten noch

Ich beneide die Frauen, deren Ehemann noch lebt,
die Töchter, deren Vater und Mutter noch leben,
die Menschen, die eine alte schwerhörige Großmutter
noch zuhause haben.

Ich bin auf die Stimme neidisch,
die am Telefon oder auf der Straße
wie eine stolze Pflegerin verkündet:
„Meine Mutter lebt noch mit 95."

Ich bin so voller Neid,
dass ich wie eine melancholische Bombe
vor meinen eigenen Füßen kraftlos explodiere
und auf dem Pflaster meiner Tränen
ohne Sprengstoff mich selbst verliere.

Ich beneide sie nicht ihrer Jugend wegen,
doch, weil sie den Tod noch nicht erlebt haben.
Ich bemitleide sie auch,wenn ich
ihr ungebrochenes Lachen höre
und, gebückt und verängstigt,
traure ich um sie im Voraus.

1. August 2012

Seine Gegenstände

In einer Ecke unseres Schlafzimmers gesammelt
liegen einige auserlesene Gegenstände,
die im engen Kontakt mit ihm standen.
Ich war auch unter ihnen und liege.

Seine Krücken, sein nostalgisches Bier, seine Uhr,
sein Hausnotrufarmband für schwierige Fälle,
sein MP3-Gerät, seine Tränen, sein Duft,
Teile meines Herzens.

Einiges gehört mehr in seine letzten Jahre
wie Tabletten und Verbände.
Das Rauchen hatte er schon längst aufgegeben,
deshalb sind Aschenbecher und Zigaretten nicht mehr
vorhanden.
Sein Rasierwasser, seine Uhr und seine Unterhemden,
das blieb noch bis zuletzt, und ich.

Warum gehen einige Gegenstände automatisch in mein
Eigentum über?
Ich wehre mich mit Empörung dagegen.
Warum habe ich jetzt zwei Stereoanlagen
und seinen Schlüsselbund neben meinem eigenen?
Andere sind aber unübertragbar wie seine Socken
oder die Schnabeltasse der letzten Monate.

Sein Krankenbett und Rollstuhl
wurden schon abgeholt,
vieles von ihm ist schon verschwunden
oder ruht, ruht,
unsichtbar wie ich selbst.

Als Gegenstand hatte ich noch ein Leben.
Er belebte mich täglich mit seiner ewigen Energie,
ich konnte sogar singen und fliegen,
schöne Namen für ihn erfinden
trotz Krankheit und Schmerz.
Jetzt aber bin ich eine erfrorene Maschine,
nicht einmal als Maschine zu bedienen.

Was heißt zum ersten Mal für mich selbst leben?

Zeit haben - um Dinge zu sammeln,
zu ordnen, Akten zu vernichten oder zu vervollständigen,
einiges wegzuwerfen oder im Kühlfach der geliebten
Erinnerungen aufzubewahren?
Und dann... durch Deine, durch unsere Wohnung mit den
Pfoten
eines treuen Hundes Tag für Tag zu wandern,
und Witwengedichte zu schreiben, die sich zwangsweise
klischeehaft, verbraucht, ermattet,
mangels des Abwesenden selbst umarmen.
Kaschnitz' Seufzer in der Nacht
und tagsüber unser Zuhause,
in dem wir immer so gerne zusammenlebten.

2. August 2012

Glück ohne Wissen

Glücklich sind diejenigen,
die keine geliebten Menschen
haben sterben sehen.
Nur, dass sie es nicht wissen,
mit was für einem Superglück
sie beschenkt wurden,
bis eines Tages der Löwe des Unglücks kommt
und sich daran macht alle Krümel
des Lebens aufzufressen.

Glücklich sind alle Menschen,
die keine Behinderung haben,
die keine so große Armut erleiden,
dass sie verhungern und erfrieren mussten.

Glücklich nennen wir alle,
die wenigstens einige Erfolgspuren hinterließen,
in der Liebe, im Beruf, im Schlaf,
die nicht wahnsinnig zu werden drohten.

Es ist nur schade, dass wir es nicht gewusst haben,
wie glücklich wir vor dem Unglück noch sein konnten.

10. August 2012

Eine Kopie der Sterbeurkunde

Noch kann ich meine unbeherrschten
Tränen nicht aufhalten,
jedes Mal, wenn ich sagen muss,
er ist (Du bist) verstorben.

Und wie leicht und unberührt
die anderen damit umgehen.
Natürlich, es ist nicht ihr Toter.

Ich mache auch das gleiche
mit den Toten der anderen.
Man sagt: „Es tut mir leid."
Aber was kann man daran ändern?

Der Tod kam,
und Deine Akte wurde
mit den alles beschließenden Dokumenten angefüllt:
Totenschein, Sterbeurkunde.

Sie wird wieder verlangt,
die ewige Urkunde,
obwohl sie eigentlich kaum etwas von uns besagt,
nur das Datum und den Tatbestand,
die Todesursache wird nicht benannt.
Und vielleicht hätte es mich ein wenig beruhigt
zu wissen aus welchen Gründen...

Trockenes Papier ohne Erklärungen
Kopien und Originale
werden ständig benötigt, eingereicht.
Ich war so klug mir genügende
anfertigen zu lassen.

Doch ich leide... wegen der Sterbeurkunde vor allem,
wegen der Kondolenzbriefe
und der postalischen Sendungen mit Deinem Namen,
die aus Versehen an Dich geschickt werden,
als wärest Du noch am Leben.

In der Einsamkeit unserer Wohnung leide ich weniger,
weil ich es nicht mehr zu wiederholen brauche.
Die Beileidsbesuche oder -telefonate
sind wie Stiche, die mich daran erinnern,
trotz der besten Absichten der Freunde und der Fremden,

und jedes Mal, wenn ich Behörden oder Firmen
mitteile, dass sie Dir nicht mehr schreiben,
weil Du nicht mehr bist, weil Du keine Rechnungen
mehr bezahlen kannst, da zittere
ich und weine unkontrollierbar wie eine Verrückte
die zum ersten Mal etwas Furchtbares, Verdrängtes entdeckt.

13. August 2012

Die Hinterbliebenen

Der Tod eines geliebten Menschen
ist wie eine Vergewaltigung. Gewalt
wird mir angetan, etwas mir weggenommen,
wofür ich gern lebte, mein Körper schmerzt mehrfach.
Man wird krank vor dem fremden Eingriff,
wird wahnsinnig vor Qual.

Der Hinterbliebene stirbt nicht nur einmal.
Ich bleibe ganz hinten,
ich beobachte, entdecke, schlucke...
Ich gehe ganz ziellos langsam
durch das harte Leben.

Ich will nur liegen und schlafen
wie die Kieselsteine an seinem Grab,
oder mir die Illusion machen,
dass er noch irgendwo lebt,
in einem anderen Land
oder in einer anderen Welt.

Vielleicht bin ich nur verrückt geworden
und es war ein Angstalbtraum, das mit seinem Tod,
und morgen, morgen ist er nicht mehr verstorben,
sondern bei mir, nicht in der Tiefkühltruhe, nicht auf dem
Friedhof...
Der heimtückische Anruf war ein Teil der Albträume.

Diese Verdrehung der Realität,
ist gefährlich, doch oft sehr willkommen,
eine gute Methode des Überlebens
für den nicht mehr gesunden Hinterbliebenen.
Komm', so überleben wir einen Tag länger.

1. Oktober 2012

Eine Trauergeschichte

Bin ich unbescheiden?
Mir scheint, dass keiner
an so viel Sehnsucht und Heimweh
nach einem Menschen
leidet, wie ich es tue,
nach Dir, Leerstelle an meiner Seite.

Und wenn einer sich darüber beschwert,
dass er nicht genug beweint und vermisst wurde,
und wenig Schmerz hinterließ, dass die Trauer-
Tage, kaum empfunden,
sehr kurz anhielten...
dann kannst es unmöglich Du sein.

Noch fließen meine Tränen auf die Blumen
an deinem Grab. Durch mein unaufhörliches Gießen
wurden sie immer größer und größer.
Doch zu viel Gießen ist nicht gut.
Die Pflanzen und ich könnten ertrinken.

So viel wird man nicht um mich weinen,
wenn ich verscheide.
Ob ich es verdient habe?
Ob Du es verdient hast, so viel Heimweh?
Aber wer redet von Verdienst,
wenn die ganze Welt
in Stücke zusammenbricht?

5. Februar 2013

Ich muss lernen

Ich muss lernen,
überall ohne meine vertraut gewohnten,
geliebten Menschen
auszukommen. Wie schwer!
Noch schwerer...
als in einem Tanz von Flammen zu verbrennen
und noch zu glauben,
dass ich in erfrischenden
Rosen ohne Dornen eingebettet,
mich zum friedlichen Schlaf der
Erinnerungen bereit stelle.

Viele Magier des Lebens
haben es vor mir gelernt,
das tötende Feuer der Trauer
in beruhigende Rosen
ohne Dornen zu verwandeln.

7. März 2013

Ich unter den Lebenden

In diesen letzten Monaten,
seit Deinem Verschwinden,
bin ich fast so tot wie Du
und zahle lustlos auf Raten
das Darlehen meiner fremden,
mir mechanisch auferlegten Tage.

Ohne Grund... Mit gestrichener Begründung.
Auch wenn ich sitze oder laufe,
liege ich ausgestreckt auf der Erde,
so wie Du, ohne Haus, ohne Bindung;
ätherisch wie der Wind gestaltlos ist,
unfassbar wie Gas oder Nebel,
wie der Geist, der
keine Materie mehr erduldet.

Ich bewege mich ja kaum,
atme nur die unbedingt notwendigsten
Partikel der Luft, um nicht ganz
Selbstmord zu begehen.

Ich bin in Deiner Nähe
trotz der riesigen, dramatischen
Entfernung unserer Körper.

Ich versuche, immer tiefer zu schlafen,
wahrscheinlich so wie Du,
mich auszuruhen und mich treiben zu lassen
von geheimen Pferden oder göttlichen Kräften,
so wie Du vielleicht.
Ich versuche, an gar nichts zu denken,
nur Dein Sein zu empfinden
wie in der Vergangenheit.

Ich schlummere, seufze und liege
so wie Du auf dieser langen stillen Straße
ohne Autos,
ohne Wohnungen, nur mit Gräbern.

Auch wenn ich noch unter den Lebenden verweile,
scheint es mir, als hätte ich etwas
von Deiner Perspektive angenommen.
Ich bin sehr weit weg von den anderen
und beobachte manchmal
so wie Du vielleicht die Welt.
Den Schnee, den Regen,
die Einsamkeit der Natur
aus unserer gemeinsamen Ecke.

1. April 2013

Drei oder tausend Abschnitte

Von den drei Phasen,
die Verena Kast entdeckte,
weiß ich noch nichts.
Ich bin noch in der ersten.
Ich will noch nicht wahr haben,
dass Du tot bist,
und es sind schon neun Monate
vergangen seitdem...

Ich bin im Rückstand gegenüber anderen Trauernden,
die nur zwei oder drei Wochen brauchen.
Ich brauche länger.
Vielleicht schaffe ich es nie
es richtig zu begreifen.

Die Beerdigung wird abgehalten,
nach ein paar Monaten
wird der Grabstein bestellt,
damit alles seine Ordnung hat.
Doch der Tod wird nicht akzeptiert, gelernt,
wenn man so bedingungslos an ein Leben glaubte.

Wut gegen Ärzte und Pfleger,
das stimmt, gegen die Unmenschlichkeit
von Krankenhäusern,
gegen mich selbst,
gegen Dein Verhalten sogar,
weil Du zu wenig auf unsere Gesundheit
geachtet hast.

Und viele Erschütterungen, Emotionen:
Verlust, Ziellosigkeit. Ich bin schändlich
rücksichtslos bestohlen worden.
Aber Du bist noch nicht ganz tot.
Das Zeugnis einer vorbildlich guten

Trauernden werde ich nicht bekommen.

Alle geben nützliche Ratschläge
um das Schlimmste
der Krise zu überwinden.
Doch ich bin paralysiert,
ohne Wachstum in diesen 9 Monaten,
in denen ein Embryo so viel erreicht
und zur Geburt vorbereitet wird.

Dein Bild ist mir noch nicht klarer geworden.
Wie kann ich mich an schöne Sachen erinnern,
die wir zusammen unternehmen konnten?
Ich erinnere mich nur an die Zeit vor Deinem Tod,
an die Krankheit und die Verzweiflung,
bin darauf fixiert, als wäre es jetzt noch.

Und wie kannst Du zu meinem
„inneren Begleiter" werden?
Ich ernenne Dich dazu und Du machst mir den Weg frei,
damit ich ohne dich leben kann.
Wir manipulieren alles zum Wohle der Menschheit.
Wenn es soweit ist, bin ich gerettet.
Sie sagen, das sei
das Zeichen einer erfolgreichen,
abgeschlossenen Trauerarbeit,
wie der hypnotische Reim in einem Gedicht,
der dazu dient
peitschende Schmerzen von Seele und Leib
zu mildern.

Ich bringe keine Lebensmittel zu Deinem Grab.
Teilweise habe ich es schon verstanden.
Aber so ganz, ganz
verstorben bist Du nicht,
und ich auch nicht ganz lebendig.
Gesund und produktiv leben,
sich Vergangenes positiv einverleiben...
Wie weit bin ich entfernt von der dritten Phase,
die die Psychologen mit glänzender Begabung
so schön beschrieben haben!

5. April 2013

Heute vor einem Jahr

Ein ganzes Jahr alleine gelebt?
Ich kann es kaum glauben.
Stolz auf meine Leistung
fühle ich keinen, nur Unglaube
und eine Art Starre in meinen Muskeln,
eine Betäubung meiner Sprechorgane,
als könnte ich die Frage nicht mehr beantworten,
wie es gewesen ist, das Jahr ohne dich,
ich auch unter den Toten.

Familie und Freunde besucht,
einige Bücher gekostet,
geschmeckt, wenigstens die erste Seite,
einen Schrank gekauft, einiges weggeworfen.
Eine neue Bezeichnung für mich: Deine Erbin.
Als solche bin ich neugeboren.

Ich hatte noch nie etwas geerbt,
aber jetzt doch, das Land, die Stadt, die Sprache,
vergangene Reisen, die häusliche Umgebung,
die Du mir hinterlassen hast,
Dein Kommen und Gehen, noch so dynamisch in der
Erinnerung…

Zu lange bei Veranstaltungen und fremden
höflichen Gastgebern verweilt,
Dir vor ein paar Tagen einen letzten Dienst erwiesen,
das Aussuchen eines poetischen Grabsteins.

So ist das harte Jahr vergangen.
Ich fürchte mich vor einigen Daten im Kalender.
Es werden immer mehr Tage reserviert,
nicht für Tanz, nicht für Feste,
für die Trauer um die Abwesenden bestimmt.
(Jetzt auch einen im Juli für Dich reserviert.)
Jetzt nicht nur März, September,
November, sondern auch noch Juli,
der heiße Monat eines schönen Sommers,
der aber für mich die Atemnot darstellt,
das Ringen nach Luft meines Kranken,
am geöffneten Fenster.

Die vergiftete Speise der Trennung
habe ich von mir wiesen.
Ich esse nichts mehr.
Nur Dich und mich selbst
in undefinierbaren Zusammensetzungen
des Seins in der Liebe.
Ich hoffe, wir hören nicht auf zu sein.

Zusammen sind wir keine Wirklichkeit,
aber auch nicht getrennt sind wir eine...
Würdest Du durch ein Wunder plötzlich erscheinen,
dann würde ich dieses Jahr mit Leichtigkeit vergessen
und gerade da ansetzen,
als wir beide noch leben konnten.

10. Juli 2013

Wir warten auf meinen Zusammenbruch

Sehr gelassen, abgekühlt,
lange auf der Warteliste stehend,
die Zeiger meiner Uhr
ohne Blut, ohne Wut,
so zahm wie ein totes Huhn
in der Phanne.
So warten wir auf meinen Zusammenbruch.

Es kann noch heute oder morgen passieren,
dass ich nicht mehr weiß, wo ich war...
dass ich meinen Haustürschlüssel verliere,
mein größtes Eigentum,
und damit mein Gedächtnis,
meinen Lebensmut,
die Glaubwürdigkeit aller Ziele,
den Abholzettel für die Reinigung als Höhepunkt.

Ich werde in kleine Stücke zerteilt, zerbrochen
wie ein Baumzweig ohne Kraft,
und am nächsten Tag wird man viele Stücke
von dieser unerkennbaren Materie finden,
und nicht mehr wissen können
was ich wirklich gewesen war.

Zwischen schlafen und sterben,
zwischen tanzen, ruhen und fallen...
noch letzte Teile einer Substanz verteidigend.
So kann man lange Jahre leben.
Aber vielleicht auch nur ein paar Stunden.
Die Psychologin...
oder die Christusfigur eines Wunders,
sie kamen zu spät.

19. Juni 2013

Gefühl der Schwere

Eine Verabredung mit Dir hätte ich so gerne!
Ich hätte mich so gefreut, Dich zu treffen.
Doch nicht auf dem Friedhof...
Ich weine im Voraus, und das Herz wird mir schwer.
Ich treffe Dich lieber in unserer Wohnung,
in der Nacht, wenn alles schläft und ich selbst.
Aber heute besuche ich Dich am Grab,
wo ein Teil von dir lebt oder nicht mehr lebt,
und ich habe so ein gemischtes Gefühl
von Angst und Trauer.
Unser Treffen hier wie Dein Umziehen
zu geheimen Adressen
kann ich nur schwer ertragen,
und so bitte ich darum dass dieser Kontakt
oder Nicht-Kontakt unter Fremden, die uns beobachten,
nicht sehr lange dauert.

28. Juni 2013

Narkose oder Leiden

Heute überschlage ich die gefürchtete Stunde
des Weinens um Dich.
Ich bin fast erleichtert,
aber ambivalent wie immer,
fehlt sie mir auch,
die Zeit unserer verpassten Verabredung,
alltäglich nach der Arbeit.
wenn ich dich automatisch in unserer Wohnung suche
und mit hundertprozentiger,
grauenvoller Sicherheit weiß,
dass ich dich nicht wieder finden werde,
weil ich plötzlich merke,
dass Du nicht mehr lebst.

Ich spare mir heute den Schmerz.
Warum so viel Leiden, wenn ich Dich damit
nicht ins Leben zurückbringen kann?
Ich bleibe wie unter Narkose, unempfindlich.
Doch auch das kommt mir so monströs
und trostlos vor, gegen mich selbst gerichtet!
Und es scheint mir eine teilweise rettende Pflicht,
die von Dir hinterlassene Lücke
unvermindert zu empfinden und Dich
mit meinen Dich beschreibenden Tränen
produktiv zu verlebendigen,
als würdest Du mir in der Kälte der Einsamkeit
noch einen sehr warmen, liebevollen Gruß schicken.
Ich begreife jeden Tag plötzlich,
dass Du nicht mehr lebst...
und es schlägt mich um wie ein Blitz.
Dann lebe ich doppelt für uns beide,
so intensiv wach wie nie zuvor,
ohne Linderung und Trost für uns beide.

2. August 2013

Krankheit und Liebe

Und wenn der verfluchte Schmerz kommt,
irgendwo im Körper,
in den Zähnen, im Auge,
am Bein, im Herzen...
da können die schönsten Liebesworte
und die größten Gefühle dem Geliebten gegenüber
nichts bewirken, nicht heilen,
nicht einmal die Qual lindern.

Grotesk und geschmacklos
wäre es dann...
das kokette Lächeln
der Liebesnächte zu zeigen,
sich langsam, magisch, auszuziehen
und noch den Genuss der Sinnlichkeit
wie ein Zuflüstern der alten Gewohnheit
mitten im Schmerz zu erwarten.

Es wäre so unmöglich
und fehl am Platz, wie einem Toten
zu essen und zu trinken
geben zu wollen.
Bei einer Krankheit
darf man nur unromantisch sein,
darf man nicht an die Liebe glauben,
nicht mehr von Liebe sprechen,
und wenn ja, dann nur in der Stille,
sehr verhalten, damit der Kranke
es nicht hört, und nicht gereizt wird
durch diese süßen Kosenamen aus Zucker,
die er damals auch geliebt hatte,
aber die ihm jetzt uneffektiv und sinnlos erscheinen.

Da ist der Schmerz der übermächtige König,
der Alleinherrscher über alles.
Da kann der schwache Helfer nur wenig.
Die große Liebe und Poesie
versagen, mit gefoltert und mit getötet.
Wir haben uns auf Schmerz spezialisiert.

Nicht nur körperliche, sondern seelische Schmerzen
sind auch mit dabei,
unübertragbar, unheilbar, begleiten sie uns beide,
und danach bleibt die Erinnerung daran.

Auch gegen seelische Schmerzen
kann man gar nichts tun oder wenig,
weder Priester, noch Freunde,
noch welterfahrene Psychotherapeuten.
Die Schmerzen der Krankheit waren schon schlimm,
aber die der Einsamkeit jetzt
sind noch unermesslicher.

21. August 2013

Mein Schreiben

Die einen antworten mir nicht,
weil sie es nicht wollen,
Du, weil Du es nicht kannst.
Dann schreibe ich Dir viel lieber als den anderen.

Ich weiß, dass Du, wenn Du es könntest...
dass Du lange mit mir sprechen würdest,
über unser versäumtes Zusammensein, über die Töpfe
ohne Blumen, denn es scheint, als würden
die Blumen, seitdem du gingst,
nicht mehr existieren,
nur die unbrauchbaren Töpfe.

Vom „stillen Land",
wie Rossetti dein Reich nannte,
bekomme ich keine Antwort, nicht einmal
einen Seufzer,
nicht das leiseste Geräusch
von Schritten oder fernen Stimmen.
Die Verschwiegenheit meiner Verschollenen
bringt mich zur Verzweiflung.
Aber wahrscheinlich reden sie viel
die nicht mehr Lebenden, nur dass ich so dumm
und spirituell unbegabt bin,
dass ich sie nicht höre und nur stumm
an sie schreiben kann und mir überlege
mit welchen unterschiedlichen Organen
wir arbeiten, ob sie noch lesen können,
was ich schreibe?

Ich will meinen Schwur nicht länger unterdrücken.
Ich kann nur schreiben und schwören,
auf die Bibel, auf mich selbst,
ich kann darauf vereidigt werden,
und habe keine Angst vor Meineid,
dass ich dich liebe, dass du mir fehlst,
und auch die drei verlorenen, zärtlichen
Berührungen von Eltern und Großmutter.

Die Vierer-Konstellation hat mich verlassen.
Vor etwas habe ich doch Angst,
vor dem Erstarrungsprozess in meinem Inneren,
dass ich der Liebe unfähig werde
und sogar eines Tages
gefühllos, ohne Zuhause
nur mechanisch wandere
und nur imstande bin Bewegungseinheiten
wie die Räder eines Autos nachzuahmen.

29. August 2013

Die Mutter und das Kind

Die unbekannten Folgen meiner Handlungen
verfolgen mich wie immer.
Ist es gut oder schlecht, wenn
ich mich so sehr an Dich erinnere?

Wenn ich Dir so intensiv nachweine und Sehnsucht
nach unserem vergangenen Leben bekomme,
ist es richtig oder falsch, was ich tue?
Ich bin Deine feierliche Glocke,
die für Dich allein täglich läutet,
und das kann nicht falsch sein, oder?
Jeder will von seinen Mitmenschen erinnert sein,
keiner will ganz vergessen werden,
somit ist mein Weinen eine gerechte
Zeremonie der Treue, der erneuten Liebe,
und ich fühle mich fast dazu verpflichtet,

jetzt, da ich nichts mehr für dich tun kann
außer trauern, keine ärztlichen Berichte
mehr lesen, keine ausprobierte
Medizin, keine Pflege mehr,
die grausame Ehrlichkeit des Endes nur,
keine Wiederherstellungsversuche mehr.
Und ich werde wieder aktiv im Trauern,
wie ich es damals war im Wunsch zu retten.

Doch ich frage mich, ob meine Tränen
Dir nicht vielleicht schaden könnten,
wie dem Kind im Grimms Märchen
die ständigen Tränen der Mutter,
die das Totenhemdchen nass machten
und dadurch den Kleinen
der Nachtruhe beraubten.

Mein irdischer Schmerz trotz Entfernung
berührt Dich, lässt Dich nicht gleichgültig
und Du leidest und weinst mit wegen der Nicht-Benennung
unserer Namen und Plätze.

Vielleicht verärgert Dich sogar
mein hartnäckiges Weinen;
es macht Dich mürbe und nervös dieses Mantra
des Leidens, wie das Summen lästiger
Fliegen in einem stillen Zimmer.

Ich höre auf. Welche von den beiden Strömungen
von Gefühl hat Recht?

Das Kind des Märchens
fand seine Ruhe im Grab.
Wir müssen auch unser Totenhemd
von Tränen trocknen lassen.
Die heldenhafte Mutter weinte nicht mehr,
und das Kind konnte endlich in seiner neuen Welt
versöhnt schlafen.

13. September 2013

Die dritte Geburt

Meine dritte Geburt ist die schwierigste von allen,
kein Brutkasten mehr zur Hilfe,
keine Mutter mehr in der Nähe,
keine Kindermädchen mit tröstenden
Märchen oder Liedern...

Überall ist Pausieren, Seufzer und Vergängliches,
Vergangenheitsspuren von Menschen,
die ich sehr liebe und die ich in meinem einsamen Bett
unter der Decke noch gegen mein Herz drücke,
ich drücke ein kleines, rührendes Foto,
von der Zeit, als wir nicht getrennt lebten.
Aber sie können mir real
nicht mehr begegnen,
nur als Fata Morgana,
als Phantom-Sehen.

An meine erste Geburt kann ich mich nicht erinnern.
Man erzählte, dass die Niederkunft
leichter als im Falle meines Bruders
stattgefunden hatte. Ich kam schnell
und unkompliziert zur Welt.
Aber umso schwerer war dann mein Leben
danach und ich polemisierte mit mir selbst
und bereute bestimmt tausend Mal
meine naive, übermäßige Eile
im Geborensein.

Die zweite Geburt, als ich
mein Land und meine Sprache wechselte,
war auch bitter. Es gab Konflikte,
Lücken, unerfüllbare Sehnsüchte.
Durch mein Verhalten
enttäuschte ich einige.

Ich kam aus dem fremden Körper einer Leihmutter,
mir selbst, denn in meiner ungeheuren Selbstständigkeit
brachte ich mich selbst zur Welt,
mit einem schrillen Triumphgeschrei,
mit Kaiserschnitt und vielen Schmerzen,
die von den fremden Ärzten
kaum zu lindern waren.

Doch ich war noch voll von Hoffnung und Jugend.
Die neue Liebe gab mir Kraft, Wärme,
die Lebensversicherung seiner Schritte,
gab mir leuchtende Stunden.
Und wenn alles andere versagt,
so habe ich wenigstens
zur Entschädigung aller Verluste
seine Schritte, meine sehr persönliche
Geburtsurkunde.

Was soll aber jetzt noch eine Geburt?
Wo keine Taufe mehr gefeiert wird,
wo keine Eltern mehr da sind
und kaum noch eine Zukunft?
Wo das Kind schon so alt ist,
und so zerbrechlich,
das es nur Seniorentränen weint,
nicht aus Neugier und Verspieltheit,
wie die echt Neugeborenen, sondern aus purer Müdigkeit,
aus gequälter Ratlosigkeit.

Diese, die rücksichtslose dritte
Notlandung in der Welt
überrascht mich mit ihrer Härte.
Gut, ich bin wieder aus Zwang wiedergeboren,
ich weiß aber nicht genau seit wann,
vielleicht bin ich nur halbtot, erfroren,
und beobachte halluziniert, wie mein zweiter Körper

mich aus sich hinausgestoßen
hat, damit ich wieder in die Welt komme.

Keine Wiege, Hebamme,
Schnuller, Kinderkrankenhaus...
Stattdessen kommt vielleicht bald meine Einlieferung
in ein Altenheim.
Wie kann man unter solchen Umständen
wiedergeboren sein?

Welches Leben soll ich beginnen oder fortsetzen?
Das Leben nach meiner ersten Geburt?
Nach meiner zweiten?
Oder ein ganz neues ohne Vorläufer?
Und wie anfangen? Mit wem?
Mit anderen?
Oder ganz alleine?

10. Oktober 2013

Das Museum deiner Gegenwart

Dir unsere Wohnung ganz entfremden
will ich nicht, ich ängstige mich davor.
Ich möchte, dass immer Stücke von Dir bleiben
überall im Museum unserer Zweisamkeit,
die jetzt beinahe verloren zu sein scheint,
überall und nicht nur in der kleinen Ecke,
die ich mit verwunderlich berechnender Strategie
für Deine letzten Gegenstände reserviere.

Ich bewege mich in unseren Räumen,
mit dieser Ambivalenz
des trauernden Museumsbetrachters,
der Spuren sammelt vom Vergangenen
und gleichzeitig versucht, ein Domizil, eine Wohneinheit
zu beleben, als wäre diese eine normale Wohnung wie
damals,
die Wohnung der Jugend, der Liebe, der strahlenden
Sicherheit.

Alles ohne Dich tun, meine neue Identität,
essen, telefonieren, fernsehen, schlafen
und Dich trotzdem nicht ganz verlassen,
ein schwieriges Kapitel unendlicher Widersprüche.

Am Anfang dachte ich mit naiver Zuversicht
Du würdest mich öfters besuchen,
wenn ich hier bliebe,
weil Du sonst keinen anderen Ort
auf der Welt hattest,
den Du mehr liebtest.

Aber ich beginne schon zu bezweifeln,
dass Dein Geist wieder zu mir findet,
in dieser verwandelten Wohnung,
in der nur eine Ecke und trotzdem alles schreiend
Deine Präsenz verkündet.
Habe ich Dich unbeabsichtigt
vielleicht durch mein gieriges
Weiterbewohnen dieses Museums der Liebe
aus unserer Wohnung vertrieben?

Würden fremde Menschen
in unseren vier Wänden
Dich vielleicht weniger verletzen
als ich,
die ich manchmal versuche,
Dich zu verdrängen,
Dich wegzudenken wie alte Geschichten,
um mich nicht vor Trauer umzubringen?

Aber ganz wegziehen kann ich nicht.
Lass mich hier den Trost an unseren Türen
und Fenstern, an unserer Küche und am Schlafzimmer,
wenn nicht fühlen,
dann wenigstens erfinden.

22. November 2013

Wieder einen Brief an Dich schreiben

Wieder meine kleinen Rituale für Dich,
um nicht ganz unempfindlich und maschinell zu bleiben,
wie wenn ich Dich auf dem Friedhof besuche
und Blumen auf Dein Grab lege,
an Deinem Geburtstag oder an Allerheiligen.
Letztes Mal begleitete mich Deine Tochter.
Das war vielleicht ein großes Ereignis für Dich,
als Du uns beide gesehen hast mit unseren Gaben.
Du konntest wie immer nichts sagen,
aber es hat Dich bewegt und Dir gefallen,
dass wir beide da standen und liebevoll an Dich dachten.

Wieder einen Brief an Dich adressieren,
ohne Adresse, fast ohne Text.
Man kann auch an die Toten schreiben,
genauso wie mit ihnen sprechen.
Ob sie aber das Geschriebene
empfangen und lesen,
das ist das große Rätsel.

Aber wir waren so lange zusammen,
und Du wirst bestimmt wissen wollen,
was ich so versuche und mache
und was aus mir geworden
ist oder zu werden scheint
in diesem mir auferlegten Zwang
Deiner Abwesenheit.

Meine Nachrichten zu entziffern
ist nicht schwer, da Du mich so gut kennst.
Heute vor 39 Jahren haben wir geheiratet.
Vielleicht vergisst man in der Ewigkeit
Daten und Kosenamen der Erde,
aber ich glaube, dass Dein Geist
heute mit besonderem Grund bei mir bleibt.

Meine Zeilen sind wie ein Blumenstrauß,
der nicht verwelkt,
wie mein Jawort damals trotz schwieriger
aber schöner Wege.
Um elf, um elf, um elf.
Es war viel mehr als nur ein Dokument,
es war wie mein Brief jetzt
ein zitterndes, aber festes Ritual des Glaubens.

4. Dezember 2013

Die Einsamkeit

Mein Gedächtnis wird immer schwächer,
nicht nur an Gefühlen, sondern an Ereignissen,
arm an Zusammenhängen und Absichten,
nichtssagend über Taten,
Pläne und Verpflichtungen.

Wie mit brennendem Salz gebadet
ist mein Gehirn sehr durstig und überrascht
über die spurlosen Wege und immer mit einer anhaltenden
Unruhe, etwas behalten zu wollen,
durch einen heftigen Impuls gereizt und getrieben,
aber mittendrin sprachlos, falsch programmiert,
ohne die Kraft des
noch möglichen Erinnerns.

Mein Gehirn arbeitet
zum ersten Mal nachlässig,
unkontrollierbar, zerstreut und ungeduldig.
Ungenau springt es über Themen und Straßen,
benutzt zum Ausdruck
nicht mehr die menschliche Sprache
sondern vielleicht die unhörbare der Mäuse,
der Denkmäler und Parkanlagen.

Und deshalb... und weil ich sehr lange
mit keinem Menschen rede,
wird mein Mund so trocken,
mein Hals so still, silbenunfähig, sprachbehindert...
Ich muss wieder in die Schule der Eltern,
muss wieder von vorne sprechen lernen.
Ich huste, verschlucke mich und zittere.

Das Telefonieren, das meine Leidenschaft war,
fällt mir immer schwerer,
das Unterbrechen der gewohnten Stille,
um mein schrilles Ich in das ungraziöse
Loch der Ferne zu prädeterminieren.

Alles bleibt unausgesprochen,
mein ständiges Schimpfen auf die Zeit
und die zwei in mir neuentstandenen Personen.

Ja, ich schimpfe auf die Zeit,
diese kaltblütige Verbrecherin,
die Dich tötet und mich auch dabei,
und noch den Anschein gibt, als wollte
sie mich vor der Verzweiflung retten.

Die Zeit verblasst
rücksichtslos Eure so wichtigen Gestalten,
ich unterschreibe den Vertrag
freudelos den Pakt Eures Verschwindens.
Die Zeit macht den Betrachter
unempfindlich, unkenntlich zu sich selbst.
Die zwei Personen in mir verblüffen
mich manchmal, die Getötete und die Gerettete.

Wir stehen zu zweit
im engen Raum, sehr konzentriert,
unehrlich vermischt
wie ein vergifteter Cocktail der Uneinigkeit,
ohne Glauben und Frieden.

Sie, die neue Persönlichkeit,
agiert tadellos vernünftig und tapfer,
sie spricht Sätze der Natürlichkeit und Alltägllichkeit,
als wenn nichts gewesen wäre. Sie gehe
heute Abend in die Oper.
Sie sterbe aber nicht, sagt sie kraftlos.

Sie lacht, unmotiviert und nervös.

Ich mag sie nicht.
Ich finde sie verrückt, abstoßend,
immer mit diesem mechanischen Schauspielern
überall, am Telefon, auf der Straße... Wofür? Ich bin
erschrocken.

Ich misstraue dieser Schauspielerin mit ihren großen
Auftritten,
die immer für mich spricht, überall. Ich möchte
nie mit ihr reden, nie meine Einsamkeit verlieren.

Ich rede viel lieber mit Dir, meinem Verreisten.
Hoffentlich - ich hoffe,
noch lange, bevor die Zeit
Dich noch einmal tötet.

27. Januar 2014

Scheinleben

Seit diesem unbegreiflichen
Verlust, habe ich
nur ein Scheinleben,
kein echtes mehr.

Ohne mein Einverständnis beschlossen,
als wäre ich unmündig, schwachsinnig.
Vertragsänderung vom Telefon ausfüllen,
von Versicherungen, Antrag auf Hinterbliebenen-
Rente, Kündigung seiner Leserdaten der Bibliothek.
Überall tödlicher Abmeldungsgesang.
Er, gestrichen, nicht aktuell.

In den Papieren lebe ich jetzt mehr,
und mein Name erscheint auf Kontoauszügen allein
zu meiner schmerzlichen Verwunderung.
Aber dafür lebe ich viel weniger.
Kein einziges Wort dieses neuen Lebensentwurfs
habe ich mitgeschrieben.

In der geheimen Gesetzgebung meines Herzens
hatte ich bestimmt, verfügt,
mit Kraft, Mut und viel Liebe,
dafür gekämpft und unermüdlich
darum gebeten,
dass er an meiner Seite weiter,
weiter leben könnte.

Gott schien mein Gebet zu erhören.
Tausendmal überlebte er alles.
Durch Wiederholung schien mir die Gefahr geringer.
Ich bedankte mich bei Gott sehr eifrig und aktiv.
Aber es war Selbstbetrug, nur Aufschub.
Jetzt ziehe ich entsetzt meinen Dank zurück.

Doch wie gehe ich um mit dieser schweren
Aufgabe der Löschung von Trostlügen
der Vergangenheit
und mit meiner rückwirkend
sich als falsch erwiesenen Dankbarkeit?
In Büchern gibt es keinen Platz für umgekehrte,
zurückgenommene Danksagungen.

Einige Freunde meinen, ich sollte
trotzdem erneut für die Gnade
der Verlängerung danken...

Schau, mein Dank ist ausgeklungen,
weil er endgültig nicht mehr lebt
und ich nicht mehr entscheiden darf,
wie ich ab jetzt leben werde.

Die Verlängerung wurde mir als solche
nicht bewusst und so konnte ich
sie gar nicht als Warnung nutzen.
Dem Tod konnte ich nicht vorbeugen,
nicht einmal die Umstände etwas mildern,
ich konnte seine Leiden nicht lindern und erleichtern,
ich konnte keine Ruhe für ihn und für mich erzeugen,
keinen harmonischen Abschied für uns vorbereiten.

Ich bewundere die Hunde, die den Tod aus der Ferne riechen.
Ich habe bisher nur das Leben gerochen
und empfange schon seit Jahren die Leichen
meiner Lieblinge in meinen ohnmächtigen Armen
mit einem unendlichen Unglauben und Erstaunen,
als wären sie noch warm und lebendig,
als wäre der Tod die Unwahrheit
eines falsch verstandenen Kapitels.

Weitere Briefe an den Verreisten oder doch hier Gebliebenen

Schon fast vier Monate habe ich nicht mehr an Dich geschrieben. Ich habe Angst, dass unsere Kommunikation gänzlich abbricht. Deshalb schreibe ich wieder. Ein paar Neuigkeiten möchte ich Dir brennend mitteilen. Ich weiß, dass sie Dich ein wenig interessiert hätten, und ich habe sie für Dich gesammelt, immer mit dem Gedanken an Dich im Hinterkopf.

Sieh', oder besser höre, ich weiß nicht, wie es so ist mit Briefen... Die Sendung im Radio, die wir so gerne in der Nacht zusammen zugehört hatten, wird ab 2016 abgestellt. Der Mann - Du erinnerst Dich wahrscheinlich noch an ihn, Domian - sagt, dass er eine Veränderung in seinem Leben brauche und dass er nicht mehr Nachtschichten arbeiten möchte. Gewiss, es muss sehr belastend sein, jahrelang immer nachts zu arbeiten und nur mit Menschen zu sprechen, die meistens psychiche Krisen durchmachen.

Manchmal versuche ich kurz, die Sendung ohne Dich zu hören, aber dann überkommt mich eine gewisse Angst, mich zu sehr an das Alte, Verlorene, zu erinnern, wenn wir beide aktiv und fast fröhlich durch die Neugier auf das Kommende, aufgestanden sind und im Wohnzimmer gesessen haben, um den nächtlichen Worten aufmerksam zu lauschen und danach über die verschiedenen Fälle zu diskutieren. Meistens war ich diejenige, die alles kommentieren wollte und die Sendung mit meinen Bemerkungen und Meinungen unterbrach.

Jetzt ohne dich, kann ich es nicht lange mitmachen; ich schalte sofort die Sendung ab. Wie dem so ist, ich bin untreu und wechselhaft. Manchmal möchte ich mich schon mit Erinnerungen an dich trösten, aber dann will ich auch Distanz gewinnen, mich vor zu starken Emotionen und Zusammenbrüchen schützen.

Meistens erreiche ich diesen Zustand am besten, indem ich eine Art kaltes, unfühlsames und lebloses Möbelstück zu werden versuche. Vielleicht hat das Holz sogar ein reicheres Leben als ich.

Deine Schwester ist ganz dement geworden und lebt seit Januar in einem Altersheim. Dein Neffe rief mich ausnahmsweise an und erzählte es mir. Sie suchen anscheinend nach Deinem jüngeren Bruder, dessen Adresse - wie schon üblich - nicht auffindbar ist. Schon ein paar Mal war er spurlos verschwunden, nicht wahr?

Seit Dezember 2014 habe ich drei Bücher ins Netz stellen und auch ein paar Exemplare drucken lassen. Ich würde sie Dir gerne in die Hände geben. Du warst immer so stolz auf meine Bücher und in Deiner freigebigen Art hast du sie immer an Bekannte verschenken wollen. Du hast über mich angegeben, wie intelligent und begabt ich sei und wie es Dich freute, dass ich mir mit meinen Fähigkeiten Dich zum Lebenspartner ausgesucht hatte.

„Du solltest mehr auf deinen Doktortitel pochen. Andere tun es so überheblich und arrogant", hast Du gesagt. „Du bist viel zu bescheiden."

Am 24. März, am Dienstag voriger Woche, ist ein furchtbares Unglück bei GermanWings passiert, bei dem 150 Menschen den Tod fanden. Der Co-Pilot, ein Selbstmörder, hatte absichtlich den Absturz verursacht. Ja, wir sind öfters mit dieser Luftgesellschaft nach Barcelona oder später nach Madrid geflogen. Wir saßen öfters in Flugzeugen und während der Landung hielten wir uns meistens an der Hand, wie Kinder, die mit einem magischen Wort eine drohende Gefahr abzuwenden versuchen. Wir dachten manchmal sogar, dass es vielleicht nicht so verkehrt gewesen wäre, einen gemeinsamen Tod im Flugzeug zu haben, auf jeden Fall besser als so getrennt zu sterben, was unser Schicksal geworden ist.

Zwei neue Wörter habe ich heute gelesen, die ich nicht ganz gut verstehe. Und wie immer würde ich dich ganz instinktiv fragen, denn du warst ja mein Wörterbuch für die deutsche Sprache. Du, was bedeutet „Düfing" und „gallig". Einige wusstest Du auch nicht. Sie waren zu literarisch, dialektgeprägt oder nicht mehr aktuell.

Aber es war mir immer ein Trost, dass ich Dich fragen konnte, und dann hast Du Dir Mühe gegeben, mir durch Umschreibungen das Wort nahe zu bringen. Ich vermute, dass diese zwei auch neu für dich sind. Dann würdest du mit etwas Widerwillen in der Stimme sagen: „Kenne ich nicht. Noch nie gehört."

Es ist schon etwas widersprüchlich, dass ich Dir Briefe schreibe, obwohl ich überhaupt nicht sicher bin, ob Du verreist oder doch bei mir in der Wohnung geblieben bist. Wo sonst könntest Du sein? Denn diese Wohnung war der Mittelpunkt unseres Lebens und außer mir hattest du keinen anderen Menschen, der ständig an Dich denken könnte, nur mich, keine Freunde, keine richtige Familie. Wo sonst könnte sich Dein Geist hin flüchten?

Aber vielleicht bewerte ich alles zu sehr mit irdischen Augen. Um das Paradies zu bewohnen, braucht man keine Freunde und keine Familie, nur Gott vielleicht und ein Gefühl von Frieden und Wohlsein. Also bist Du möglicherweise tatsächlich ins Paradies verreist und nicht mehr hier.

Auf jeden Fall ist es schwierig geworden, fast aussichtslos, mit Dir zu sprechen. Man muss fast um Audienz bitten, wie bei einem König, und das macht mich doch so traurig, weil ich damals zu jeder Zeit, Tag und Nacht, unaufhörlich Zugang zu Dir hatte, persönlich mit Dir reden, telefonieren und Dich über alles befragen konnte. Jetzt dagegen... so schwierige Umwege, so unendliche Umwege.

Dank der Briefe kann ich wenigstens an Dich denken. Aufgrund deines Verschwindens und meiner allmählichen Gedankenabstinenz fühle ich mich tödlich bedroht, und nur meine Briefe können Dich vielleicht erreichen, Dich begleiten, solltest du im Jenseits sehr allein sein so wie ich hier, und meine Gedanken vor dem Aussterben retten. Ich vergesse oft, was ich dir sagen wollte. Es ist ein Teil dieser alarmierenden Leere, die mich umklammert. Kann es sein, dass ich ebenfalls tot bin oder zumindest nicht weit entfernt davon?

236

Ich merke keinen großen Unterschied zwischen Dir und mir. Von dem Tag an, als wir getrennt wurden, bin ich auch eigentlich nicht mehr. Ich schlummere ja nur ohne Träume jeglicher Art, ich schwebe zukunftslos, weit weg von Zielen oder Hoffnungen. Der Schlaf ist mein einziger Trost, als wäre er der mir bis zuletzt noch verbliebene Verbindungspunkt mit Dir. Nach ein paar Stunden Schreiben und Denken überwältigt mich eine mir im Grunde willkommene Müdigkeit. Ich könnte stundenlang tatenlos und mit gar nichts beschäftigt im Bett liegen und kaum noch merken, dass die Zeit vergeht.

Ob Du es auch so erlebst, mein Liebling? Oder bist Du in einer ganz anderen Welt, im Paradies? Meiner ist ein künstlicher Tod, ich weiß, weil ich äußerlich noch am Leben bin. Ich bin in einem Limbus, an einem Ort ohne Ausdruck und Energie. Es ist nicht direkt unangenehm und ich lasse mich von der Ruhe und dem gedämpften Gefühl ohne Leiden treiben, aber das Unproduktive daran stört mich, diese Unempfindlichkeit...

Dann könnten wir nicht wieder zueinander finden, wenn wir immer so losgelöst von Gefühlen, vom Handeln und Lieben wären. Aber ich überlege mir schon, ob das nicht vielleicht eine Botschaft von Dir ist. Du erlebst es so, das nichts... und ich auch. So erleben wir den Tod zusammen. Doch vielleicht ist es nur eine Phase, im Jenseits werden wir wieder wach und lebendig, und ohne Leiden, mit unerschöpflichen Freuden, ja, im Paradies.

3. April 2015

Du, ich habe gestern in der Nacht, bevor ich schlafen ging, eine plötzliche Idee gehabt, die mich nach langen Monaten der Qual ausgesprochen ermuntert und mein Herz erwärmt hat. Du bist nicht auf dem Friedhof oder in unserer Wohnung, oder besser gesagt, Du bist auch da... aber vor allem bist Du in mir selbst. Ich trage Dich in meinem Körper, jedes Mal, wenn ich an Dich denke, Dich spüre oder mich nach Dir sehne.

Auch trage ich die Geister meiner Eltern und Großmutter in mir, obwohl ich weniger an sie denke, weil die Kontakte schon älter sind und ich schon so lange nicht mehr mit ihnen lebte.

Ihr kommt vorübergehend, aber immer, wenn ich Euch rufe. Das beruhigt mich.

Ich suche Deine Hände, und da sind sie schon, in der Luft, weil ich sie suche, weil ich sie brauche. Es ist nicht von einem Ort abhängig und ich bin nicht an die Wohnung unserer Vergangenheit gekettet, auch wenn ich sie immer noch so liebe. Ich trage Dich bei mir, egal wo ich bin. Wenn ich in einem Krankenhaus oder einem Flugzeug sein werde, bist Du auch in meiner Nähe. So bin ich nicht mehr einsam.

Was hältst Du von dieser Theorie oder praktischen Erfahrung? Ich denke in meiner Vermessenheit, dass ich immer neue Entdeckungen mache; ich bin die erste, die sich so etwas Tiefgreifendes und Weltbewegendes überlegt hat. Aber wahrscheinlich ist schon alles von anderen erprobt und empfunden worden. Vermutlich bin ich - nach ungefähr zwei Jahren und neun Monaten - in diese letzte Phase gekommen, in der die Verstorbenen zu den „inneren Begleitern" werden.

Aber ich erlebe es so intensiv und neu, dass ich kaum glaube, dass die anderen es je so gefühlt haben. Am Anfang waren wir zwei Körper zusammen, dann ein Körper und ein Geist getrennt, und jetzt zwei Geistern in einem Körper.

Noch glaube ich zu spüren, dass Du mir in bestimmten Räumen der Wohnung näher bist, so in der Küche und im Schlafzimmer. Doch immer, wenn ich Dich rufe, kommst Du, egal wo ich bin. Du leistest mir Gesellschaft und ich Dir auch. So behalten wir uns gegenseitig in dieser neuen Form der Innerlichkeit.

Auch Gott ist ein Geist, denke ich weiter in meiner plötzlichen Euphorie und Erleichterung. Auch er kommt und tröstet mich in meinem Schmerz, wenn ich mir seine Nähe wünsche. Das ist der Vorteil bei Geistern. Sie kommen sofort, wenn man sie ruft, und streicheln den Verzweifelten mit Worten der Liebe. Keine langen Wartezeiten, keine Missverständnisse wie bei den übrigen Körpermenschen.

Natürlich kann ich Dich nicht mit Gott vergleichen. An Dich habe ich nur irdische Erinnerungen. Doch das Prinzip bleibt das gleiche; ihr habt das Erdendasein mit seinen Grenzen und

Panikattaken der Not besiegt. Du lebst jetzt in mir. Wie gut! Wie einfach! Wieso bin ich nicht früher darauf gekommen? In den kurzen Perioden, während wir uns treffen, hast Du meine Lunge zum Atmen, meine Stimme zum Sprechen, und ich auch etwas von Dir, unberührbar, unschmeckbar und doch sehr gegenwärtig. Was ich mich frage ist nur, was Du in den langen Zeiten machst, in denen wir uns nicht verständigen können. Ich war immer etwas besitzergreifend zu meinen geliebten Menschen, und das ist womöglich meine Strafe.

Hier ist nichts los. Eine deiner Schwestern und auch deine erste Ehefrau sind sehr krank, habe ich erfahren. Das hätte Dich damals sehr interessiert. Aber jetzt nicht mehr.

Ich bin ziemlich alleine und niedergeschlagen an diesem Karfreitag, an dem die meisten Leute unerreichbar sind und mich keiner besuchen wird. Damals war die Osterwoche schön für uns, weil wir frei hatten, und oft sind wir in den Urlaub gefahren oder haben unsere Freizeit zu zweit in der Wohnung genießen können. Doch die Hauptsache ist, dass Du noch kommst, wenn ich Dich rufe. Ich sollte dankbar sein.

Und trotzdem... Ich komme mit dem materiellen Teil meines Lebens nicht ganz zurecht. Ich versuche wie immer, weniger zu essen und mein Schwergewicht zu reduzieren, aber ich schaffe es nicht. Vielleicht, wenn ich nur acht Stunden aufbleiben und den Rest verschlafen würde, könnte ich abnehmen. Was meinst Du? Wie soll ich leben?

24. April 2015

Sie hat sich nicht ein bisschen gemildert, die Sehnsucht. Sie ist genauso scharf und quälend wie am Anfang. Und dabei habe ich natürlich auch vielerlei Gedanken.

Ich könnte stolz auf mich selbst sein. Schon lange Zeit habe ich keinen Teller (noch Tasse oder Glas) aus Versehen zerschlagen. Unser ganzes Geschirr ist unangetastet, heil. Du solltest mir dazu gratulieren. Vor zwei Wochen ungefähr vergaß ich einen Termin, eine Unterrichtsstunde, die ich geben sollte. Aber da die Kursteilnehmerin zu uns kam und ich da war, gab es kein so großes Problem. Ich war nur überrascht und etwas alarmiert am Anfang, weil ich nichts vorbereitet hatte. Und heute Morgen ist mir die Taxinummer, die wir immer wählen, entfallen. Das geschah mir vor Deinem Tod nicht. Ich glaube, es hängt mit dem Schock zusammen.

Doch andererseits erinnere ich mich an Termine und alles, was ich zu machen habe, besser als vor ein paar Monaten. Ja, ich meistere mein Leben. Die Leute sagen erleichtert, ich komme ganz gut zurecht und denken immer weniger an mich. Nur ich denke selbstverständlich weiterhin an mich und an Dich.

Ein Gefühl von Stolz ist bei mir kaum vorhanden. Was mache ich mit dem ganzen Geschirr? Und mit den Möbeln und allen Gegenständen, die uns beiden gehörten? Mein einziger Stolz ist vielleicht, dass ich Deinen Lieblingssessel noch behalte und ihn ab und zu streicheln kann, dass Du noch eine Tür in unserem Kleiderschrank besitzt und überall noch Spuren von Dir sind, in der Schublade in meinem Schreibtisch, auf dem Balkon, auf dem Du bei gutem Wetter immer zu sitzen pflegtest. Auch wenn vieles von Dir unvermeidlich verschwinden musste, komme ich mir manchmal wie eine Konservierungsmaschine vor, und ich bin teilweise froh darüber. Gewiss, dein Sessel bleibt auf ewig, das heißt, so ewig wie ich sein kann, und dein Name ist immer noch auf unserem Briefkasten neben meinem, obwohl du jetzt keine Briefe mehr bekommst, nur meine.

Kaum an dich und mich geschrieben

Dass ich Dich überall hin mitnehmen darf
war vielleicht eine falsche Hoffnung,
wie so unzählbar viele,
ein vorübergehendes, euphorisches
Wiederbelebungsmärchen...
eine weitere Phase der Trauerarbeit,
wie die Seelenforscher sie nennen.

In diesem ganzen Jahr hat sich nichts ereignet,
was uns näher aneinander gebracht hätte.
Ich finde kein gutes Mittel,
um die Suche nach Dir zu beschleunigen
und grenzenlos zu erweitern,
damit mein altes Ich wieder leben könnte.

Unproduktiv sitze ich im Limbus,
ich, die Maschine, keine Dante-Gedichte
mehr, keine überirdische Auskunft.
Aber es ist noch kein Abschluss.

Auf dem Friedhof vorgestern
dachte ich schnell und noch hoffnungsvoll:
„Komm in unsere gemeinsame Wohnung,
mich besuchen, wie versprochen.
Dort können wir viel besser sprechen,
ohne so viele Zeugen,
ohne die Gräber der anderen.“

28. März 2016

Zu der Autorin

Pilar Baumeister, 1948 in Barcelona, Spanien, geboren, lebt seit 1975 in Deutschland. Sie studierte deutsche, englische und russische Philologie.

Nach ihren Werken „Estados Interiores" und „El Antro de los Extraños" auf Spanisch schreibt sie seit vielen Jahren auf Deutsch.

Sie hält häufig Vorträge in Schulen und Kulturzentren von Madrid und Segovia in Spanien. In Deutschland tritt sie bei Tagungen des Verbandes Deutscher Schriftsteller, bei Lesungen im Dunkeln und Lesungen mit zweisprachigen, zugewanderten AutorInnen auf. Seit 2006 leitet sie ein NRW-weites Projekt: Lesungen von AutorInnen mit Migrationshintergrund in deutscher Sprache. Hierzu gehört das „Festival der multikulturellen Literatur NRW" in Köln, das vom 31. August bis 2. September 2015 zum ersten Mal stattgefunden hat. Außerdem ist sie seit 1999 Sprecherin der Schriftsteller mit Migrationshintergrund im VS NRW.

Pilar Baumeister schreibt vorwiegend Kurzgeschichten, aber auch Lyrik, Romane und literarische Essays. Thematisch bezieht sie sich oft auf ihre Blindheit und die Reaktionen der Gesellschaft darauf, auf ihre doppelte Heimat (Deutschland und Spanien), auf Zweisprachigkeit, Multikulturalität, Krisensituationen und das Zusammenleben mit Familie, Freunden oder Fremden.

Publikationen (Auswahl):

„Leichte psychische Störungen", Norderstedt, 2016
„Getrübte Beziehungen", Norderstedt, 2015
„Die Gedankenleserin - eine fantastische Novelle", Norderstedt, 2015
„Bis morgen - Geschichten über Wiederholungsrituale", Norderstedt, 2015
„Me escondí, pero gritaba para que me oyesen. Poemas de Minerva y otras voces" (auf Spanisch), Norderstedt, 2015
„A pesar de Franco... Los mejores momentos" (auf Spanisch), Norderstedt, 2015
„Exotische Geschichten: Wo komme ich her?", Norderstedt, 2014
„Das Schiff Pardis für alle, auch für die Blinden", zweisprachiges Märchen (Deutsch-Spanisch), Bonn, 2011
„Wir schreiben Freitod... Schriftstellersuizide in vier Jahrhunderten", Frankfurt am Main, 2010
„Lyrikbrücken, Zehn blinde Dichter aus zehn Ländern Europas", Berlin, 2009
„Zwei Länder, die sich lieben. Geschichten aus Spanien und Deutschland", Bonn, 2006
„Die Erfindung des Erlebten. Geschichten über Behinderung, Erotik, Jenseits", Essen, 2000

www.pbaumeister-andreo.de